Suffolk
County Council
Heritage

El malduque de la Luna

Miguel Naveros

El malduque de la Luna

Alianza Editorial

Unicaja
Fundación

El VII Premio de Novela Fernando Quiñones
está patrocinado por la Fundación Unicaja.

Un jurado formado por Nadia Consolani, Rosa Regás, Javier Rioyo, Ramón
Buenaventura y Valeria Ciompi otorgó a *El malduque de la Luna*
el VII Premio de Novela Fernando Quiñones.

© *Miguel Naveros Pardo, 2006*
© *Alianza Editorial, S. A., Madrid, 2006*
Calle Juan Ignacio Luca de Tena, 15; 28027 Madrid; teléf. 91 393 88 88
www.alianzaeditorial.es
Composición: Grupo Anaya
ISBN: 84-206-4798-5
Depósito legal: M-9984-2006
Impreso en Mateu Cromo, S. A.
Printed in Spain

Índice

Para mi gata Nata
y su/mi niña Isabel

Éstos fuimos nosotros.
(Jaime Gil de Biedma.
Retrato del artista en 1956)

I

Mi primer gran recuerdo es el de un imán, un enorme imán en forma de herradura y esmaltado en rojo que me compró mi padre en el Rastro por dos duros, mi primer recuerdo pleno, de esos que vemos nacer, crecer, multiplicarse y languidecer hasta que, ya durmientes, resucitan cuando menos se espera, una noche por ejemplo y en el segundo de los tres peldaños de aquella discoteca sin concesiones que parecía mucho más inmensa por vacía, en medio de un aire espeso que conservaba en psicofonía el hálito de una tarde intensa de domingo y al borde de un suelo que mostraba bien visibles los restos de la marcha humana: un barrillo de sudor y condensación del que parecían emerger colillas, trocitos destellantes de cristal, envoltorios de comida basura, botellines de plástico, latas de mil colores que, sin imán encima que los hubiese podido barrer por arte de magia, no me atreví a atravesar, y volví sobre mis pasos, empujé la *sortie* metálica de ofensivo naranja, salí al vestíbulo que hacía a la vez de entrada, dispensador automático de bocadillos y taquilla, rompí en dos el cartón de color rosa que me habría dado derecho a la primera copa, tiré los trozos al suelo y salí deprisa para poder respirar el aire de la calle.

Me sentí mejor a medida que fui recargando de frío los pulmones, y para cuando acabé de resoplar tenía ya la sensación de haberme quitado de encima tanta molécula de humanidad y, con ellas, todos los fantasmas de la tarde, moléculas de humanidad, risoteé, y recordé que de pequeño utilizaba ese término, moléculas, en relación con el olfato, y en concreto con el hedor y el asco: moléculas de mierda, de basura o de aquel queso sucio de TioPedro que imaginaba yo en las patas de las moscas de acá para allá, y por eso en cuanto avistaba alguna revoloteando alrededor me levantaba como un resorte palmeta en mano para lanzarme contra ella, cosas de niños la atracción por los imanes, la magnificación de las moscas y ocurrencias como la del día en que le enseñé a mi tío recién llegado de París el flamante juguete:

Pues te voy a traer uno de un rastro que se llama Mercado de las Pulgas..., me han contado que me prometió, y que yo me quedé clavado;

¡No, TioPedro, que se traerá pegadas todas las pulgas!, dicen que dije con una cara de pavor que a él le hizo llamarme miedica, a mi madre recordar quejosa que la había tenido todo el verano barriendo moscas y a mi padre reflexionar apesadumbrado que tendríamos que habernos quedado en el Barrio porque el niño estaba hecho un señorito y le hacían falta calle y otros niños; o colegio, que también allí había niños, parece ser que respondió mi tío, y se inició con esta escaramuza la primera batalla impor-

14

tante de esa guerra soterrada entre dos hermanos que ha marcado mi vida.

Llegó a los pocos días TioPedro con un plumier de dos pisos y la buena nueva de que ya tenía yo colegio, el de la mujer de su amigo Zamora el filósofo, un colegio distinto a todos los demás colegios, lo imagino dando rienda suelta a su entusiasmo con un vaso en la mano de aquella bebida amarillenta de la que siempre nos surtía y que tanto me gustaba decolorar echándole su preceptiva agua, el pastís al que, tantos años después, me aficionaría el incombustible Maurice Babel que lo había aficionado también a él, e imagino a mi padre con un vaso idéntico pero posado en la mesa, enfriando su euforia: ni hablar, el hijo de Juan Luna Guzmán y Carmen Luna Sánchez no iba a una escuela de pago por principio, y explicaría algo parecido a aquello de que un comunista no soportaba la injusticia nunca y nunca debía permitir ni permitirse una, ¿o acaso Stalin había canjeado a su hijo, como querían los nazis?, ¿o Dolores sacado al suyo, a su Rubén del alma, del infierno de Stalingrado? Pues no, no lo habían hecho porque para un comunista todo privilegio era lacerante, toda ventaja aberrante, toda injusticia denigrante, porque así habían sido y así serían siempre los comunistas, una retahíla del estilo que no lo libró, de todas formas, de ceder ante lo evidente, que yo tenía que ir al colegio y que era imposible uno mejor que el que me habían buscado, aunque a la postre de nada sirviese su concesión, porque la última palabra la tenía Pedro Luna Luna, yo, y yo era entonces de mi padre: tres días duró el colegio, tres días de llanto, el primero porque no se había quedado él conmigo; el segundo porque no me había llevado él, sino mi madre; y el tercero por el ataque de furibundia que me asaltó y los tres voluminosos chichones que me dio tiempo a producirme en lo que la señorita Nines me rescató de mi primer y hasta ahora único intento de suicidio, una serie de cabezazos contra las paredes cuyo exclusivo fin era que me devolviesen a casa: que nunca había sentido las ganas de darle a un niño unos azotes le comentó la señorita a mi madre en clara invitación a que me los diese, pero lo único que hizo mi madre fue soltarme una filípica que apenas me mantuvo turbado por un rato, hasta la llegada de mi padre para su fugaz comida, porque el hombre me dio la razón: si el niño no quería ir, por algo sería, quizás porque no fuese ésa la escuela a la que debía ir el hijo de Juan Luna Guzmán y Carmen Luna Sánchez, dejó caer.

Fue aquélla mi primera fidelidad: yo era de mi padre, de él, de sus caricias y de su mano, y por eso comía mal si él no había llegado y perfectamente si lo tenía a mi lado, me dormía de su brazo o no me dormía, jugaba con él o emborronaba a solas papeles, habría captado, en suma, la necesidad de aquel hombre por cubrir sus vacíos y el temor a precipitarse de nuevo en ellos, el mismo y simétrico temor con el que mi madre lo esperaba desde esas horas de la tarde en las que el tableteo de la máquina de coser dejaba el aire a merced de una radio gangosa e incomprensible y la luz que entraba por las ventanas y la que alumbraban las bombillas no servían sino para velarse la una a la otra, unos momentos que me entristecían hasta el punto de descentrarme y que eran, además, la puerta del miedo, el miedo callado que leía en el rostro de aquella mujer porque un niño capta cuanto sucede alrededor aunque no alcance a comprender sus motivos.

Tuve poca infancia. Sin hermanos, mi día se reducía a la compra de la mañana con mi madre, a una comida fugaz porque mi padre llegaba a mesa puesta y a mesa por recoger marchaba, a esa larga tarde que me iba lentamente estrangulando y a la vuelta del hombre por la noche, que era mi gran momento aunque en realidad poco hiciésemos, apenas recrearnos en el cariño y en los versos que me recitaba de vez en cuando rompiendo su silencio, un largo tiempo que se pierde entre las brumas de la prememoria hasta que aquel frustrado ingreso en el colegio permitió al apocado Pedrito dar sus primeros síntomas de vitalidad infantil y obtener, con ellos, sus primeros vagos recuerdos genuinamente propios: el niño al que sólo la fobia por las moscas hacía bajar de la mesa donde garabateaba papeles abandonó sus mejores pinturas y decidió conocer el suelo y saber, imán en ristre, qué chapa resistía más su tirón magnético en el alargado pasillo, dónde estaba el tesoro que había hecho colocar a su madre tras cualquier puerta o cuánta velocidad podía alcanzar el tren de clips que hacía y deshacía a diario para correrlo de cuarto en cuarto por la casa.

> *Que se agita ese niño hasta ahora callado*
> *como si fuese a prenderle fuego al mundo*
> *me cuentan las cartas de doble filo,*

escribió en *Mi puente* y sobre mí el poeta Pedro Luna, imagino que por aquella tarde en la que me eché el imán al bolsillo y la lié en el taller de costura de Espoz y Mina para el que mi madre trabajaba: por cientos saqué de sus cajitas alfileres, agujas y automáticos, por docenas los dedales en gran trofeo y por un rato de sus casillas a mi madre y al modisto gordo que siempre me daba caramelos, una palpitante visita a aquel doble piso lleno de metales preciosos con la que mi padre se reiría a modo rato después: había hecho bien, que a saber por cuánto vendería el maricón lo que le malpagaba a ella, quiso quitar hierro al enfado de su mujer, que calló como callaba siempre, aunque imagino que con sus ganas se quedaría de responderle que, mejor o peor pagados, los encargos de aquel Luis Limón habían sido su principal sostén durante los años de él en la cárcel y, más allá, su única vía de escape a un mundo obsesionante hasta la paranoia.

Sin embargo, también entonces duraban sólo un soplo la felicidad y la aventura, de forma que rápido llegó mi segunda incorporación al colegio: Tienes que estudiar mucho y que portarte muy bien, me pidió mi padre la nueva primera mañana de clase a la puerta misma del aula, y me encargó que le contase todo todo todo cuanto me enseñaran, con una sonrisa que me convirtió. Nada tuvo aquella mañana que ver con la de nueve meses antes y empecé la escuela por segunda vez, y definitiva:

Era un niño que soñaba
un caballo de cartón.
Abrió los ojos el niño
y el caballito no vio,

nos saludó la maestra antes incluso de dar los buenos días, decir su nombre, doña Conchita, preguntar el nuestro y entregar a cada alumno un cuaderno con dos anillas. Me gustaron aquella profesora y aquellos versos que tanto se me han venido luego a la cabeza, y más sin duda decírselos atropelladamente a mi madre en la misma acera de mi casa de Embajadores, a la vuelta en el microbús del colegio como un niño ya mayor al que no tenían que llevar y traer sus papás, y aún más recibir a mi padre repitiéndoselos como un loro, y enseguida a la carrera: Bonjour. Good morning. Buenos días, mientras desplegaba en el suelo de la entrada el cuaderno azul con las cinco hojas que nos habían hecho meter entre los separadores: la de las vocales, la de los números del uno al diez, la de los saludos en tres lenguas, la de los dibujos sobre punteo de un gato y la de la poesía, con unas líneas que no entendía pero que sabía que contaban la vida de ese señor que era poeta, como TioPedro: ese Antonio Machado era un gran poeta amigo del pueblo, como todos los poetas de verdad, que había muerto en Collioure, Francia, mientras iba camino de la Unión Soviética huyendo del fascismo, me aleccionaría mi padre; ese Antonio Machado era un poeta, como mi tío Pedro, que había sido profesor de Francés, como mi tío Pedro, en el instituto del Portillo donde también había estado mi tío Pedro, me confundiría mi madre porque todo lo que saqué en claro fue que ese poeta y TioPedro eran amigos.

Desde entonces me gustó ir a clase, aunque lo que de verdad esperaba durante la semana y por lo tanto medía mi tiempo era la visita de los domingos con mi padre a su viejo barrio, siempre enseguida de comer y tras una misma ruta que había convertido yo en ovillo de juegos solitarios: la trampilla temblona de la taberna de Alejandro; la vertiginosa esquina en abanico con Labrador donde los peldaños eran junto a la pared anchos como mi tacón; los resquicios en el muro sobre la vía que corría de principio a fin la calle entonces bien llamada del Ferrocarril; las cortinas que atravesar en ida y vuelta: una ligera de macarrones, una pesada de monedas de dos reales, la mejor una punzante de chapas, en los bares al paso por las calles grises de la Standard; y al final los muros y taludes de las vías de Atocha bajo algún puente fantasmagórico que parecía venirse abajo cuando, por suerte que se repetía a menudo, pasaba por encima el tren con la lluvia de polvo, arena, chinorro y casi siempre carbonilla que me hacía reír, aliviado porque no se había desplomado aquel estrépito sobre nuestras cabezas y feliz de que ya oliese al Barrio y de lo que se avecinaba, el sitio donde con tanta atención me trataban: qué guapo estaba el niño; qué bien hablaba el niño, y el niño se dejaba querer porque ya entonces le gustaba dejarse querer.

Lo apreciaban en el Barrio a mi padre, el Barrio se dijo siempre en mi casa a aquella corrala: todos lo abrazaban, todos preguntaban por mi madre la que muy raramente iba, todos recordaban a mis abuelos, el viejo socialista Rafael y la pobrecilla señá Luisa, amigos cuyos nombres en buena parte no recuerdo pero cuyos rostros tengo perfectamente presentes, en especial los del señor Paco el de la taberna de Áncora y el señor Antonio al que a veces llamaban Manzanares y que siempre estaba allí con él, dos hombres bajitos, aunque muy distintos, a quienes visitábamos a la vuelta, regordete y alegre el tabernero, diminuto y solitario su parroquiano perpetuo del rincón, penoso hasta para un niño de pocos años y siempre carne de la regañina de mi padre: a ver si dejaba de beber y comía; a ver si salía de vez en cuando a que le diese el aire; a ver si olvidaba tanta tontería y se daba cuenta de que tenía amigos que lo querían, pero el señor Antonio ni movía sus ojillos achinados ni un solo músculo de su cara cetrina y enfermiza, apenas estiraba su bracillo, cogía con su manita la espolilla y se la llevaba a la boca, tan hecha a beber que ni tenía que despegar los labios para posarla en ella.

De todas maneras, eran aquéllas, sobre todo, tardes de bullicio y más niños: niños primero inasibles y lejanos a los que miraba medio escondido tras el cuerpo, entonces para mí tan grande, de mi padre; luego igualmente inasibles pero más cercanos porque daba yo ya unos pasitos hasta ponerme al borde de su partido, de sus canicas, de su dólar o de su mandón, aunque sin correr, arrodillarme, saltar o recibir: ¡Mirón!, me decían, mirón que era ya voyeur y que no escarmentó sino en cabeza ajena, cuando, una tarde, los gritos de detrás del cobertizo: ¡Mirón, mirón, mirón! ¡Cobardica, cobardica, cobardica! ¡Mariquita, mariquita, mariquita!, atrajeron a los mayores, y se lió bien liada: Manolo el que mandaba y administraba con un cinto castigos a quienes no cumplían la prueba por él impuesta le había pedido a Pedrito que le llevase la braga más grande que encontrara en el tendedero y Pedrito no había querido, se chivó alguien, y empezaron los hombres a repartir bocinazos, alguna mujer alpargatazos y amenazas la madre de Manuel, el cinturón en una mano y una oreja de su hijo en la otra: ¡Vamos arriba, sinvergüenza, que me tienes harta, pero hoy te quito yo las ganas de correa, vaya que si te las quito!, gritaba desaforada.

Se me quedó mal cuerpo por el resto de la tarde, un fondo de solidaridad con aquellos niños inalcanzables que se hizo tristeza y alargó hasta el tedio el rato de la taberna y el camino de vuelta, pero que obraría el milagro, y el domingo siguiente jugué y no sólo contemplé, y hasta acabé en unas semanas por subirme al carromato de Vidal, una plataforma de madera sobre rodamientos, rudimentario bólido de rudimentario manillar que se embalaba con estrépito Seco abajo desde la avenida hasta la esquina con Luis Peidró y luego por ésta hacia el arroyo que llamaban y que yo nunca vi, más bien reseco pedregal coloreado de basuras, de desechos y de escombros, coche de carreras, decían, que para media calle empezaba a dejarnos atrás. Vidal era el mejor, mejor que todos los demás y hasta que Manuel, Vidal el que tomaba la curva sin salirse nunca y sin dejarse la cabeza pelada en la esquina del colmao del señor Miguel.

Más que ninguna otra cosa es la corrala de Luis Peidró, el Barrio, mi paraíso perdido, ese paraíso que siempre de una u otra forma me ha aflorado, extraño paraíso porque en realidad infierno, pero infierno que rezumaba vida por todos los poros de sus columnas de madera incisa, de sus piedras mordidas, de sus pinturas desconchadas, algarabía de gritos y de susurros, de risas y de llantos, vida, clamor de hombres trabajando, de mujeres faenando arriba y abajo, de niños correteando, de niñas hablándose a media voz, de perros que ladraban y de gatos que se esfumaban, ágiles como Vidal. Y había trenes, trenes que lo hacían retumbar todo y a los que, cada vez que nos pasaban por encima sobre el talud que cerraba el horizonte, volvíamos la vista como si fuesen una novedad que no eran, y que malo si lo eran.

Una de las pocas veces que recuerdo a mi madre en el Barrio fue una tarde en la que el patio no era el mismo de siempre porque los chavales no agitaban y estaba lleno, aunque extrañamente silencioso, el corredor del primero desde el que la apuntaba un sacudirse de brazos y de manos con el que la reclamaban sin tener que gritar ante un cuerpo presente, y también mis amigos tenían otro tono:

Se ha muerto el padre de Manuel;

Le ha pillao un tren;

Le ha destrozao, me dolió la noticia, y más aún la figura de Manuel el hijo del ferroviario Manuel apoyado solitario en un mojón con el perro encima, aquel Loco que lo había adoptado como jefe y que esa tarde en vez de perseguirlo inquieto lo consolaba a su manera, mordisqueándole la mano. Y aprendí lo triste que es la muerte.

Nunca me ha pesado un silencio como aquél, porque la corrala de Luis Peidró era, además de un permanente escándalo de vida esa tarde enmudecida, un febril trasiego de actividad: a un lado, la fábrica de aceite a la que un día estuvo integrada, separada ya entonces por una verja; al otro, la nave con la carpintería y la herrería, el anchurón en el que se lavaba y tendía la ropa y, ya bajo las mismas vías, el antiguo taller de reparaciones que habían tenido que trasladar por las grietas como puños de sus paredes y que el viejo mecánico Pablo y sus hijos utilizaban de almacén, pero aquella tarde ni el carpintero Gaspar ni el herrero Pepe redoblaban su percusión, ni Pedro el hijo del mecánico atravesaba a su velocidad de grand jeté el escenario en busca de piezas, ni nosotros salimos a escena desde la tramoya del pequeño cobertizo retranqueado que había hecho alguien en plena Guerra entre el antiguo taller y el paredón de tierra, de manera que así sonaba la muerte, flojito y como una atmósfera densa que cada poco removía un tren.

Necesita la vida de novedades que la estimulen, de esos pliegues que a veces desvían la línea cansina y rutinaria que por definición caracteriza el tiempo y que de forma muy especial embarga el de un niño cuando, asimiladas las vivencias cotidianas, empieza a notar que todo se repite alrededor, y ésta debía de ser la sensación que yo probaba en medio de aquella orfandad paterna a veces y materna otras aparte las dos comidas de oficio y el desayuno fugaz, familia en cuanto tal con ritmo casi plano que alcanzaba tono vital sólo a cada llegada de TioPedro el que siempre aportaba novedades y ocurrencias: Pierrot, todos tus cumpleaños te voy a regalar lo mismo, me extendió la noche de mis siete años un paquete plano y muy grande. Ten cuidado, que lleva cristal, y con cuanto cuidado pude lo abrí: *Perro ladrando a la luna,* Pierrot, enfatizó. Es de un pintor que se llama Miró, Mi-ró, descompuso el nombre en dos golpes, pero yo me había quedado ya embelesado con aquella reproducción de una luna a la que elevaba su aullido un

24

perro: una pata, otra, la cabeza que se transparentaba, lo recomponía pero no sabía qué pensar, y sentí de pronto que me levantaban en volandas:

Ahora cierra los ojos, Pierrot, y los cerré;

Cuenta hasta tres en francés, y conté: Un, deux, trois;

Cuenta hasta tres en inglés, y conté: One, two, three;

Cuenta hasta tres... en chino, y me quejé: ¡Jo, no sé!;

Pues te lo inventas. ¡Chan, chen, chin!, se alborozó TioPedro para alborozarme mientras yo seguía con los ojos cerrados por más que el ajetreo que sentía alrededor me estuviese provocando por todo el cuerpo un cosquilleo de escalofríos. Ábrelos ya, y encontré a mis pies un caballete. Un caballete, Pierrot, un chevalet, y apoyados en él tres lienzos y delante una caja de madera que, devuelto al suelo, manipulé con una extraña cautela que era pura excitación, tanta que la caja parecía dar corriente cuando la tocaba.

Que cenase costó la promesa de un cuadro a cuatro tras la tarta, el más divertido que he hecho jamás: Tú primero, Pierrot, se puso TioPedro a dirigir las operaciones, y manejé con la soltura ya adquirida en clase el tubo azul oscuro y el pincel grande hasta pintar en el tercio de arriba el cielo, y el tubo blanco y el pincel medio para redondear una luna hermosa y llena que festejaron todos. Ven, me dijo entonces, y me agarró de la mano y tiró de mí sala, entrada, largo pasillo en ele y cocina adelante hasta el cuarto donde mi madre cosía, el último de la casa: Ya está, Pierrot, cogió lo que quería, un jaboncillo, y volvimos a la carrera:

Toma, Carmen. Dibuja un patrón;

¿Un patrón?, sonrió al detalle de mi tío. Tan pequeño, no sé;

Pues da igual, venga, le puso la tiza azul aplastada y redonda en la mano, y a trompicones y con trazos inseguros hizo la mujer un patrón mientras mi padre ya me pedía que le pusiera marrón en un pincel, y se lo puse y él alzó con miedo dos palos a cada lado de la extraña figura, árboles que según TioPedro más bien parecían postes de la luz: Anda, arréglalo, Pierrot, e hice de los palos troncos y después TioPedro les añadió copa en verde que se clareaba por el centro porque la iluminaba la luna y fondo negro porque era muy oscuro el interior de un bosque, me fue explicando.

Era todo así con el exuberante TioPedro capaz de entusiasmarse hasta con lo más usual allá donde mis padres vivían en su templanza hasta lo más entusiasmante, y por eso recuerdo mucho más las ceras, los lápices, los tubos o los lienzos que él me regaló que los muchos más que me llevaba mi padre, porque TioPedro creía en las palabras y le daba alegre aire de consigna a todo: Para tu museo de la Luna, me decía cada año cuando me entregaba los 13 de julio la luna correspondiente: Miró en el 63, Matisse en el 64, Picasso en el 65, una bonita idea que casi siempre cumplió en persona porque siempre intentó estar conmigo en mi aniversario. Todo fue en él un permanente afán por insuflarme ánimos, despertarme curiosidades, avivarme el pensamiento y estimular mi fantasía, si en Madrid de mil maneras y si en París haciéndome jugar con recuerdos e ilusiones a través del epistolario al que me tenía sobrepuesto desde bien pequeño, cuando mi padre o mi madre me leían su carta llegada en sobre a mi nombre y hacían después de escribas para mi respuesta.

Mi amigo Babel, que es músico, dice que hay una luna en esta guitarra de Picasso que te mando. Si la encuentras, te llevaré un regalo ahora cuando vaya, me puso en acertijo al borde de unas navidades, y desplegué aquella hoja recortada de alguna revista: Qué fácil, el agujero blanco, reí de nervios y le respondí a vuelta de correo, y con la excitación por su llegada y por el premio ganado fui a las pocas semanas a recogerlo, aquella vez al aeropuerto y no a la estación del Norte, expectante y además contento, porque venían mi padre y mi madre y nunca íbamos los tres juntos a ninguna parte.

Hacía una tarde soleada y pudimos quedarnos por un buen rato en la terraza, yo maravillado por aquel brillar y atronar de aviones uno despegando, otro poco después descendiendo, un tercero ya en tierra que se acercó con toda lentitud hasta parar justo debajo envuelto en un resoplido que tardó en acallarse más que en abrirse su panza y empezar a descolgarse de ella una escalera enorme por la que al poco comenzó a descender gente: No veo a TioPedro, me extrañó que en prodigio como aquél no anduviera de por medio mi tío el prodigioso que hacía amenidad, curiosidad, ocurrencia o risa de cuanto tocaba, y seguimos esperando, yo ansioso, mi padre tranquilo, mi madre desplazada, o así me la represento en aquel aeropuerto y en cuantas imágenes recuerdo de ella fuera de casa, monosilábica y desplazada, humilde y desplazada como si todo le fuese territorio ajeno, salvo su costura y el francés que aprendía con la radio y un viejo libro marrón.

Se me antojó eterna la espera de aquel hombre que me sabía hacer feliz, y que además me enseñaba y abría caminos: El dibujo que más me ha gustado es el de Luna, por su fantasía, porque sabe que lo principal para dibujar es tener ideas, que se pinta primero con la cabeza y luego con las manos, comentó una mañana a la vuelta de vacaciones doña Conchita, que nos había leído la historia del caballo de Troya y pedido un resumen y un dibujo, el resumen antes del recreo y el dibujo después, y del resumen ni me acuerdo, pero del dibujo sí, unas murallas en redondo y dentro de ellas un caballo enorme de cuya tripa salía una escalinata de avión por la que bajaban, espada en ristre, Ulises y los suyos. ¡Muy bien, Luna!, añadió la profesora, y yo me engañaba en mi orgullo porque no me daba cuenta de la verdad de aquel dibujo, que semanas antes, a la vuelta de Barajas, el poeta Pedro Luna me había estado hablando en el taxi de ese avión que por primera vez había cogido: Lo que más me ha gustado, Pierrot, ha sido subir y bajar, me he sentido como Ulises cuando el caballo de Troya, ¿te acuerdas de que te lo conté una vez?, y yo registré el comentario como entonces lo registraba siempre todo, incluso la prudencia.

Me llevó TioPedro el verano de mis ocho años, junto a la luna de Matisse levemente morada como si al cielo le hubiesen prestado algo de color porque las cosas no eran las que eran, sino como se manifestaban en su armonía, me explicó ante él y con más ejemplos de cuadros y objetos y hasta de nuestras propias caras, un libro sobre el mundo, sus mares, sus ríos, sus desiertos, sus cordilleras, sus animales, sus plantas, sus monumentos, sus ciudades, sus países y sus banderas, y señalé con el dedo la soviética:

Mira, papá, la que fuimos a ver;

¿A verla dónde?, se extrañó TioPedro;

A Chamartín, cuando jugaron la Unión Soviética y España. La pusieron por detrás los muy cabrones, aclaró mi padre;

¡Ah!, no comentó más mi tío del conmovedor gesto que había tenido su hermano, coger conmigo el 27 para atravesar la ciudad hasta el campo del Madrid, bordearlo entre corrillos que nos ofrecían entradas y, de pronto, tocarme en el hombro: ésa era la bandera de Lenin y de la revolución, la bandera del partido, la bandera de los trabajadores, la bandera de la humanidad, la bandera de una larga lista de hechos, lugares y personas que no me enumeró aquella mañana en medio de tanta gente que pululaba por el estadio pero sí al rato en casa y otras muchas veces más, la noche de la llegada de TioPedro con el libro del mundo, sus cosas y sus banderas sólo en parte, porque su hermano cambió de conversación:

¿Te gustan las banderas, Pierrot?;

Mucho, y la de la Unión Soviética la que más, que la he visto de verdad, TioPedro;

Muy bien, Pierrot, pero... ¿sabes que eso no puedes ir diciéndolo por ahí?, tal vez alentó aún más mi cariño por aquella bandera roja con la hoz y el martillo que había visto una vez en la calle y no sólo en un libro, la bandera que no sabía yo que tan larga sombra de prudencias a veces y de imprudencias otras iba a tener en mi vida.

Cada clase va a hacer un mural en el patio, nos anunció con la llegada del buen tiempo doña Conchita una mañana, y me encargó a mí el boceto: una luna desde luego, a la derecha una luna llena, llena pero no completa porque se perdía en el margen, y el sol al otro lado, igual y a la misma altura, y en medio una calle como la del colegio con el colegio en el centro, y ante él niños jugando, y en el balcón una bandera que no llegué a colorear y luego borré. Es muy bonito, Luna, lo valoró la señorita apenas lo vio, y yo movía la pierna para echar fuera los nervios porque ella seguía mirándolo concentrada. Pero... falta algo aquí, señaló el balcón, algo que le dé vida. A ver, ¿qué ponemos?, y respondí que no sabía aunque lo sabía perfectamente, aquella bandera roja que había visto por la calle y en mi libro del mundo pero de la que no podía hablar, mi segunda fidelidad, la bandera roja del martillo y la hoz, callé también en mi casa pero le contaría a TioPedro semanas después, cuando llegó sin que fuese ni mi cumpleaños ni navidad pero con la euforia del mayor de los regalos, su tercer libro, uno para mis padres y otro sólo para mí.

> *Pedro Luna*
> *Mi puente*
> *Peral Editor,*

leí en la portada gris, y me debí de sentir obligado a corresponderle y la mañana siguiente, mientras revoloteaba a su alrededor en la cama para despertarlo, le pedí que me llevase al cole para enseñarle una cosa, ese mural de mi clase que yo sabía que era mi mural.

Hay algo tan perverso en la misma esencia humana como para que desde bien pronto sean los grandes disgustos los que más nos hacen crecer y avanzar en cuanto impresiones que se clavan en la mente y van sosteniendo eso que, mejor o peor, acabará por ser el andamiaje de la propia visión del mundo y de uno mismo, golpes como el de aquel día de noviembre de 1967 en el que definitivamente adquirí la capacidad de memoria, o sea, de trazar en línea lo que hasta entonces había sido un punteo de recuerdos, el día desde el cual no me permito olvidar nada, paso de la infancia a la adolescencia por lo tanto, precipicio de la inocencia a la vida por el que rodé con apenas once años, y eso que estaba yo por suerte en el colegio cuando llamó a mi casa el señor Cortés el del almacén con la noticia de la detención de mi padre, practicada a las nueve en punto según salía del bar frente a su trabajo, seis agentes para reducir a quien no iba a oponer resistencia alguna porque

sabía por encima de todo que no era hombre
ni padre ni esposo y ni siquiera un militante,
sólo una lista, oculta lista de ocultos nombres
escrita con tinta de memoria en la cabeza fiel,

anotó el poeta Pedro Luna para su futura y entonces ni planeada obra *Juan Luna (plegaria de un poeta a su hermano héroe)* en el aeropuerto de Orly mientras esperaba el embarque para Madrid, más o menos a la misma hora en la que llegaba a mi portal el microbús del colegio y me encontré no a mi madre, sino al modisto gordo a quien había dado aquella soberana tarde años antes y muestras de mi tranquilidad a lo largo de las muchas otras visitas que le hice después.

31

Mi madre estaba a la puerta de casa con los ojos rojos, la cara como la cera blanca y un semblante de llanto que le brotó apenas me hubo recogido entre sus brazos, el primero de esos rostros que siempre quise pintar: Pedrín, sollozaba, Pedrín, han detenido a papá, y ya andaba yo llorando para cuando lo oí porque creía que había muerto como el padre de Manuel mucho antes o el de mi compañero Mario meses atrás, y sentí que tenía que ser algo tan grave como la muerte una detención si aquella mujer estaba así, desesperada y distinta. Venga, venga, intentaba consolarnos don Luis el modisto con sus manos carnosas y delicadas, pero era inútil porque mi madre y yo no oíamos sino entre nosotros, ella de rodillas hablándome casi al oído:

No te preocupes, Pedrín, que papá va a volver muy pronto;

¿Hoy?;

No, hoy no, pero pronto;

¿Mañana?;

No sé, no sé, pero luego viene TioPedro en avión, Pedrín, y se va a estar con nosotros hasta que venga papá, y dormirá contigo, y..., rompí a llorar de nuevo porque me resultó evidente que papá no iba a volver tan pronto.

Le costó al buen hombre separarnos: Se acabó, Pedrín se viene conmigo de pinche, me resuena aún su voz acampanillada como si un imposible túnel del tiempo me hubiese devuelto a aquel día desde el que soy todo memoria ya para el rostro lloroso de mi madre ante la puerta, ya para la receta del trabajoso arroz a la italiana por fin en marcha que vi paso a paso y vuelta a vuelta ejecutar y que además escuché a bocajarro porque el hombre retransmitía, prolijo, las operaciones, ya para el vuelco que me dio el corazón cuando, al fin en el comedor, noté que faltaba uno de los cuadros, el de la luna que rielaba hasta un camino de ribera, de Munch, el último regalo de TíoPedro.

¿Y el cuadro?, apunté con el dedo al hueco sobre el teléfono;

¡Ay, qué tontos somos! Se nos ha olvidado colgarlo. Es que ha venido la policía..., se cortó la mujer;

No sabes tú bien lo que ha sido esto, Pedrito, el acabose, pero que el acabose, diez o doce policías, si hasta me han cacheado los muy salvajes. Lo han dejado todo... El Japón hemos pasado para ordenarlo, el Japón, ¿verdad, Carmen?, y mi madre asintió con la mirada en otra cosa, y en mí: la policía no iba a volver, no tenía que preocuparme, y además no habían encontrado ni un solo papel con nada, aunque se habían llevado la agendita del teléfono, imbéciles que eran, le afloró un tono distinto y hasta orgulloso, como si mi padre fuese tan tonto para apuntar algo en la libreta del teléfono, y se disparó: mi padre era un hombre honrado que llevaba toda la vida luchando por los trabajadores y por la gente buena, un hombre del que tenía que aprender lo que eran la honradez, y la bondad, y la generosidad, y la dignidad, un hombre que se jugaba la vida por los demás, ¿comprendía?, y ni yo comprendí nada de aquellas palabras que me sonaron vacías ni el modisto de su desarbolada costurera:

Te digo yo... Anda, guapo, vente conmigo a la cocina, estiró hacia mí la mano, que vamos a preparar el postre. Me ha dicho mamá que te gusta la piña con nata;

Mucho, casi ni me oí;

Pues eso he traído, piña con nata, amarga nata y ácida piña que esa tarde no me supieron como siempre porque nada iba a saberme ya como antes, ni el cariñoso revoloteo del pelo que me hacía siempre el señor Paco, que llegó al poco, ni las dos manzanas desde mi casa hasta el Portillo cuando bajamos el modisto y yo por la merienda, porque todo cuanto vi al paso me trajo algo de mi padre al recuerdo: la cristalera polvorienta de la carpintería que desdibujaba a sus amigos Nicolás el de las orejas enormes y Eusebio el de los tics; la panadería aún cerrada del regordete señor Pepe que había sido en la República alcalde de un pueblecito, montaba ramos de panes en el pequeño escaparate y me tenía todas las mañanas preparado el bollo de bombón y la chocolatina para llevar al colegio; la taberna de Humanes en la que con tanto cariño nos atendía aquel Arturo que era igual que Sancho Panza; el largo frontal de puerta y tres ventanas de la churrería que era alto primero y obligado cuando salíamos de paseo: yo churros, él buñuelos y un par de ranas, las porras abiertas, pasadas por anís y azucaradas con las que el churrero Atilano recordaba viejos tiempos entre las miradas envidiosas de quienes nos circundaban; la parada de las camionetas desvencijadas, temblonas y más sucias que verdes; el respiradero del metro que evitaban las mujeres porque levantaba las faldas con su tufo pegajoso y, enseguida, el charco pestilente de la pescadería que desaguaba a la acera sus mostradores inclinados, ocho o diez metros de hedor e inmundicia: es un decir, nunca supe calcular distancias, al que TioPedro llamaba La Falange; por fin, ya en el Portillo, la pastelería de la hija guapa y la hija fea, dijo el modisto a la salida, y emprendimos el retorno, él con su paquete de pasteles en la mano mascullando de bellezas y fealdades mientras yo, con el de pastas y los bolsillos a reventar de caramelos, generoso Luis Limón, volvía a contemplar el mismo melancólico panorama de dos largas manzanas cargadas de ausencia que rellenó Valentín nuestro portero chillón cuando interrumpió a mi paso su charla con la ciega Sebastiana la que una vez le había montado un escándalo a dos policías que no querían pagarle las porras que revendía en su camarera acristalada ante la taberna de Alejandro: Corre, Pedrito, que... ¿a que no sabes quién ha venido con otros dos señores? Tu tío el de París, y le hice caso: eché a correr portal adentro y escaleras arriba olvidando el ascensor y al buen Luis Limón que tan bien se estaba portando con mi madre y conmigo.

La mitad del jadeo por los siete pisos lo descargué en el timbrazo sostenido, y la otra mitad en el abrazo largo, cálido, protector que me dio TioPedro a la misma puerta: Pierrot, mi niño, aquí estoy para quedarme con vosotros lo que haga falta, rompió por fin el silencio. Vamos a hacer café y hablamos tú y yo de nuestras cosas, y me sentí pasillo adelante mejor, por menos solo: Pierrot, me llamó así por última vez, ya sabes por qué he venido. Han detenido a papá. Está bien y no le va a pasar nada, pero tardará un tiempo en volver porque lo meterán en la cárcel como aquella vez, ya lo sabes. Peor era entonces... y volvió, y naciste tú, y habéis sido felices mamá, tú y él, a que sí, y yo asentí levemente, expectante por un lado pero confortado por otro en cuanto TioPedro sí parecía querer hablar conmigo en serio y no sólo entretenerme o engañarme, sentí o pensé, nunca he sabido del todo distinguir sentimiento de pensamiento en determinadas circunstancias. Pues eso, siguió, ve sacando tazas, que nos liamos a hablar y se nos va el santo al cielo, y ya no nos podemos despistar: tenemos que ayudar a mamá, que ya sabes que trabaja mucho. Mira, esto es justo lo que tenemos que hacer: mamá trabajar como siempre, tú estudiar y dibujar como siempre y yo escribir como siempre, y buscarme un trabajillo, ya veré qué: hacer churros por las mañanas, o castañas por la noche, o ponerme unas gafas negras y vender los ciegos en el metro, o domar pulgas, mejor domar pulgas, que no deben de ser muy peligrosas. ¿Te acuerdas de que no querías que te trajera un imán del Mercado de las Pulgas porque te creías que se iban a venir detrás todas las pulgas de París?, y por fin reí.

Aquella tarde en que la detención de mi padre me sacudió hasta fijarme el mecanismo de la memoria, TioPedro supo hacer que me sintiese mayor: Y ahora vamos a llevar el café y... ya sabes, templanza de hombres, que ya eres un hombre, Pierre, me llamó así por vez primera, Pierre que no dejó de estar triste, pero sí de sentirse inseguro: por eso he pensado siempre que nada hay mejor que la verdad por acre que pueda resultar, otra cosa es que nunca lo haya puesto ni lo ponga en práctica, como tampoco TioPedro lo estaba haciendo aunque lograse con sabiduría no engañarme en nada pero al tiempo esconderme lo que verdaderamente preocupaba allí a todos, a mi madre, a él, al modisto Luis Limón que se fue al poco llevándose su enorme humanidad exterior y la aún más grande interior, al tabernero Paco que lo acompañó, a aquel Jacinto Zamora de pelo ensortijado, gafas grandes y siempre muy risueño, el marido de doña Conchita a quien conocía del colegio, y al señor tan serio que era un abogado amigo de Zamora, qué pudiesen estar haciéndole en esa Dirección General de Seguridad cuyo nombre, junto al de Julián Grimau, cacé al vuelo entre tanta palabra en clave y tanta frase inconclusa.

De todo, sabían más que de sobra lo que yo ignoraba, aunque nada iban a conseguir con aquellas sonrisas falsas cuando le ofrecían al detenido soltarlo a cambio de alguna información, nada porque al comunista lo protegía su orgullo, su orgullo de clase, y respondía sólo que era miembro del Partido Comunista de España y que los estatutos del partido le impedían desvelar información interna; ni con los primeros insultos, las primeras amenazas, las primeras bofetadas, nada porque al comunista lo protegía su fuerza, su fuerza de clase, y permanecía callado; ni con los siguientes golpes por más que el labio partido o la muela saltada le llevasen a la boca el sabor punzante de la sangre, nada porque al comunista lo protegía su espíritu de sacrificio, de sacrificio de clase, y seguía sin hablar; ni con las porras o los látigos de goma que sacaban de un armario cochambroso, nada porque al comunista lo protegía su fe, su fe de clase, y resistía sabedor de que el revolucionario era yunque pero al final sería martillo, martillo que haría saltar las cadenas, hoz que segaría la mala hierba, cincel que esculpiría la historia; nada iban a lograr a golpe de palizas, de cubos de agua para reanimar, de toques sobre los nervios con aquel pendulito de aspecto inofensivo, tan precisos que parecían estar aserrando el cuerpo a medida que irradiaba el dolor, nada porque el comunista era talento, talento absoluto que se sabía página de ese enorme libro del talento que era el partido allá donde estuviese, en un sovjós del Volga o en una mina de Sudáfrica, en una refinería del Cáucaso o en un arrozal de Indochina, en una factoría del Don o en el campo feudal de Andalucía, cambiaba mi padre los ejemplos de vez en vez, pero jamás la descripción de lo que un comunista, él mismo aunque nunca se nombrase porque siempre diluía en el partido su propia identidad, era capaz de soportar y de lo que a un comunista, a él mismo aunque nunca se pusiera como ejemplo porque siempre diluía en la del partido su propia dignidad, le daba la fuerza mental para resistir bajo la tortura más atroz uno, dos, diez o los quince días que estuvo él hasta que aquellos animales se dieron cuenta de que Juan Luna Guzmán no iba a hablar, llegó a saber TioPedro a través de Zamora y éste por su suegro y éste por su hermano, pero nos lo escondió tras una versión piadosa y propia: que no estaban tratándolo mal, que estaban mareándolo a preguntas a ver si agarraban algún cabo suelto, no tan satisfactoria para mi madre, que se quedó en los huesos de tanta angustia, como para mí, triste pero confiado porque tanta fe tenía en ese hombre que acabó saliéndose con la suya, ver a su hermano por fin fuera de aquel matadero de la Puerta del Sol y por fin remontando vida.

¿Hay alguien ahí para echarme una mano?, sonó el mediodía de nochebuena su voz desde dentro del ascensor a sabiendas de que yo lo esperaba en el descansillo porque siempre daba una docena de enloquecidos timbrazos desde el portal, y cuando abrió lo encontré rodeado de bolsas:

Venga, Pierre, que me he traído tout le marché, el mercado entero, empezó a pasármelos;

Mamá, mamá, mamá, mediogritaba, mediorreía y seguía cogiendo bolsas yo;

Estás loco, sonrió por primera vez ancho desde el día de la detención mi madre;

Loco de contento, respondió mi tío ya en la entrada reventada de cosas. ¡He estado con mi hermano!, y empezó a darnos detalles: estaba en la Dirección General de Seguridad y perfectamente, mintió porque estaba en el hospital militar Gómez Ulla convaleciente de las palizas y de milagro a salvo; había estado con él dos horas, en realidad media; estaba de maravilla, en realidad vivo; y animado, en realidad ya tranquilo; comía bien, en realidad estaba empezando a comer tras unos días sondado; hacía gimnasia en un patinillo interior, en realidad estaba empezando a caminar pasillo adelante pasillo atrás de la pequeña enfermería donde lo mantenían aislado; leía mucho, en realidad tenía un periódico sobre la cama, fue saturándonos de piadosas mentiras que nos creímos: mi madre por pura necesidad y yo porque no tenía razón para no hacerlo.

Pocas defensas tiene el hombre ante el devenir, pero una claramente sobre las demás, ese pragmático a mal tiempo buena cara que me enseñó a cultivar TioPedro desde el mismo momento en que consideró a su hermano nacido de nuevo, una manera de estar que cambió la identidad de mi casa y casi con toda seguridad a mí: Venga, hoy te bajo yo, me dijo el día de la vuelta a clase cuando ya me había puesto mi madre el pardessus o abrigo, la cache-nez o bufanda y la casquette o gorrita de pelito gris, y cuál fue al poco mi sorpresa que subió él también al autobús:

Buenos días, y feliz año, saludó a Pepe el conductor bonachón;

¡Ah! ¿Es usted el nuevo profesor?, respondió él, y así me enteré de la noticia que tan celosamente me habían guardado, que el trabajo de TioPedro del que había oído hablar era ¡ser profe del colegio!, y de su mano fui todo el camino, por primera vez y última, de todas formas: Pierre, mañana, te sientas ya con tus compañeros, como si yo no existiese, me pidió, y volví a esperar a Herrezuelo, que se montaba cerca de Atocha, y los dos a las hermanas que recogíamos en una plaza muy nueva de casas muy nuevas: me gustaba mucho la mayor, Elena, por su voz, una voz ronca con deje cantarín que me ponía de punta los pelos de los brazos, como me había pasado a veces con Vidal cuando giraba temerario con su carromato la esquina frente al Barrio, al que reclamaba con insistencia que me llevasen y al que por fin me llevaron el primer domingo tras las vacaciones, aunque todo fue ya distinto desde la misma ida, en taxi, y no andando: Pierre, yo tengo que trabajar, así que me voy con mi cuaderno a un café y luego paso a recogerte. Estate en la puerta a las ocho en punto, me pidió TioPedro con esa frialdad de la que siempre supo recubrir aquello sobre lo que no quería dar explicaciones.

Fue atorrante el primer rato de mi vuelta, los vecinos y vecinas en cascada insistente: cómo estaba mi padre, dónde estaba mi madre, cómo estaba mi padre, quién me había llevado, cómo estaba mi padre, si había vuelto mi tío, cómo estaba mi padre, una seria preocupación que, mucho más directos, compartían con su acostumbrada morbosidad los niños:

¡Le habrán dao cada paliza!;

No, sólo le hacen preguntas;

Qué tonto. Pues al señor Ángel le pegaban con porras;

Y a mi tía la pegaron hasta hacerla sangre;

Y a mi abuela la afeitaron el pelo;

Y al hermano del Guita se le arrancaron a tirones;

Y al Vidal le han dao una...;

¿Al Vidal?, solía yo poner allí el artículo a los nombres propios para mostrarme uno de ellos, y oí con estupor a Manuel responderme que sí, que lo habían pillado antes de la nochebuena en el Puente con una moto robada, pero que él no la había robado, que todos sabían quién pero nadie se atrevía a decirlo y en el reformatorio estaba, y a nadie, en efecto, se le escapó ni aquella tarde ni nunca el nombre de aquel ladrón, Vidal detenido como mi padre, me notaba pesarosa por triste la cabeza, pero inmediatamente nos fuimos al descampado a jugar con el balón que le habían llevado al Rubio su abuela y su tía: su tía la Pepinillos; que dejásemos en paz a su tía; ¡tía Pepinillos, tía Pepinillos, tía Pepinillos!; envidia que teníamos de su tía porque se había casado con un militar; ya, con un chusquero, rió Manuel, y le dio un puñetazo a la pelota, que rodó calle abajo atrayéndonos a todos en tropel detrás hasta que alguien la pilló y empezó a pasarla, vuelo de uno al otro burlando al Rubio hacia el descampado de los cuatro montones de piedras que, dos a dos, marcaban porterías:

¿Tú eres del Atleti, o del Madrid?, me preguntaron, y como respondí que de ninguno, se rieron de mí: tolili, fantasma, gilipollas, todo el mundo era o del Atleti o del Madrid, y yo quise saber de cuál era Vidal:

Del Atleti, como yo, me respondió Manuel;

Pues del Atleti, zanjé la cuestión, y me puse a jugar aunque no me gustase, de portero porque de portero le tocaba a quien no sabía de qué jugaba, de portero por poco tiempo, hasta que Manuel me dio dos gritos, pusieron a otro y yo me dediqué a corretear sin llegar nunca a tiempo y sin darle nunca bien al balón si es que me venía, aunque no me importó, igual que no me importó que me llamasen patapalo y tuercebotas.

Era yo extrañamente feliz en el Barrio, tanto que, como sabía que ni a TioPedro ni incluso a mi madre les gustaba mucho que fuera, preferí aguantarme a solas cuanto me habían dicho sobre mi padre y la historia de Vidal, la tercera fidelidad de mi vida, Vidal, Manuel y aquellos chicos cuya imagen decidí proteger a mi manera, y no me equivoqué, porque TioPedro se tiró el camino de vuelta intentando sonsacarme qué me habían preguntado y contado, nada según yo, sólo habíamos jugado al fútbol, y visto que no podía confirmar lo que perfectamente intuía, empezó a explicarme los pronombres: donde los chavales de la corrala y casi todo el mundo decía le, a menudo había que decir lo; y donde decían la a veces había que decir le, me eché a reír porque me pareció aquello un galimatías.

Era como tener dos colegios la nueva vida de mi casa: la comida se convirtió en la permanente ampliación por

TioPedro de cuanto yo contaba que había hecho en clase, dilatada comida que comprendía el café, tras el que se levantaba, cogía al paso una copa y su botella de coñac y tiraba hacia la antigua habitación de nadie reconvertida en el estudio donde dormía y trabajaba, a apoltronarse en su sillón medio oculto tras el montón de libros que copaban la mesa, cargar una cualquiera de sus tres pipas grandes y ponerse a sus traducciones o a escribir cartas, porque a la poesía dedicaba la noche, mientras mi madre y yo dormíamos. Era ésa la primera frontera de la tarde: Si me necesitas para algo, avisa, me repetía desde dentro del humo, y yo me iba entonces al comedor a trabajar en medio del resoplido de la máquina de coser que llegaba desde el fondo del pasillo, el rato de los deberes que se empujaba más o menos hasta el alto en la costura que hacía mi madre en favor de la radio en una lengua que ya no me era ajena y la ida de TioPedro a su tertulia del café, la segunda frontera de la tarde que daba paso a aquella tristeza del crepúsculo y su aire no ya por desgracia de inquietud en cuanto se había consumido lo tan temido, pero sí de una invariable melancolía que intentaba yo rellenar entre dibujos y canturreos contra el silencio hasta la vuelta de TioPedro para la cena: ¿lo había hecho todo?, ¿tenía dudas de algo?, ¿había dibujado?, y siempre acabábamos viendo lo que yo había pintado, por aquellos tiempos caricaturas y viñetas que imitaban a los personajes del *Tío Vivo,* el tebeo que con tan pocas ganas me compraba todos los sábados a mi vuelta del colegio.

Si es que a ti te tira la corrala, Pierre, me reprochaba suave pero insistente, y cierto era, no en vano me ronda-

ba la cabeza hacer 13 rue del Percebe en corrala, lo que
prepararía para el dibujo de fin de curso por más que se
me quejase el hombre entre bromas pero cada vez con
más firmeza y, eso sí, menor éxito, porque yo seguía re-
clamando todos los domingos que me llevase al Barrio a
patear el aire, espeluznarme en truculencias y encogerme
de rubor:

A la Pili la están saliendo ya las tetas, y qué tetas;

Pues a la María se las ha tocado el hermano de éste, señalaba alguien a alguien y reían los demás y las miraban,
desde lejos casi siempre en cuanto niños y niñas éramos
peñas aparte que a la luz se entrecruzaban sólo en traes,
llevas, dimes y diretes, y todos seguían chismorreando y
riendo menos yo, tuercebotas también en la vida, esa asignatura, o arte, o ciencia: nunca he sabido en realidad qué,
bastante más difícil de asimilar que todo lo demás, especialmente si al lado de alguien obsesionado por enseñarme,
como TioPedro: entre semana en las tareas, en comentarios a mis dibujos, en frases que encontraba y se acercaba
a leerme, y los fines de semana en el museo del Prado, en
su librería de viejo por la Puerta del Sol, en el Rastro, en el
cine o en el teatro, en el paseo por las calles mismas y sus
curiosidades, una tarde la de un mísero barrio frente al
terraplén que daba a la pradera del río, de fachadas que parecían mantenidas en pie sólo por su suciedad: Fíjate bien
en todo, Pierre, que éste es el barrio de las Injurias, una extraña visita de la que me explicaría tras la cena su porqué:
Escucha, Pierre, y empezó a leerme párrafos de un libro
que se titulaba *La busca,* que era de Pío Baroja y al que me
puse yo el día siguiente porque me había atraído ese mun-

do del que aún tenía algo mi mundo, entre otras cosas la coincidencia de un Vidal y de un Manuel.

Es extraño el miedo, extraño, imprevisible y más común de cuanto a primera vista parece, porque no sólo tiene que ver con la reacción ante lo tangible, sino también ante ese gran intangible que es por definición lo desconocido, miedo, además, con frecuencia inoportuno, podría perfectamente haber aprendido en junio de 1968 a poco que hubiese sabido interpretar la languidez de cabeza y el peso en el pecho con los que amanecí pese a la alegre agitación que se respiraba en mi casa desde la víspera con aquel trasiego de compras, recordatorios de olvidos, más compras rezagadas y más repentinas consciencias de despistes que había que ir apuntando para completar lo ya improrrogable:

Mira que te lo llevo diciendo toda la semana, Pedro, pero siempre tienes que dejarlo todo para última hora y luego que ir corriendo a todas partes, como si por tirarte el día pegado a la radio fuese a estallar otra revolución, chistó de lamento mi madre;

No me regañes, doña organización, que perdemos tiempo;

Qué cara más dura tienes, Pedro, se quejó ella, pero volvió a sonreír porque TioPedro siempre sabía hacerla sonreír: Pierre, fíjate en tu madre, se le dirigió a través de mí, parece Carlos III, ¿te acuerdas del cuadro de Goya?, y sí lo parecía tal y como estaba apoyada en el palo de la escoba, aunque ni gracia me hizo porque yo sí que no tenía esa mañana el cuerpo para bromas y lo que era en ellos la ilusión por el reencuentro mío con mi padre, trasladado en marzo a la prisión de Almería, resultaba para mí miedo, un difuso temor a cómo pudiese encontrarlo, un temor que me había ido embargando a lo largo de los últimos días según se acercaba el momento de la partida y que se había disparado la noche antes en una vertiginosa batería de imágenes que llegaron a angustiarme hasta que caí dormido.

Me tiré el día entero, además de cansado, atrapado en las redes de la melancolía y sólo a última hora parecí incorporarme a la animación ambiente con el cómico ajetreo del equipaje, al que añadí in extremis y como en un impulso mis tres libros de TioPedro, el primero de los dos ritos que me dejó esa noche: siempre desde entonces he viajado con ellos como con un amuleto, y, por fin, la estación, esa estación que conocía tan bien por fuera desde todos sus ángulos pero apenas por dentro, y ese vagón desde abajo inmenso que arriba parecía todo pasillo, un corredor largo, misterioso, abarrotado de puertas y oscuro de madera antigua y poca luz. Conocía yo, además, palmo a palmo el panorama que se abría en abanico desde la lentitud cadenciosa del tren en su salida: ¡La calle del señor Paco! ¡La taberna de las chapas! ¡La calle del puente, la calle del puente!, y me precipité al departamento porque ya sabía lo que venía al otro lado, el Barrio, y quería por una vez contemplar la imagen opuesta a la que tantas y tantas veces había visto desde abajo, el segundo de los ritos que me dejó esa noche: siempre desde entonces he contemplado en cada partida o llegada por Atocha mi barrio de vez en vez más asediado por un frontal de ruinas, pero volvió a asaltarme, traidor y repentino, el miedo y aquella primera vez no lo vi, lo miré aunque lo que veía era la imagen del padre de Manuel muerto en la vía, despedazado por un tren como el que nos llevaba a nosotros camino de mi padre encarcelado, y la angustia volvió a dominarme.

Me despertaron al tiempo la voz de mi madre, el golpe seco de la cortina que se levantaba como un resorte y un impacto de luz tan molesto que tuve que cerrar los ojos, pero cuando pude por fin abrirlos me quedé por un rato contemplando unas montañas que parecían de cartón: Mira, así tiene que ser África, rompió TioPedro el silencio en el que nos habíamos quedado, y me estimuló una vez más la fantasía, ante el paisaje primero y en aquella estación que parecía de tren eléctrico después, en medio de un olor extraño que no identificaba yo como de puerto de mar, de una claridad a la que a duras penas resistía, de un polvo que se mascaba, de un ambiente que sonaba apagado y redondo, de la sensación de que alguna mano húmeda y desconocida como la del miedo me estuviese cubriendo el cuerpo con una película que era simplemente mi sudor, así tenía que ser África, y tal vez como aquella plaza tan abierta y sin casas que se me hacía antigua porque sacados de los libros de historia me parecían los coches de caballos: Vamos, cogió TioPedro las dos maletas que había posado en el suelo para descansar los brazos, y supe exactamente adónde echaba, hacia uno de ellos, su caballo inexpresivo que espantaba las moscas con el rabo, su cochero sin palabras, su tintineo de cascabeles que parecían agitarse solos, miraba y remiraba yo: Al hotel Andalucía, pero vamos por abajo para que este niño vea el mar, pidió TioPedro, y el hombre cargó las maletas atrás, las fijó despacioso con una soga, subimos nosotros balanceando la berlina con cada pisada en el estribo y trepó él al pescante acunándonos a todos.

Sin embargo, ni el mar inmenso que vi al poco desde el coche ni la arena caliente por la que aquella tarde me acerqué a él hasta tocarlo lograron arrancarme de ese miedo que me dominaba: ¿por mi padre y cómo lo fuese a ver?; ¿por mí y cómo me fuera yo a sentir?, más bien por esto, porque es temeroso, por egoísta, el miedo, ese miedo que no nace del sufrimiento o la pena por alguien sino de nuestro sufrimiento por ese sufrimiento y de nuestra pena por esa pena. Así es el miedo, personal e intransferible como el más serio de nuestros documentos, miedo que quita el sueño, y mal había dormido yo la noche antes, miedo que cierra el estómago, y casi no había querido comer, sentí aunque no supiese entonces explicármelo la tarde después de nuestra llegada, en un taxi grande y de taxista calvo como una bola de billar camino de unas tapias terrosas coronadas de garitas con policía armado de metralleta, de su portón metálico, de su corredor angosto y sucio con alambres por todas partes antes de la nueva puerta y su vestíbulo cochambroso y destartalado en el que una gitana con un niño pequeño en los brazos chillaba cosas incomprensibles a una monja tétrica y enana mientras TioPedro se identificaba ante un hombre de uniforme azul y aire paciente.

No sé si cerré los ojos pasillo adelante o si, simplemente, estaban ya presos de la visión venidera: el pelo bastante más blanco, muy delgado y con un diente saltado, me dolió ver a mi padre de pronto viejo, tanto que me pareció otra persona a la que siempre me costaría relacionar con la de antes, pero, eso sí, se me quitó de golpe el miedo que llevaba conmigo a rastras: Pedrín..., me sonó su voz más débil, Pedrín..., y corrí hacia los barrotes que nos separaban en el pequeño pasillo improvisado como sala de encuentro ya que era, aquélla, visita no reglamentaria que habían permitido por ser el día de san Juan y gracias a los contactos de TioPedro, e hice en el abrazo cuerpo de mi cuerpo de los dos barrotes, dos, que se me clavaban, un abrazo largo como la eternidad que interrumpió el oficial bajito:

Juan, voy a abrirle la puerta a su hijo;

Se lo agradezco, Miranda;

Lo que lleva el niño, señaló TioPedro la bolsa y la carpeta junto a mí, son dos regalos para su padre, ¿sabe?;

Que los pase, que los pase, y echó el hombre hacia la verja mientras escogía una de las llaves de su enorme mazo, grande como el del sereno de mi calle. Sonó a oxidada la cerradura, chirrió el pestillo y yo no pude ni correr, pero no ya de miedo, sino de tiempo detenido, que es como se nos muestra la felicidad.

Hijo, qué alto estás, se quedó su mirada tan quieta como el aire pesado y caliente que parecía estar lamiéndonos, e imagino que la mía tan descompuesta como desconchadas aquellas paredes que se antojaban hechas a capas de pintura;

Papá, dos voces, la suya y la mía, arrastradas como esa palomilla que blanqueaba el suelo gris suciedad: así que lo había aprobado todo, empalmó con la última carta que le había escrito; sí; ¿le podía repetir las notas, que se había olvidado?, y lo hice por el orden exacto que le había puesto días antes en la carta para sorpresa mía memorizada, pero ya se sabe que las relaciones viven y se desarrollan en sí mismas con un código exclusivo y propio que, en el caso de la nuestra, partida de un hachazo la tocona, era ya la epistolar que nos cruzábamos cada quince días con la visita, alternativa, de mi madre y de TioPedro, tanto que quien me había acariciado hasta casi gastarme tardó en desplegar los dedos y sus yemas, atemorizado tal vez por lo que perfectamente sabía, que en breve se iba a quedar sin la posibilidad de palparme, porque aquellos hombres vivían en la lejanía de sus seres más queridos la peor de las torturas: la vivían cuando los recordaban en la soledad eterna de la celda; y la revivían cuando tenían ante sí por los míseros minutos de la visita al hijo tembloroso y lloroso, a la mujer doliente y llorosa, al hermano emocionado y lloroso; y la multiplicaban cuando los veían alejarse tras esos míseros minutos de la visita y oían los propios pasos dejando atrás los ruidos secos de los cerrojos camino de la celda inmóvil y miles de más eternos minutos de echarlos de menos, sé que, mientras yo me alejaba, estaría sintiendo en primera persona lo que tanto contaría luego en coral porque su razón de ser, de sufrir y de gozar, de hacer y deshacer no era propia, sino universal, y estaba diluida en ese ente superior y hasta supremo que era el partido, y aprendí con doce escasos años y sin darme cuenta que la soledad también se pega, justo como la pena que me mantuvo en el silencio más riguroso los pocos días que nos quedamos en Almería para que yo gozara de un mar del que no pude gozar.

A todo acabamos por acostumbrarnos, hasta a esa horrible visión de muros inexpugnables, pasillos infinitos y barrotes separadores que la visita del verano anterior, la de navidades, la de semana santa y la asistencia al juicio: ocho años y un día de reclusión, habían ido desdramatizando en mi cabeza hasta relativizarla y permitir que el segundo veraneo de mi vida fuese tan distinto al de un año antes que siempre me ha sonado a primero, con los Zamora y en San José, el pueblecito donde encontramos una casa prácticamente sobre el mar, frente a una taberna de pescadores con porche que bautizó Jacinto como la del vicio desde la noche misma de nuestra llegada, un lugar precioso que nos encantó a todos, menos a mi madre, mi madre de cuerpo pequeño y de bañador negro con faldita que contrastaba con el de la grandona y atlética doña Conchita que quería que la llamase Concha, el bikini que le dejaba la tripa al aire y que una mañana costó una tensa discusión con una pareja de la guardia civil en la pequeña cala justo bajo nuestra casa: no se podía estar así, señaló groseramente con el dedo uno; ¿cómo?; desnuda, respondió el otro, y Jacinto se puso a discutir y los dos descerebrados se fueron envalentonando hasta que sonó la voz de la interesada: Miren, agentes, soy sobrina de subsecretario e hija de director general y sé perfectamente lo que puedo y no puedo hacer, con lo que, preceptivas disculpas de lacayos y preceptivo saludo militar por los guardias, se zanjó el asunto.

Rieron a modo TioPedro y los Zamora, pero no mi madre, que se descomponía con las situaciones violentas: Fíjate la que se ha liado con este par de cretinos que no saben que dentro de poco no va a haber ni bañadores ni bikinis, Pierre, risoteó TioPedro, y empezaron él, Jacinto y Concha a contarme lo que estaba pasando en el mundo: que los jóvenes se habían hartado ya de tanta hipocresía; que los hippies habían proclamado el amor libre; que miles de chicos y chicas acababan los conciertos de música moderna desnudos y amándose a los ojos de todos; que las drogas del placer: drogas del placer, me quedé con la expresión, pasaban por Europa y Estados Unidos de mano en mano; que los pacifistas americanos se negaban a ir a Vietnam al grito de Haz el amor y no la guerra, una conversación que seguí fascinado porque, por una vez, cuanto hablaban me pareció distinto, cargado de novedades y, recuerdo, colorido.

Mira tu sobrino. No cierra los ojos. ¡Lo que está aprendiendo!, me sacó la lengua Concha;

¡Y más que va a aprender cuando me lo lleve a París! Si tengo acabada la traducción antes de que empiece el curso, te vienes conmigo, Pierre, me miró TioPedro;

Y yo. Será bueno que vaya también un profesor de Filosofía para que te explique a Marcuse y a Sartre, me guiñó el ojo Zamora;

Tú, no sé, pero yo esta vez no me quedo. La de febrero no me la vuelves a hacer, miró Concha a su marido mientras reforzaba con el dedo su negativa, y se giró a mi madre: Éste es que tiene una cara dura..., como buen hombre. No tienen solución los hombres, ¿verdad, Carmen?, y mi madre ni respondió, sólo la miró con un gesto dolido y se levantó: Voy a ir preparando el gazpacho.

Fueron días cargados para mí de novedades, esa de las vísperas del mundo nuevo que anunciaban y otras muchas más: el mar, el mar y su visión inmensa de la redondez del mundo; el mar y su fondo lento hasta parecer quieto, apenas violentado por mi pie cuando se movía, o por los peces que se antojaban suspendidos hasta que quebraban fugaces su ritmo; el mar y su agua que agrandaba figuras, desdibujaba perfiles, mataba colores y ponía estirada sordina a los sonidos; el mar y su frescor punzante a la entrada que obligaba a nadar, reconfortante después que llamaba a sumergirse, incómodo al final que empujaba a flotar para buscar el sol y con él la magia de saberse ingrávido; el mar y su tacto con cuerpo, el mar y su sabor salado, el mar y su imperceptible movimiento que alejaba o acercaba a su capricho de olas, resaca y corrientes la referencia de los míos; el mar que, un año antes, no había podido hacer propio porque me supo, en su sal, a pena.

Y el desierto, el desierto y su horizonte circundante, reductor del hombre hasta su insignificancia, el desierto y su suelo inquieto, impreso de mil patas diminutas en su submundo de vidas pequeñas y ocultas que aplastaba sin quererlo mi pie o que, sorprendidas, parecían botar y rebotar como pelotas; el desierto y su aire volátil que blanqueaba figuras, mareaba perfiles y remarcaba sombras: calima decía Jacinto; calina prefería TioPedro; el desierto y sus cascotes que disparaban fogonazos metálicos de luz; el desierto y su calor pesado que hacía de los decorados de cine un descanso y del rancho de troncos para interiores

53

un placer, y por lo tanto el éxtasis que conlleva el sufrimiento superado; el desierto y su quietud que ni siquiera alteraba el sol siempre en el mismo sitio, o eso parecía por más que me acercase o alejase de los míos; el desierto que un año antes no había sabido ver cuando TioPedro me lo fue mostrando desde el tren porque me dio, en su luz, miedo.

Fui feliz aquellas semanas, justo hasta el día de mi cumpleaños y la nueva visita a mi padre, TioPedro con el cuadrito de luna llena que yo había pintado allí desde el porche y él me había comprado por quinientas pesetas para regalárselo a su hermano; Jacinto Zamora con un jamón y una caja de botellas para que festejara con los camaradas el cumpleaños de su hijo; yo con una botellita de agua de mar y otra de arena, una excursión que por momentos hasta llegó a parecerme divertida porque TioPedro anduvo enloquecido desde la misma ida, cantando a dúo con Jacinto canciones francesas, haciéndose pasar por francés en la sala de teléfonos y haciendo que fuese Jacinto quien lo simulara en el restaurante del puerto bajo el castillo, enloquecido, desbocado, alegre como el de mi más remota infancia y como aquellas semanas demasiado perfectas para que no estallasen de pronto, cuando, esa misma noche, oí al otro lado de la puerta:

No, Pedro, ya te lo dije. Nosotros nos cogemos mañana el tren;

Carmen, ¡con lo bien que lo está pasando Pierre!;

Pues, si quiere, que se quede;

Eso es una tontería, Carmen. Os quedáis los dos. Si...;

54

¡Que no! Además, cállate, no vayamos a despertar al niño, y déjame dormir, que estoy muy cansada y mañana nos espera un día de aúpa, entró la mujer, cerró la puerta, se quedó unos instantes apoyada sobre ella y finalmente se acostó dejándome confuso primero, preocupado después y tenso por la mañana: ¿me volvía a Madrid o me quedaba?, me preguntaron ambos por separado, y no supe qué responderle a TioPedro, pero tampoco un rato después expresarle a mi madre lo que realmente deseaba, quedarme, y con esta cuarta y no casual, aunque forzada, fidelidad de mi vida a la que me movió un sentimiento más de pena que de solidaridad, mi madre, volví pesaroso a Madrid, y a una casa tan vacía que hasta a ella le costó asimilar: Hoy comemos en Jauja, ¿eh?, que la terracita está siempre muy animada, me dijo apenas entrados para intentar animarme, un pliegue de la boca y una expresión en los ojos que nunca he vuelto a ver ni en ella ni en nadie, el segundo de esos rostros que siempre quise pintar, el de un dolor, profundo hasta representarse sereno, que profundos motivos habría de tener, me temí, y acerté: la llegada de mi tío mediado agosto rellenó un indudable vacío, pero se instalaron en casa demasiados silencios y desapareció del todo aquel aire de provocación y broma que él siempre había aportado y ante el que ella se desplegaba en risas, sonrisas y falsas indignaciones, una forma de relacionarse que si andaba yo de por medio solía acabar elevándose al rango de teatro, pero hasta conmigo cambiaron el tono: más cálido que antes el de mi madre; más frío el de TioPedro, una nueva atmósfera que fui a duras penas asimilando y que, cerca ya de navidades, volvió a ser mutismo absoluto que hizo saltar en añicos el frágil equilibrio que lo cotidiano había acabado por imponer.

Fue una sobremesa, después de una comida extraña y mientras TioPedro me explicaba el neoclasicismo que probablemente por este mal recuerdo me guste menos de cuanto debería gustarme:

Hasta luego Pedrín. Voy donde don Luis a llevarle unas cosas, oí de pronto a mi madre desde la entrada, y enseguida un portazo;

¿Qué pasa, TioPedro?, no pude remediar preguntárselo;

Nada, me respondió, un nada lleno de hastío que amargó su gesto, y tal tuvo que ser en aquel momento el resquemor sentido que mi memoria no lo incorporó a su futura galería de retratos, segundo perdido retrato tras el de mi padre de golpe envejecido el día de nuestro reencuentro en la cárcel. Ya hablaremos, añadió, e intentó volver a lo dicho: Pierre, el neoclasicismo busca más la idea que la belleza tal y como podamos ahora concebirla, la belleza de la idea más que la belleza sensual, en estado puro, pero calló y resopló largo para sacarse de encima la mosca punzante de la incomprensión: pasaba que él nos quería a mi padre, a mi madre y a mí más que a nadie y a los tres por igual, éramos su familia, ¿no?, su única familia, pero eso no quería decir que fuésemos su única vida, ¿lo seguía? Su vida, el presente de su vida, estaba en París, era feliz allí, allí se había hecho poeta, allí era hombre libre, allí se sentía él mismo más que en ningún otro lugar, lo que no quería decir en absoluto que hubiese olvidado el resto de su vida, sus estudios, su formación, que se los debía a mi padre y sobre todo a mi madre, a mi padre y sobre todo a mi madre, remarcó, todo eso y

56

mucho más, y mucho más, pero una cosa era el pasado y otra el presente, ¿lo seguía?, y debió de pensar que no, o que no del todo: Tú sabes que yo estoy en Madrid porque estos cabrones han metido a tu padre en la cárcel y porque Carmen y Pierre, Pierre y Carmen, me necesitan, pero eso no quiere decir que ésta sea mi vida, quiere decir sólo que ésta es ahora la circunstancia de mi vida, ¿lo comprendes?

Asentí, pero necesitaba él hablar mucho más que yo oír y tardó en seguir apenas el tiempo de cargar y encender la pipa que había dejado sobre la mesa: Mira, Pierre, no es justo que tu madre se enfadase conmigo este verano porque invitara a venirse con nosotros unos días a Babel y Thérèse, mis dos amigos. Por eso estuvo de morros todo el tiempo y os volvisteis, y hoy está como está porque cuando volvamos de ver a tu padre me voy a París ocho días, del 30 de diciembre al 6 de enero, lo que yo también ignoraba, ocho días, ocho, contó con los dedos. No es justo, Pierre, no es justo, primero porque lo hago consciente de que puedo, o sea, de que es semana en la que no hay visita a papá y os podéis quedar solos, y segundo porque no es un delito que vaya a entregar una traducción que tenía que haber llevado ya y de paso vea a mis amigos, a unos muy buenos amigos a los que también debo mucho, mejor dicho, a los que..., pero se arrepintió de lo que fuese a desvelar y se dedicó a su pipa como en un diálogo que agradecí, porque me evitó seguir oyendo.

Sentirse mayor ayuda a crecer, y la semana santa que pasamos en San José para que yo pudiese visitar de nuevo a mi padre, ya definitivamente asimilado por mí en su nueva fisonomía y en el significado de su condena, me devolvió a Madrid con ganas, decidido a estrechar el contacto con los compañeros que más inquietud llevaban mostrando durante el curso, a los que aún no me había atrevido del todo a acercarme: Rafael Álvarez el que le había propuesto a doña Emilia preparar una obra de teatro; Tomás Enríquez el que le había planteado a Alcaraz montar una exposición de pintura; Ana Pardo la que los animaba, y me eché una mañana a la cartera el libro de Nicolás Guillén que TioPedro me había traído de París:

He pensado que podíamos hacer las dos cosas a la vez, les dije alargándoles el ejemplar de *El gran zoo*. Tú escribes la obra con estos personajes, miré a Rafael, y nosotros organizamos un concurso de pintura para los decorados, miré a Tomás;

¿Y yo?, se picó Ana, y los tres nos hicimos los machitos, pero fue ella quien nos puso de acuerdo: ¿Y si nos juntamos mañana por la tarde para planearlo todo?, era un viernes, con lo que le di a TioPedro la satisfacción que esperaba desde hacía ya mucho, que algo se interpusiera entre el Barrio y yo, la cita con mis compañeros de clase que escogí frente a ese partido de fútbol que había pasado hacía poco de los domingos a los sábados y que me reportaba la sana y sensual camaradería del roce con unos chicos entre los que me encontraba a gusto por más que se riesen de cada patada que yo le daba al aire, que eran todas; me abuchearan si no era capaz de coger del rabo una rata muerta, que no lo era; me ridiculizasen cuando me negaba a sumarme a la calada del pitillo colectivo en los billares e hicieran que me avergonzase cuando acertaban a voz en grito el tabaco: rubio o negro, que fumaba quien a nuestro lado se tiraba un pedo, aún el hazmerreír de la pandilla aunque estuviese ya entre los mayores del grupo porque en el Barrio quienes empezaban a trabajar: Vidal salido hacía poco del reformatorio, Manuel, Ángel, Luis, el Rubio, pasaban de niños a hombres y desaparecían las tardes de fiesta para tocar de verdad las tetas, los culos y los coños de los que antes hablaban sin parar, el ingenuo que aún se ruborizaba con las palabras cargadas de vivencia y era ajeno a las aficiones que allí predominaban, el omnipresente fútbol, las socorridas pajas y el mundo paralelo de aquella televisión que los tenía hipnotizados, tres aficiones que descarté, he llegado a pensar con el tiempo, para ir marcando mi propia distancia con el Barrio.

Aquel sábado de mi deserción de la corrala en el que acordamos definitivamente qué hacer: Rafael Álvarez el texto; yo los decorados; Tomás los animales en cartón como gigantes y cabezudos a portar por los actores; Ana la dirección de la obra y la organización de los pases, fue también el de mi primera confesión:

Mi padre no podrá venir porque está en la cárcel. Lo detuvieron porque es comunista, pronuncié bajando la voz, pero con orgullo;

¿Sí?, se extrañó Ana con voz de miedo;

¡Vaya!, se quedó confundido Tomás Enríquez;

Yo lo sabía, pero me dijo mi padre que no lo contara, desveló Rafael Álvarez, hijo de un médico que luego sería diputado socialista. Como conoce a tu tío, y salió mi tío Pedro Luna el profesor a colación: a Ana Pardo le imponía mucho respeto, a Enríquez le gustaba cómo contaba las cosas y Álvarez se reía mucho con él porque parecía estar en otro mundo cuando leía poesías. Habían oído que era amigo de la dire y que era poeta, y yo les aclaré que tenía tres libros: *El adiós, El tren de la vida* y *Mi puente,* y que estaba escribiendo el cuarto, y así transcurrió aquella primera tarde de sábado que se repitió la semana siguiente, y la otra, y todas hasta final de curso, siempre en la terracita que ponían en el porche de un bar casi enfrente porque avanzaba el buen tiempo, y cada día con más compañeros que se agregaban: Ramón Gutiérrez, Joaquín Espeliú, Beatriz Olmedo, Fina Amador, un grupo formal en clase y desenfadado en la calle, menos yo, que llevaba dentro la seriedad de mi sangre proletaria: Rafael Álvarez y Fina Amador eran hijos de médico, Ana Pardo de ingeniero, Tomás Enríquez de pintor, los primos Joaquín Espejo y Ramón Gutiérrez de arquitectos, Beatriz Olmedo de profesor de universidad y profesora de instituto, la única de nuestras madres que en teoría trabajaba, porque yo tardaría aún en decir que la mía era modista, yo presumía mejor de tío poeta y de padre héroe, de forma que lo primero que me dio el comunismo, además del valor de la fidelidad, fue prestigio social, un prestigio que salió reforzado a la vuelta de vacaciones, de nuevo en Almería y de nuevo partidas: mi madre y yo sólo hasta mi cumpleaños; TioPedro y los Zamora unas semanas más con aquellos franceses a los que yo parecía condenado a no conocer.

Encontramos TioPedro y yo un mediodía de octubre a mi madre cariacontecida: había llamado el señor Paco, que se había muerto el señor Antonio. El entierro era a las cuatro y media, y TioPedro me miró: Tienes que venir conmigo, Pierre, y junto al señor Paco el tabernero acompañamos los dos en triste cortejo al pobre Antonio Rodríguez Manzanares a uno de los pequeños cementerios sobre ese río que llevaba su nombre y sobre la ciudad envuelta en un tranquilo silencio que nos contagió a la vuelta hasta la misma taberna de Áncora ese día cerrada por entierro, según rezaba el cartel escrito a lápiz gordo de carpintero, los tres a la mesa del fondo, que era la menos fría, y en medio de un olor agrio a vino concentrado que parecía trepanar con dos punzones el cerebro:

Mi sobrino no conoce lo que le pasó a Manzanares y debería saberlo, ¿no cree usted, Paco?;

Sí, tardó en responder el tabernero, y el eco del local vacío alargó su afirmación primero y enseguida el chasquido sobre el velador del vaso que apuró mi tío de un trago, tal vez para darse fuerzas: a principios de los Cuarenta, cuando esa banda de cabrones estaba en todo lo suyo, cuando eran unas auténticas fieras, detuvieron al pobre Manzanares y, visto que por más que le pegaban no había manera de sacarle lo que querían, una noche lo asearon y lo subieron a un despacho donde tenían sentados a los dos camaradas que habían caído en su misma redada y a una mujer, a una fulana a la que tendrían por algún calabozo. Allí lo tuvieron un rato, en medio de la habitación, y de pronto el comisario le propuso un trato, que si le daba el nombre, sólo el nombre, de su jefecillo, de esa rata inmunda que le pasaba las órdenes que él a su vez le pasaba a los dos desgraciaos que tenía delante de espectadores, eso decía el hijo de puta, lo dejaba ir sin más, pero si no..., si no iba a pedirle a la puta que se lo follase allí mismo delante de todos, y entonces... entonces a los que iba a soltar era a sus camaradas para que fueran contándolo todo por ahí, que para eso sí tenía siempre la gente la lengua suelta, también los hijos de Satanás, eso decía el hijo de puta, y el hijo de puta rompió entonces a reír como un loco y el pobre Manzanares a llorar, pero sólo a llorar, se echó a llorar pero no dijo ni una palabra, ni una, y el hijo de puta le bajó entonces de dos tirones el pantalón, le arrancó los calzoncillos y empezó a darle vueltas como a un maniquí para que se viese..., le patinó la voz a TioPedro, para que se viese..., y se quedó mirándome.

Duró una eternidad el cruce de miradas entre mi tío y el señor Paco: Pierre, suspiró TioPedro con cara de profundo asco, ni aún así logró aquel cabrón hacerlo hablar, ¿sabes?, porque... al eunuco de regazo venusiano le faltaba... eso, pues sí, le faltaban, pero tenía más cojones que todos aquellos cabrones juntos, muchos más, y aunque conocía más que de sobra a esa... rata inmunda y sabía perfectamente quién era y dónde vivía y todo de él, no lo delató, Pierre, no lo delató, cerró los ojos y se mordisqueó nervioso el labio:

¿Sabes quién era esa rata... inmunda?, me preguntó con una sonrisa triste que a él sí que lo delataba;

¿Mi padre?, imaginé;

Sí, Pedrín, tu padre, mi padre, y no pude no contárselo el día siguiente a Enríquez, y luego a Álvarez y luego a Ana, una historia que se extendió y que preparó lo que sólo en unas semanas iba a suponerme la definitiva aureola entre mis compañeros, cuando una mañana de noviembre, apenas empezada la clase, vi entrar al profesor Luna no esa vez con la cara de profesor Luna, sino de TioPedro, y se me disparó ese sexto sentido que me ha acompañado siempre en todo lo importante y con el que tanto he paliado mi incapacidad casi absoluta de reflexión: había vuelto mi padre, me dije, y con el corazón en un puño llegué hasta su hermano: Recoge, Pierre, que sale esta tarde y nos vamos ahora mismo por él. Olivares ya está de camino, oí con una extraña sensación de paz que me aflojó todo el cuerpo.

Fue TioPedro distendido y feliz todo el viaje, justo al revés que mi madre, agarrotada desde el mismo colegio y, ya en carretera, aterrada por el zigzag de Jacinto en sus adelantamientos, primero en las rectas que siempre tenían un campanario por horizonte y, a lado y lado, molinos de viento que nos miraban tranquilos en su trabajo desde las colinas redondas; luego en la subida a la sierra de cortadas profundas y nombre que me gustó, Despeñaperros; más tarde en la bajada vertiginosa hacia una tierra que parecía desde arriba no tener límites: ¡Andalucía!, exclamó TioPedro eufórico, y Zamora tocó con alegría el claxon y alegres siguieron los dos la marcha a su animada charla, aunque a mí, sin embargo, fue una confusa melancolía la que me inspiraron los campos de Jaén, porque aquella primera vez que veía su redondez de esferas doradas que olivos y olivos cuadriculaban en verde me pesaba aún más que su belleza el gesto apenado de mi madre, triste me pareció en el léxico y por lo tanto en los conceptos que yo entonces poseía, pero poseía yo ya también un más que aceptable uso de memoria y supe almacenarlo en mi retina para en el futuro saber exactamente cómo definir aquel tercer rostro que incorporé a mi serie por hacer, marchito.

Cuando por fin llegamos, mi padre estaba ya esperándonos a la puerta de aquella cárcel de muros desportillados y sucios, rodeado de bultos junto al coche del abogado Olivares y con su actitud evasiva de siempre: Vamos al puerto, nos cortó cuando consideró ya demasiados los besos y abrazos, y se secó las mejillas lloriqueadas por los demás. Quiero ver el lugar donde murió mi hermano, dijo, y TioPedro le echó la mano al hombro: Sí. Que os lleve Olivares, que yo me voy por unas flores con Zamora. Nos vemos a la entrada, y con el abogado nos quedamos nosotros tres cargando la maleta, las cuatro bolsas y dos pesadas pilas de libros protegidos de las cuerdas por periódicos y trozos de cartón. Nada habló Juan Luna durante la operación, apenas volvió la vista atrás antes de subir al coche y no movió la cabeza en todo el trayecto, ni siquiera para decirnos de pronto, ya llegando del puerto: Ahora... vemos esto y nos vamos. No quiero quedarme ni una hora más en esta ciudad, me cojo yo el tren si estáis cansados. Comprendedlo: soy de esta tierra; tuve que salir corriendo por las sierras para que no me mataran a palos; mi hermano José murió aquí en el bombardeo alemán; mi hermano Pedro tuvo que irse de niño para no morir de hambre y para avisarme de que no volviera; mi padre se despeñó buscando mierda, mierda, para venderla después y que de esa mierda pudieran comer su mujer y la hija que les quedaba; mi madre y mi hermana tuvieron que irse a la Argentina y ni sé nada de ellas ni lo sabré probablemente nunca; y, encima, cuando vuelvo es para tirarme treinta y tres meses en

64

la cárcel, treinta y tres, se cubrió los ojos con una mano tal vez para impedir que le brotase el llanto, y quiso disimularlo:

Me hacen ya falta gafas. Cada vez veo peor, suspiró;

Y yo, Juan. Hay puntadas que las hago ya de oído, sacó mi madre un tono de dulzura extraño en ella.

Había aún claridad suficiente aunque el último pedazo de sol se hubiese perdido ya tras las montañas cuando nos alcanzó el coche de Zamora y, seguidos por la mirada de dos guardias civiles que hacían su ronda, alcanzamos el muelle vacío e inactivo. Sólo al final, tras atravesar media docena de grúas que nunca había llegado yo a ver en movimiento y pasado el restaurante que tanto gustaba a Tío-Pedro, empezamos a ver agitación humana, pescadores que manejaban redes, cabos, anzuelos enormes, cajas y otros cuantos artilugios más en medio de la achacosa respiración de unos barcos que parecían asmáticos, un gangoso ronroneo que nos acompañó por todo el muelle hasta una especie de almena ante la que paramos.

Repartió entonces TioPedro un ramo de flores por cabeza y subimos la docena de escalones resbaladizos y gastados tras mi padre y su paso solemne, lento como esa franja de la tarde en que una luz tenue y un horizonte anaranjado transmitían la calma que nunca le había conocido yo a esas horas, aunque no sé si Juan Luna se fijaría en ello, y en el perfil de la ciudad de tanto en tanto apuñalada por las barras verticales de sus pocos edificios altos, y en los acantilados sobre la carretera que serpenteaba a tiro de piedra justo enfrente, y en la lejanía aún nítida del cabo que cerraba la bahía al otro lado de esa balsa que desprendía frío y llamaban mar, porque nunca jamás hablaría de ese momento en que seis ramos de claveles volaron al agua en memoria de su hermano José, mi tío al que no conocí.

(Fin de LUNA CRECIENTE, o capítulo primero *en el que Pedro Luna Luna ha repasado su infancia y primera adolescencia, aquellos años que tan a merced lo tuvieron de cuanto estímulo recibiese de la totalidad del mundo y en los que logró adquirir ante la vida el uso de memoria suficiente como para poder montar su propia existencia.)*

II

Mi primer gran dilema fue el de un viaje, el viaje al que me invitó TioPedro por mi dieciséis cumpleaños, mi primer dilema serio, de esos que queman por dentro porque se sabe que van a dejar fuera un poso de resquemor como el que sintió mi madre tras la cena del 13 de julio de 1972 en la terraza de Casa Mingo, animada como una verbena:

> *Allons enfants de la patrie,*
> *Le jour de gloire est arrivé!,*

canturreó de pronto TioPedro, y extendió la muñeca izquierda hasta ponerme el reloj ante los ojos, y enseguida la mano derecha con un sobre: Catorce de julio, Pierre. Tu segundo regalo, ya me había entregado en casa el cuadro del año: un hombre de mirada viciosa y cuerpo informe sentado desnudo ante una botella y una copa de vino comiendo con gula bajo una luna pequeña y lejana, de Grosz esa vez, y se quedó tan parado a la espera de mi reacción como yo ante el descubrimiento de un billete de avión.

67

Se llevaba a su sobrino a París, informó, en dos días nos íbamos, y empezaron a quejarse sus amigos: qué barbaridad, no había vuelto desde que salió su hermano del talego, y ya se marchaba; claro, muy tranquilito para la cosmopolita e insurrecta París ese poblachón manchego de Madrid, ¿no?; ¿insurrecciones?, más bien alguna mujer que habría por ahí, hasta el serio de Olivares bromeaba aquella noche, y me miró mi madre: Podrás ir al Louvre, como querías, me dijo quebrada de emoción por mí pero de pena también, mordiéndose el resentimiento como hube yo de morderme las ganas de empezar a preguntar a gritos por qué tenía siempre que quedar a mi alrededor aunque fuese un fleco de tristeza: en dos noches íbamos a estar cenando en la brasserie de su amigo Pascal el protestón, y por la mañana... ¡en el Louvre!, inauguró TioPedro el programa; pues además tenía que ir al museo impresionista, siguió Zamora; y al Jardín de las Plantas, a ver si empezaban a interesarme un poco las ciencias naturales, porque... no hacía en ellas más que lo imprescindible, pobre Martín, con lo que me quería, me regañó cariñosa Concha en su papel de doña Conchita; y al Moulin Rouge, que ya tenía edad, rió Zamora completando la agenda, rieron los demás, forzó la sonrisa mi madre y enrojecí yo casi tanto como, días después, a la puerta del cabaret cuando TioPedro me preguntó si quería entrar pero me dio vergüenza.

Cumplimos, salvo el del Moulin Rouge, todos estos deseos y muchos más en aquella permanente caminata de un sitio para otro que fue el viaje, en medio de un calor que no era tanto como el de Madrid pero más pegajoso e incómodo, señal de que el Sena era mucho más río que el

Manzanares, decía TioPedro, las noches, eso sí, más frescas, advertí ya la de nuestra llegada pese a que aquel tal Pascal grande, fuerte y con bigote sudase a mares ante los fuegos con su demi de bière al lado en el chiscón a la entrada: Dominique, c'est notre ami le poète espagnol!, tronó al ver a TioPedro, y no le entendí más en su velocidad endiablada, algo sí a mi tío de la respuesta porque su francés me era más sencillo y sabía lo que iba a decir, que yo era su sobrino Pierre el de Madrid, y salieron la señora chiquita de detrás de la barra y el gigantón de su garito, los dos secándose las manos, ella del agua de su fregoteo para agarrarme de los brazos y él del sudor de su fogón para apretujar, primario, la mía hasta parecer que la chapaba: Tout va bien, mon petit gars?, rugió más que habló; Oui, la primera intervención de mi vida en lengua y tierra extranjeras.

Iba allí desde su misma llegada a París porque estaba muy cerca de la rue Rambuteau donde dormía en una habitación sin derecho a cocina, me contó TioPedro apenas a la mesa. Era una brasería buena y bastante barata, y los dueños tan cariñosos y comprensivos que al principio, cuando tenía sólo la beca, la buena beca que le había arreglado el padre de Concha, le fiaban hasta que cobraba: la primera semana todo iba bien, tenía para café, su croque-mademoiselle: con dos huevos fritos, por ahí a mediodía, un chocolate si hacía mucho frío, su cena en la brasería y un cafetito y hasta copilla en cualquier sitio del Barrio, cuando decía el Barrio era el Latino, que eso sí que era un barrio y no el que yo me había buscado; la segunda, el croque de por ahí era ya madame: con un huevo frito, había algún cafetillo menos, la co-

69

pilla apenas el sábado, chocolate sólo si el frío era polar y la mitad de las cenas en casa, baguette con algo de queso y algún embutido barato; la tercera, un cafetillo por la mañana, otro por la tarde y otro por la noche, ni uno más, todos los días baguette con embutido barato por comida y cena, a lo sumo en toda la semana un croque-monsieur: sin huevo frito, por cualquier café tiradillo, y el chocolate ni aunque nevase como en Stalingrado; y la cuarta, la cuarta se había gastado ya el resto en libros.

Me retrotrajo el gesto de TioPedro al de aquellas complicidades de cuando yo era un crío, un pliegue pícaro en los ojos y en los labios a medias entre el pensamiento y la risa, un ademán de profundo gozo que llamaba directamente a mi memoria y se perfiló como cuarto rostro de esa serie que empezaba a tomar cuerpo en mi cabeza: hacía un frío aquella noche, el frío pelón de uno de esos días lluviosos, ventosos, horribles de París en invierno, relataba con el énfasis de un cuento bien contado, no sabía si más frío que hambre o más hambre que frío, y se puso su abrigo gordo comprado de segunda o quinta o décima mano en la rue Saint-Denis la de las putas, su boina, su bufanda agujereadita de brasas y se bajó sin saber qué decir pero confiado en la suerte, o en su buena estrella, o en su cara no de culotté, de caradura, sino de desamparo, ¡si hasta el fiera de la puerta estaba esa noche con un jersezón de lana sobre el mandil!, y le funcionó, entre la cara que tenía que llevar, lo que la exageró y el montaje que orquestó, vaya si le funcionó, bajaba de frase en frase la voz pero intensificaba los acentos más por lo que podía gustarle interpretar su papel de conspirador que porque se le fuese a oír.

70

Así reconstruimos TioPedro y yo su vida de París, de sitio en sitio a los que me llevaba como el asesino que vuelve al escenario del crimen, decía: A Babel y a Thérèse los conocí en una librería por aquí detrás llamada Le Divan a la que iba mucho, me anunció una noche en la terraza del Flore, su café favorito. Andaba yo a lo de siempre, picotear libros, y se me acercó de pronto un tipo al que conocía de verlo por ahí en cafés y librerías. Me dijo que se había enterado de que yo era español, se me presentó como Maurice Babel, de profesión arquitecto pero músico de vocación, antes siempre decía eso, y me preguntó, sin mediar más palabra, si tenía alguna grabación de Tía Anica la Piriñaca, Tía Anica la Piriñaca, Pierre, ¡qué coño sabía yo quién era Tía Anica la Piriñaca!, exclamó bajito en medio de esa mirada alejada, pero no perdida, de la nostalgia buena. Pues era... una cantaora de Jerez. Resulta que el tal Maurice estaba loco por el flamenco y por lo que no era flamenco. Total, que al momento nos alcanzó la chica que estaba con él: a ella sí que no la había visto nunca, te lo aseguro, y me pareció... bellísima, más que bellísima, muy especial, Pierre, como si irradiase belleza, una mujer distinta, una mujer de cine, justo eso, como una actriz de cine, Pierre, como una de esas damas de los cuadros que dejan aura a su alrededor.

Sin embargo, yo no conocí a Maurice y a Thérèse en aquel viaje porque andaban por Toscana, aunque algo de su mundo vi en la casa de la rue Nicolo en la que estábamos, el pisito juvenil de ella que conservaban por si alguna noche tenían que quedarse en París y no podían ir a Villeneuve en el camino del champagne, llamaba TioPedro al pueblo donde vivían desde hacía poco, y algo de ellos fui oyendo de su boca a medida que pasaban los días:

Deben de tener mucho dinero tus amigos, ¿no?, le comenté una noche mientras me contaba de restaurantes a los que lo habían llevado;

Mucho, me respondió, y calló por un instante antes de seguir: el padre de Thérèse, que era ingeniero de puertos a su vez hijo y nieto de ingenieros de puertos, una estirpe de ingenieros de puertos de esos que, además de hacer puertos, los dominaban, decía Babel, una estirpe de ingenieros de puertos que poseían flota de carga para aprovechar bien esos puertos, y minas en el Congo y en Indochina para aprovechar bien esos barcos, decía Babel, burguesía colonialista, no chusma administrativa colonial, decía Babel, ricos ricos de verdad que hasta tenían en Champagne y Burdeos viñedo y bodega sólo para su propio consumo, y un somelier por generación desde hacía no sabían ya cuántas, y siempre dos o tres tías monjas que suministraban dulces de convento y una o dos solteronas que se dedicaban a la encuadernación, un microcosmos perfecto, una nadería los Proust a su lado, comentaba TioPedro sarcástico pero también fascinado, y Thérèse... Thérèse era la oveja negra, una oveja negra que, cuando quería, podía parecer la más blanca de las ovejas y hasta una mosquita muerta, además de ser la única niña de la casa, la nena entre tres hermanos todos varones, el ojito derecho de monsieur Bellome el padre y de monsieur Bellome el abuelo, dos tipos idénticos sólo que el viejo en gastadito, a los que había conocido años después en una cena de cumpleaños de Thérèse, una cena y mucho más, un balcón a otro mun-

72

do en el que todo lo había sorprendido por mucho que ya supiera mil historias de ella, en el que todo resultaba más fino, más rico, más perfecto de cuanto había supuesto, el palacete familiar de Roissy, la biblioteca, los muebles, los cuadros, ellos del primero al último, todo: Tenías que haber visto en aquella casa a tu tío el poeta de cuatro pelos, al hijo del cantero y del estercolero de una sierra perdida del sur de España allí en medio, Pierre, vestido de estreno porque Thérèse y Babel le habían comprado esa misma mañana traje, zapatos, camisa..., sonaba a coraje, a inconcreto rencor, a sana envidia su voz. Casi no pude cenar, sólo bebía de aquella ambrosía que nos ponían, no podía comer pensando en mi padre despeñado por la sierra una noche mientras buscaba mierda, mierda de mulo y de buey, para que mi madre y mi hermana pudiesen comer. Esa noche, esa noche..., chistó y calló por un instante porque el recuerdo se le había hecho incómodo, le había dado llorona esa noche, llorona de verdad, llorona y doliente, tanto que, por la mañana, Thérèse le propuso acompañarlo a la Argentina a buscar a su madre y a su hermana Lola, pero él no se atrevió: No tuve el valor de dar aquel paso y me temo que ya no lo tendré nunca. El desapego de los pobres, Pierre, nuestra dignidad distinta, de subsistencia, de mera subsistencia, le fue cayendo la voz hasta el punto de que sólo parecían sonar las eses. ¡Joder! No te creas que no me pregunto a menudo qué habrá sido de ellas, pero..., calló del todo y me estalló en toda su intensidad el ajetreo de la divertida casa de comidas judía gobernada por una mujer lozana, metida en carnes y descarada que dominaba el lenguaje del cuerpo como una bailarina y que, me había contado TioPedro, fascinaba a aquel tal Babel.

Tenían que ser muy buenos amigos Thérèse y Babel, le saqué el tema al rato porque se había despertado irremisiblemente en mí la curiosidad por ellos, y con ellos siguió y, a medida que fuimos paseando Marais abajo hacia el río, fue ocupando Thérèse su relato, Thérèse la exquisita, la aguda, la divertida, la ocurrente, y por primera vez comprendí lo que tenía que haber entendido mucho antes, que TioPedro estaba profundamente enamorado de aquella Thérèse que tenía todas las virtudes, y algo más: ¿Sabes, Pierre? El dinero facilita tanto las cosas..., levantó el dedo en señal de pedirme atención. Mira, Pierre, lo más importante de cuanto aquí he aprendido es que el dinero no es en sí malo, que la alegría no es en sí mala, como creía yo antes, y aunque nada dijo de él, vi como en un fogonazo a mi padre.

Fue, aquél, viaje de descubrir muchas cosas de mano de sus explicaciones: la ciudad y sus épocas desde los restos romanos de Lutecia hasta la verticalidad del barrio todo moderno de las afueras en el que había un edificio semicircular del que era autor Babel, pasando por todos esos estilos que estudiaba en el colegio y por el trasiego mismo de la vitalidad urbana que como ninguna otra cosa se me representaba en el metro cuando salía entre calles a la superficie: Ni esto tiene ese Madrid que desprecia lo industrioso y que odia su pasado, Pierre, si hasta se han cargado el ascensor de la red de San Luis, ¿te das cuenta, Pierre?, y yo asentí; la libertad y sus símbolos, la esquina en madera vieja con carteles socialistas que había cerca de su antigua casa, el gran edificio de *L'Humanité* con su hoz y su martillo que vimos desde el tranvía que subía a Pigalle, los vendedores dominicales de *L'Humanité,* o de *La Cause du Peuple,* o de *Rouge:* Míralos, Pierre, vendiendo optimismo e ideas, y yo asentí; la vida y sus escaparates, las tiendas para el sexo que yo ni sospechaba que existieran, las prostitutas desplegadas en su viejo barrio con toda la normalidad y en mil colores desde el rojo de la ropa interior que exteriorizaban bajo el vestido abierto hasta el negro de cuero que una maquillada en gata acompañaba de un látigo enrollado con el que nos amenazó por saludo al paso: ¿Nos daremos alguna vez cuenta los españoles de que el campo no tiene puertas, y la mente humana menos, Pierre?, y esa vez me quedé mirándolo porque no me atreví a asentir; el arte y su sensualidad desbordante ante los cuadros de aquellos impresionistas que me transmitían mucho más realismo que los realistas, el arte y su grandiosidad aplastante bajo el mármol de Rodin, el arte y su sensibilidad abrumadora frente a la Gioconda.

Me paralizó aquel cuadro en su doble expresión que tanto me había atraído desde que nos la mostró y explicó doña Eulalia en el colegio, y me nubló por unos segundos la vista porque me devolvió la sonrisa, a la vez de la boca y de los ojos en medio de un rostro quieto, que me había dedicado mi madre el lejano y triste día de un verano, el rostro, en parte tan distinto y en parte tan idéntico, rescatado de mi memoria que, apenas en casa, en vano intenté pasar a papel, intenso rato a la mesa enorme del despacho donde TioPedro se quedaba por las noches a repasar el taco de folios de *Hombre en soledad,* título provisional del nuevo libro que a lo largo de aquellos días me leyó a saltos y que, al final, me dio: Bueno, ya te lo sabes, toma, pero no se lo enseñes a nadie, que un libro es alto secreto hasta que está acabado, me pidió según me entregaba la copia fina y azulada de calco la mañana de mi vuelta, antes de ese último paseo que me mantuvo agarrotada la garganta por los jardines de Luxemburgo, un paseo lento por sentimental en el que nos acompañó desde la distancia un perrillo aburrido y triste a la busca de amo: Míralo, es un poema, me comentó en consonancia con su poesía del momento, muy descriptiva, una curiosa escena que de pronto, ante el estanque imposible de Salomon de Brosse, me propuso pintar: Si me prometes un buen dibujo de este perro, yo te prometo un buen poema como cierre del libro.

Me sacudió aquel encargo que acabó por colocarme de bruces ante mí mismo y que no sólo me salvó del tedio del verano madrileño, horas y horas de agosto y septiembre en las que desesperé porque nunca acababa de ver el trabajo perfecto, sino que me obligó a abrirme un poco más a mis amigos, tanto que, armado de valor que en mí equivalía a temeridad, llegué a agarrar el dibujo que más logrado me parecía, meterlo en una carpeta y llevarlo al colegio la primera tarde de sábado en la que quedamos los de siempre: era precioso, afirmaron uno tras otro; y yo un creído con hechuras de empollón que se hacía el interesante diciendo que no estaba bien, soltó Ana; fantasma, presumido, idiota, me repitieron en batería, en parte con razón porque era, aquélla, forma más o menos consciente pero evidente de hacerme valer, y en parte sin ella, porque yo estaba de verdad angustiado de ver que era, sí, un buen dibujo, pero incompleto, y justo hasta esa tarde no supe por qué: Está muy bien, me comentó el padre de Enríquez, el pintor que, aparecido por allí para recoger a su hijo, fue llamado a consultas por el descarado de Álvarez mientras yo quería que me tragase la tierra, pero le falta algo, ¿puedo?, me preguntó según sacaba un lápiz corto casi como su uña, y creo que ni respondí ni, en todo caso, me habría dado tiempo a hacerlo, porque en un santiamén estaba ya el hombre diciendo tras sus bigotes enormes: Alma, le falta alma, y rasgando sobre mi perro observador y quieto otro salido de escala que era apenas una mancha intensa corriendo casi en salto hacia el hombre y el niño que caminaban al borde de la valla de un parque, ¿ves? Ahora es perfecto, me dio unas palmadas en el hombro, y asentí colorado pero en el fondo aliviado porque en ese mismo momento sentí que la próxima versión sería la del dibujo definitivo.

Y así fue y la satisfacción de verlo por fin acabado me fue deslizando por nuevas ilustraciones, poema a poema que leía y releía por las tardes en el despachito que había hecho mío y en el que ya hasta dormía a menudo, poemas sobre lugares que a veces recordaba de mi viaje y en los que a menudo irrumpía una figura siempre idéntica, la de esa mujer a la que yo no conocía sino por la foto en la playa que había sobre la mesita esquinera del salón, el museo personal de Thérèse, lo llamaba TioPedro; y por la del estreno de la ópera de Babel entre su marido el músico y su amigo el poeta, más larga aún bajo el traje negro hasta los pies y sobre los tacones vertiginosos que, algo escorada, se dejaban perfectamente ver; y por la de la vergüenza, decía

TioPedro y decía que decía también Babel, estirada por su propio brazo al aire con el cartelito amanuense que ponía *La France avec De Gaulle* y crecida entre dos chicas más bajas que ella en la marcha que enterró la rebelión de mayo; y por la misteriosa de una mujer de espaldas y desnuda en una playa que TioPedro había pasado por alto pero que no era preciso identificar porque en su museo estaba y a ella se veía que correspondía.

Me estaba haciendo mayor, recuerdo que sentía tarde a tarde entre dibujos que miraba y remiraba con mimo y que guardaba con celo en dos carpetas al fondo del armario de aquella habitación sin dueño que convertí en estudio y en mi espacio, ese que logré abrirme en mi casa, pero no en la vida exterior, la de verdad:

¿Te has dado cuenta de que nos hemos quedado solos?, me preguntó hacia final de curso Tomás Enríquez mientras callejeábamos entre las casitas alrededor del colegio, un barrio de chalets antiguos que hasta en primavera resultaba lánguido;

Sí, solos y compuestos, compuestos, en efecto, tras otro año de juntarnos para planear iniciativas que nunca progresaron porque compañeros y compañeras iban desapareciendo a medida que encontraban unos y otras feliz acomodo ya fuese entre los mismos del grupo o por ahí, cada cual en su otro ambiente, los que lo tuviesen, porque ni Tomás Enríquez ni desde luego yo lo habíamos encontrado y no nos quedaba sino que consolarnos haciendo y deshaciendo, tediosos, unas calles silenciosas y escondidas.

Busca por naturaleza la sublimación irradiar, transmitir la propia exaltación y envolver a cuantos sujetos existan para que todos los seres de todos los tiempos dignifiquen a Beatriz, o amen a Laura, o ansíen a Casandra, o languidezcan por Leonor, sabía desde que lo había explicado el profesor Luna en tercero pero no supe advertir años después, recién acabado sexto, porque era precisamente yo el irradiado y había hecho tan míos precisamente sus sentimientos y sus versos más íntimos que eran éstos los que llevaban meses envolviéndome en impulsos de arte: mi quinta fidelidad, TioPedro, y por extensión la sexta, Thérèse Bellome a la que no conocía pero que ya vivía en mí a través de varias docenas de trabajos que seguían escondidos en un armario al que me precipité según leí la carta de TioPedro en la que me invitaba a pasar con él un mes en una playa del sur de Francia, con él y también con ella, diosa por imaginada y por desconocida, diosa por sueño de mi dios ajeno y por propio ensueño hecho superstición o fe, diosa porque inalcanzables eran sus líneas tanto como ella misma, sentí aquella misma mañana barajando mis trabajos y seguí sintiendo hasta el día del viaje y luego en la primera semana de La Franqui mientras, ajeno a los Zamora, con los que había ido yo desde Madrid, y hasta a TioPedro, me empeñaba en perfeccionar mis ilustraciones y en hacer mano para parecer un auténtico pintor cuando por fin llegase, lo que sucedió a primera hora de la tarde de un domingo con el repetido sonido de un claxon que, me dijo el corazón, por fin me la llevaba, y desde la ventanita de guillotina de mi celda en la segunda planta la contemplé: rubia desde luego, aunque con el pelo recogido en coleta que arrancaba de muy arriba y descendía como una rama larga de palmera; etérea desde luego, aunque lo primero que le viese hacer fuera coger dos maletas y descargar cajas; atractiva desde luego, tanto que cubría toda mi visión y que tuvo que ser una voz masculina la que me despertase del ensueño, la del famoso Maurice Babel al que llevaba viendo el mismo rato pero en el que ni me había fijado.

Me impresionó aquella mujer, y sobre todo por algo con lo que no contaba, la vivacidad de sus ojos enormes y claros, que dominaban su cara despejada y lograban anticipar cuanto fuese a decir, lo primero la satisfacción por conocerme que en ellos leí apenas se giró a mi tímido Buenas tardes bajo el arco de acceso al saloncito, desplegándose a cámara lenta de las cajas de botellas que revisaban sobre la mesa y que desde mi atalaya yo había visto remolcar:

Le petit Pedritó, dijo risueña, y caminó hacia mí sin que pareciese mover el más mínimo músculo. Il existe!, me echó los brazos mientras se acercaba de tres zancadas aquel tal Maurice rasgado de ojos, lechoso de piel, delgado y ni alto ni bajo, pero de cabeza grande que le daba un aspecto nórdico y rotundo como su voz: L'omniprésent Pedritó!, a lo que siguió algo que no recuerdo, porque andaba yo ya a reubicarla a ella en la retina de mi fantasía: larga, sí, pero más armoniosa que en las fotos, tenía que corregir eso en mi cabeza y en mis bocetos; un pecho pequeño a pintar pensando no en él, sino en el pliegue de la blusa salmón que llevaba; algo más de forma bajo los pantalones ceñidos; una barbilla que debía recortar y redondear un poco porque la había imaginado demasiado pronunciada.

Nunca me había acostado yo tan tarde como lo hice aquella noche, pero necesitaba pintar, compulsivo deseo que se alargó hasta el amanecer y el silencio que la luz llevó a la terraza elevada sobre la carretera, un febril entusiasmo producto del vino en la cena y de la copa posterior, supongo, compulsivo y brillante, porque los tres dibujos que logré eran lo mejor que había pintado desde mis lindos mandalas, tres bocetos de líneas tan simples como las de su cuerpo paradójicamente nacidos de la recreación montada en mi cabeza sobre las fotografías tantas veces soñadas y los versos de mi tío tantas veces leídos, y no desde la observación obsesiva de la realidad que había estado practicando desde su llegada, pero algo, tal vez ese vino y ese ron, o tal vez su voz suave pero de tono cortante que trepaba por mi ventana, me dio esas alas, tres bocetos por prematuros inútiles, he pensado años después y pienso ahora, porque no había alcanzado yo aún la madurez como para comprender el alma que tenían y, a la vez, el nudo gordiano de mi trágica relación con la pintura, que nunca fue para mí vehículo de creación y ni siquiera de aprehensión de realidades que temiese perder, sino simple contacto humano y, más allá, justificación ante mí mismo, menos aquella noche cuya inspiración no llamó ya más a mi puerta en todo el verano pese a lo mucho que dibujé y lo que me festejaron el falso trabajo del perro cuando, la víspera de mi cumpleaños y ya vueltos Jacinto y Concha a España, lo bajó TioPedro una noche para que lo viesen Maurice y Thérèse: Babel alabó el perro; Thérèse el hombre y el niño, tal vez porque supo leer en mis ojos pequeños mi deseo más profundo, y me dormí feliz.

Me levanté la mañana de mis diecisiete años profundamente enamorado, pero no la vi: Pedró se ha ido a la ciudad con Thérèse, acertó Babel en la orfandad de mi mirada pero erró en su anhelo, Babel mi compañero de buena parte de aquel inoportuno día de mi cumpleaños, sentía yo hasta el escozor y la rabieta, Babel el que sólo oía música, bebía colombine marseillaise: así llamaban él y TioPedro al pastís, palomita marsellesa, y despegaba apenas los labios para anunciar la pipa que de vez en vez escogía: Vamos pour Florence si comprada en Florencia, vamos pour Lisbonne si en Lisboa, vamos pour Magenta si en su proveedor habitual de esa avenida parisina, la muletilla, tan a medias entre el español y el francés que ni decía realmente por ni tampoco pour, aprendida de los cantaores flamencos cuando anuncian un palo y que me encantaba oír, me gustaba en general aquel tipo que había ido ganándome con los días y que tenía también su retrato, probablemente cachimba en la mano y mirada al infinito, pero no andaba yo en la tumbona de la esquina sombreada como para pintar y acabé por caer dormido, que es la mejor forma de acortar las esperas.

Fue, además, providencial aquella siesta, porque la noche volvió a ser larga, y disparatadamente intensa desde que, acabado el postre de symphonie des fruits, como Babel el melómano llamaba a la simple macedonia que preparaba a diario, Thérèse se levantó de pronto:

Ferme les yeux, me pidió cantarina, y me sentí tan niño como aquella lejana noche en la terraza de Embajadores y cerrados los mantuve mientras, lo mismo de nervioso que entonces, oía el trasiego a mi alrededor;

Ouvre-les, y los abrí y allí vi a TioPedro y a ella sosteniendo un paquete sobre la mesa que era, por su forma, el acostumbrado cuadro, y advertí algo especial en la sonrisa de los dos que creí entender apenas rasgado el papel, porque era esa vez un cuadro original y no una reproducción impresa como hasta entonces siempre habían sido, el de un cantaor en medio de la noche apenas clareada por un estrecho gajo de luna: su rostro cargado de expresividad, los ojos apretados en sufrimiento y la boca descerrajándose en grito; su cuerpo cargado de fuerza, el tronco inclinado hacia adelante en impulso y el brazo tenso de coraje, pero la risa que les entró encerraba truco, la cara de infantil envidia que lucía Babel:

¿Te gusta, Pierre?;

Muchísimo, TioPedro, pero TioPedro y Thérèse miraban realmente a Babel, y para él hablaba mi tío aunque se dirigiese a mí: Es de un pintor español al que conocí en París pero que anda ahora por Collioure, hijo de un diputado socialista muerto en el exilio, diputado por Almería, ¿sabes?, fíjate qué casualidad, y Babel no pudo más: ¿estaba en Collioure?; sí, habían comido con él; ¿y cómo se llamaba?; Carlos Pradal; pues por la mañana se iba a buscarlo, y Thérèse y TioPedro rompieron a reír, ella velándose la boca con los dedos, él hasta soltar dos lagrimones: idiot; petit jaloux, ¿cómo no iba a ser ese cuadro para el loco de la música?, claro que sí, para mí era otro, el que me alargaba TioPedro de un gato en ese color indefinido de los gatos viejos medio enroscado sobre una tapia y tan gordo como la luna llena que lo alumbraba, precioso igualmente.

Repartía alegría a raudales aquel triángulo que se me antojaba mágico como TioPedro se me había antojado siempre, aquel trío de magos con semejante capacidad de ser felices y hacer feliz a quien estuviese con ellos, y eso que la noche no había hecho sino empezar, y con ella una locura en mi honor que sumaba y seguía regalos entre los cuales una cinta con la ópera de Babel *Avec le Monde*, un reproductor al que llamaban cassette y un caballete desplegable metálico y ligerísimo, una cadena de obsequios que me llegó a anonadar, pero parecía mi noche dispuesta a no acabar nunca y lo mejor estaba aún por venir: Vamos a pasear, pidió Thérèse de pronto, y no tardamos en cruzar la estrecha carretera que nos separaba de la ancha, anchísima franja de arena que la obligó en tres pasos a descalzarse de sandalias y llevarlas colgando de una mano en la escena más bella hasta entonces por mí vista o soñada, pero que al poco, ya descalzos los cuatro por la orilla, quedó ampliamente superada: Rendons-nous hommage à la déesse Amorka?, y las resistencias de Babel y de TioPedro fueron papel tan mojado como el aire mismo de la orilla en cuanto ella se había desabrochado ya los dos botones sobre los hombros y empezó a caer el vestido, lento para levantar mi expectación primero, rápido para culminar mi sorpresa después, tanta que se me olvidó en aquel momento discernir sobre el trazo de dos tetas pequeñas que descendían suavemente y se elevaban al final con descaro, como si pretendiesen recoger, para acunarla, la luna.

Así hizo Thérèse Bellome en una playa y de noche encantamiento del sueño ajeno que me había irradiado hasta convertirse en mío propio, el encantamiento que movió durante todo el curso último del bachillerato mis hilos de marioneta: los de mi alma en las docenas de dibujos o cuadros que empecé y nunca acababa, salvo el dibujo a carboncillo de una mujer a contraluna que no acababa de parecerme ella pero que como tal la sentía; los de mi mente en la inútil y frustrante lectura que rebuscaba por manuales y tratados la inspiración, o alma, de la que mi pintura carecía y tanto necesitaba para que yo pudiese dominar en líneas y sombras a esa mujer como TioPedro la había dominado en versos y Maurice Babel en notas; y los de mi cuerpo en el mucho más fácil rastreo de un aspecto que me permitiese ante el espejo reconocerme a mí mismo, pensarme alguien concreto, sentir esa personalidad propia que se antoja reflejo de la propia mente, la larga melena: de medios pelos, decía mi madre; absurdo signo exterior de la nada como el de los anarquistas en la Guerra, decía mi padre, con la que, ya universitario matriculado, partí poco antes de mis dieciocho cumpleaños para La Franqui en medio de un ensueño cargado de todos los sueños imaginables, aunque no, desde luego, ése tan irreal como el de acabar una noche cenando a solas con Thérèse Bellome porque TioPedro y Babel se habían ido por un par de días a París, en una terraza sobre la ría de Sète, una extensa conversación en la que yo fui volcando hasta con cierta brillantez el fruto de tanta lectura invernal que ella matizaba y completaba, la primera imagen de madurez que tengo de mí mismo, por más que la sepa exagerada tras el tono deliberadamente lento y reflexivo que, intuí, convenía poner.

Nunca hablas de amigos y de amigas. ¿No tienes, loup steppique?, me devolvió a mi ser apenas levantados del restaurante, e inicié un adolescente lamento de soledad que no se interrumpió hasta la terraza de casa, cuando ella se perdió por la puerta de la cocina para prepararme una bebida especial, dijo, y me asaltó entonces la idea, o el impulso, o la corazonada de correr por el dibujo a carboncillo que tenía en una carpeta al fondo de la maleta no sé si como supersticioso fetiche o a la espera de qué, pero allí estaba y de allí lo bajé tembloroso por todo un poco: la vergüenza que costaba superar, la inquietud por su reacción, el temor por su opinión sobre la que yo sentía mi obra más lograda, justo a tiempo para disimular la carpeta en el dintel de la ventana tras de mí, entre la reja y el cristal cerrado: Daiquirí de pêche, monsieur, dejó en la mesita la bandeja con una jarra casi llena y dos copas ya servidas: Por tu carrera, historien d'art, levantó una, y se sentó en el sillón de balancín con el aire exacto de los collages azules de Matisse.

Me costó corresponder al brindis: Thérèse..., te he traído un regalo, y se me fue abrasando la cara e inundando el cuerpo de sudor mientras alcanzaba, temblón y casi sin girarme, la carpeta que le extendí con el corazón encogido y la mente agazapada: ¡Oh, c'est moi!, tardé una eternidad en oír, y se incorporó para cruzarme la cara de dos sonoros besos que me mantuvieron turbado mientras ella, vuelta a su postura pintada, apuraba con deliberada lentitud la copa ya casi acabada e iba fabricando una sonrisa insi-

nuante en la que me perdí y de la que me bajó de pronto
su voz casi imperceptible: Viens ici, me extendió una mano
por encima de la mesa, y con la otra se desabrochó el primer botón de su sencillo traje rojo, luego el segundo; Viens
ici, me soltó para poder llamarme también con el dedo, y
se desabrochó el tercero, y el cuarto; Vieeens iciiii, acele-
rando el dedo, y se desabrochó por fin el quinto y el traje
se desplegó solo hasta dejar a mi vista esas dos tetas pequeñas de mis ensueños que en su cascada parecían estar la-
miendo la noche y mi atención, porque tardé en recomponer aquel rompecabezas de su cuerpo: un pecho recrecido
por sus brazos escondidos detrás y unos pezones recreci-
dos por la brisa y tal vez por las ganas; los ojos enormes y
claros, locuaces como nunca; los labios parlanchines de silencioso movimiento; el vientre rocoso; las piernas inacabables; los pies alargados de dedos alargados y uñas alargadas que parecían barnizadas en aceite; incluso el sexo que,
retirada la braga, me agitó doblemente, por sexo y por carente de vello, toda ella envuelta en suavidad de piel, deslizante piel de mujer por la que ella fue paseando mi mano
inerme pero atenta, piel tan distinta a la nuestra de hombres en esa textura que sólo en dos puntos no era perfecta,
pero sí, a cambio, más viva y alegre, incluso diabólicamen-
te mágica: Caresse-moi le bout des seins, me pidió en un
momento a media voz de su media voz, y tardé yo más en
interpretar que su cuerpo en empezar a describir alrededor
de sí mismo una órbita al principio casi imperceptible que
fue ampliándose caricia a caricia en los pezones y que finalmente se disparó, cuando oí a media voz de la media
voz de su media voz: Presse-les, tire dessus, que entendí esa

vez de corrido por puro instinto, unos segundos de apretarlos y estirarlos enloquecedores para su cuerpo entre seísmos y para mis ojos entre lágrimas.

Por qué me eché a llorar allí arrodillado ante ella no lo he sabido nunca, aunque siempre he dado por buena su interpretación: Le syndrome de Stendhal, me dijo en dos golpes, y me pidió que le llevara las dos copas que había sobre la mesa: una teta perfecta era la que cabía en una copa de cóctel, susurró especialmente risueña. Me demostró entonces que las suyas lo eran y desapareció.

Todo tiene sus reglas, hasta esa más disparatada de las sinfonías que es la vida del ser humano, de cualquier ser humano, reglas a menudo enormemente simples por más que nos creamos la más evolucionada de las especies, como si fuésemos más y mejor que un gato sensual, una abeja laboriosa o una sofisticada orquídea, le había oído decir una noche a Maurice Babel, y es una de esas reglas en efecto tan simple como la de que somos incapaces de renunciar a lo que ya hemos gozado, en mi caso, y aquel verano, un espacio propio ya del todo fuera del entorno de silencio de aquella casa de Embajadores, el de un padre que, a fuerza de repetirse a sí mismo, se había convertido en un ser casi inexistente y el de una madre que, a fuerza de no ser, había cercenado hasta su vieja quemazón de sentirse perdida y nadie.

Ello fue lo que me movió a perseguir en mis primeras semanas universitarias el oxígeno que necesitaba y que supe en poco tiempo recoger de Alejandro Mateos, Ernesto Ríos y Micaela Garre, tres compañeros de clase a los que me acerqué porque me recordaron, o quise recordar en ellos, al triángulo de Thérèse, Babel y TioPedro desde el momento en que hablamos un rato en el bar oscuro de la tarde, cuyo turno me habían asignado al no quedar ya plazas de mañana cuando tuve que ganarme de instancia en instancia y ventanilla en ventanilla mi cambio de carrera porque el aire de La Franqui me decidió a hacer Francés, y no Historia del Arte.

Eran tres personas irrepetibles Alejandro, Ernesto y Micaela, precozmente cultos y amigos desde hacía meses por una hermosa casualidad:

Yo conocí a Alejandro en una de esas bodas tontas, y como era el único con cara de inteligente de toda mi mesa, le pregunté: ¿Tú sabes leer?; Y yo le contesté: Sí, ¿tú también?; Y dijimos los dos a coro: ¡Se ha hecho la luz! ¡Pues nos vamos!, contaron a medias Ernesto y Alejandro:

Y yo estaba leyendo en la terraza de ahí enfrente cuando vi a estos dos por la acera, riéndose como locos, pero tan chabacanos que pensé que eran tunos, siguió Micaela;

¿Tunos nosotros? Tunante ella, ¡lo que estaba leyendo!; Yo la vi primero, y le di a éste con el codo: Fíjate, está con el *Orlando Furioso;* Y nos acercamos: Hola; Hola, se pisaban ellos dos la palabra como si llevasen un guión perfectamente aprendido;

Hola, chicos, tomó ella el relevo, y los miré de abajo arriba: Decidme vuestro poeta favorito;

Rilke y Salinas, respondí yo; Keats y Kavafis, yo;

Y yo los aprobé..., los aprobé y los probé, dijo ella, y rieron a una los tres;

El mío Birindelli, nos dijo la muy puta; Y como nosotros teníamos decencia intelectual, le dijimos: No hemos leído a Birindelli; Ni sabemos quién es; Ni de qué siglo; Ni de qué generación, seguían alternándose perfectamente ellos dos;

Claro, es que me lo acabo de inventar, idiotas. No existe, reprodujo ella, y les añadí: Es Pavese;

Y ahí la enamoramos, Luna, se jactó Ernesto;

Cuando le dijimos: *Vendrá la muerte y tendrá tus ojos,* se jactó Alejandro.

Estábamos en casa de Micaela Garre, un precioso tercer piso de la calle de Lista con un salón redondeado que dominaba la plaza de Salamanca, la impresionante casa para ella sola desde que hacía unos meses sus padres, fotógrafos, se habían ido a Barcelona porque los había contratado *La Vanguardia:* Fíjate qué suerte, Luna, lo que va de estar con los papás a estar reinando aquí, me explicó, y tanto a tenor de lo que siguió: Anda, estírate, se volvió a Ernesto, que ya hemos acabado de contarle a Luna nuestra historia, y estirarse era, a lo que vi, sacarse del bolsillo un librillo de papeles de fumar y separar uno, luego un billete de metro y enrollarlo, por fin un gurruño de papel de plata y desflorarlo, coger una china grisácea de las que contenía, calentarla con el mechero hasta ir desmenuzándola, vaciar un pitillo, extender el tabaco en el papel, prestidigitar la mezcla, colocar a un extremo el billete de metro enrollado, liar el especial cigarro, operación que nunca había visto yo tan al detalle, y pasárselo a la reina para que lo encendiese:

No, hoy es de Luna el honor, que es nuevo en la guarida, me lo extendió;

Gracias, Micaela, pero no fumo;

Si esto es otra cosa, hombre, me dijo displicente, una de esas drogas del placer, imaginé que quería decir, pero volví a negar y lo prendió ella: Tú te lo pierdes, me sacó la lengua, y mandó a Ernesto a reponer disco.

Empezó entonces la tarde a correr lenta: una a otra se sucedió una música bella que casi desconocía, Gillespie, Dylan, Di Meola, Cohen, sones ajenos que me fueron envolviendo hasta la quietud que, de pronto, saltó hecha añicos: Oye, ¿y a ti qué música te gusta para follar?, me preguntó Micaela a bocajarro, y noté tres miradas clavadas en mí, seis ojos que me escrutaban y me bloquearon: Ay, ay, ay, así que no conoces cuerpo de mujer, rompió ella el silencio tenso, y se levantó de un golpe el amplio jersezón negro hasta colocárselo como si fuese una capucha. Pues este y otros tesoros encierra, velaba la lana su voz, un pecho grande, redondo, sostenido sólo de juventud. Sé bueno con esta reina y verás estas tetas más veces, y las explorarás, y... te devorarán, las movía en bailoteo mientras simulaba voz de ultratumba, y se echó a reír y rieron Alejandro y Ernesto detrás y tuve yo que morderme la lengua para no decirles que sí conocía cuerpo de mujer, escultural cuerpo de amor y pasión, escultural cuerpo de perfección cuyas tetas cabían en una copa de cóctel y parecían lamer la noche o acunar la claridad de la luna llena, escultural cuerpo límpido sin una sombra de vello y suave más que la seda, pero ni lo dije ni, al segundo, habría cabido ya decirlo, porque Ernesto bailoteaba despacio y Alejandro se le unía simulándose mujer de lánguido movimiento y más lánguidas maneras en una escena que al menos me hizo recuperar la sonrisa.

Contra cuanto pude temer tras aquella incómoda tarde, me seguí enganchando a ellos en las siguientes semanas y de ellos fueron las horas de la facultad y aquellos sábados y domingos en los que en teoría me iba a estudiar, lo que satisfacía a mi madre y también a mi padre, más orgulloso que nunca de mí desde que le anuncié que mis amigos y yo habíamos pedido el ingreso en el partido: en realidad había sido de Alejandro la idea y yo me había dejado llevar, pero se demoró la cita más de lo esperado y ellos tres se enfriaron. Lo discutimos la víspera, un sábado, en la lujosa guarida de Lista: Alejandro había decidido que ya no le interesaba lo más mínimo, Ernesto lo siguió enseguida y Micaela sólo comentó: Pues no entramos, con lo que me quedé atrapado en una más que poderosa duda que resolví a favor por no darle a mi padre semejante disgusto, pero también por algo indefinible y extraño que me hirvió por dentro, esa misma sensación que me rebullía cada vez que veía por las paredes de la universidad un cartel o una pintada con el martillo y la hoz, aquella fidelidad desde pequeño a la que seguía siendo fiel.

Yo era el raro del grupo, y mucho he pensado después qué nos mantuviese unidos: los tres escribían, yo no; yo entré en el partido e hice lo poco que se me encomendó, ellos no; a ellos les encantaba fumar y beber, yo no fumaba y bebía con moderación; ellos apenas tenían relación con sus familias, yo vivía en la mía con todas sus consecuencias; ellos eran muy libres, yo no, de forma que me dieron desde el principio mucho más que yo a ellos, y ante todo juventud: Por fin te veo joven, y no un niño; tuyo, no ajeno, se felicitó y me felicitó TioPedro tras la única aportación importante que le hice yo al grupo, juntarlos en la cervecería de Correos a la vuelta de mi tío el poeta Pedro Luna, la mejor manera de hacerlo partícipe de mi nueva vida. Hablaron Alejandro, Ernesto y él de poesía sin parar, y Micaela los emplazó a la salida: Me encantaría que te leyesen sus poemas, le pidió a TioPedro, y preparó a conciencia dos días después el salón redondo de su guarida para el acontecimiento: los dos jóvenes poetas en sus mesillas, ella en el centro del sofá como la reina que le gustaba ser y era, el poeta consagrado a su derecha, yo a su izquierda, cada vez más sorprendido de que dos personas físicamente tan distintas como Alejandro y Ernesto: alto, bello, pelo recortado, siempre pulcramente vestido Alejandro Mateos; de estatura normal, cara de pájaro loco, pelo largo ralo, adán como yo Ernesto Ríos, pareciesen esa tarde la misma: el rostro desencajado, el pitillo en la mano temblorosa, constantes sorbos de whisky, y tomé unos apuntes primero por rellenar el tiempo y luego por ganas, ganas de reflejar el momento y ganas de reencontrarme con lo único mío, mi anhelo últimamente enfriado de hacerme pintor.

Le gustaron a TioPedro mucho más los poemas de Ernesto: No son malos los de Alejandro, Pierre, porque sabe mucho de poesía, pero es... es Kavafis, quiere ser Kavafis, vamos, y en arte ni vale la imitación ni vale la simple arquitectura de la obra. Sin embargo, Ernesto sí es él. Será un excelente poeta, me diría el día siguiente dado que esa noche del recital y los dibujos me quedé por primera vez en Lista hasta la mañana porque estábamos a gusto hablando y, en mi inconsciente, porque Alejandro, Ernesto y Micaela habían alabado en cascada mis bocetos, lo que me

93

hizo sentir que por fin había encontrado algo con lo que insertarme en la faceta creativa del grupo y esperase, tal vez, un milagro como el de aquella noche en La Franqui que no se produjo, advertí ya amanecido, cuando unas enormes ganas de orinar me despertaron y nos vi, tres en dos sillones, a los hombres tirados y contorcidos en medio de un horizonte de papeles desparramados, vasos vacíos, ceniceros atiborrados y atmósfera densa de humo en el que no estaba ella, pero que se me representó de todas formas como la imagen exacta de la mayoría de edad, o eso debía de estar diciéndome ante el portal mismo mi cabeza prontamente espabilada por el frío y los ruidos de la ciudad que ponía en marcha su semana: me sentía otro, el joven que acababa de pasar su primera noche fuera de casa.

Aquél fue para mí el curso del presente, un curso de aprender más que de estudiar y de vivir más que de soñar, un curso pleno de juventud, el equivalente a aquellos nueve meses en los que, años antes, había sido por un corto período niño travieso que se divertía con un imán, o sea, niño, un curso cargado de ocurrencias curiosas y de discusiones apasionantes, de formación entre películas, libros y palabras, de displicencias típicamente juveniles y provocaciones muy del momento, la mejor de las cuales la que seguía a aquella muletilla: E-te-cé, e-te-cé, e-te-cé, que significaba empleo del terrorismo cultural, la señal para aspirar profundo con la cabeza hacia arriba y los ojos en el limbo, o inspiración, y desplegarnos en ataque hablando en voz exageradamente alta cuanto pudiera molestar alrededor, un invento de Ernesto que fuimos perfeccionando hasta el punto de que llegó a llevar escritos guiones como el que repartió la tarde en que por fin logramos sentarnos en la mesa junto a la del compañero que era cura, que estaba con otras dos de nuestras bestias negras de clase:

Ernesto, de pie: *Los abajo firmantes, conjurados por la Declaración Universal de los Derechos Humanos y la Declaración Hipocrático-Caliópica Matritense, o de defensa de la salud mental a través de la poesía, suscrita, para mayor gloria de las Letras, en esta ciudad de Madrid de tan noble historia resistente, poetas activos y pasivos que sólo a una devoción, y no precisamente mariana, responden...*

Alejandro y Luna se ponen de pie. Los tres: *... ¡A la de la musa Micaela!...*

Se sientan Alejandro y Luna. Sigue Ernesto: *... convocan a día de hoy urbanos, que no florales, en Madrid, que no en Huesca...*

Se sienta Ernesto. Sigue Alejandro, de pie: *... cuyo primer premio, en loor del tristemente malogrado escritor don Luis Martín Santos, consistirá en clavel rojo, que no otra flor, y el alto honor de activar la dinamita que derribe ese engendro apastelado y anacrónico que no se acaba nunca pero estropea una de las vistas más bonitas de Madrid y que impropiamente llaman catedral, catedral de la Almudena.*

Micaela, sin levantarse y con voz doliente: *¡Qué dolor, qué dolor, qué pena!*

Se sienta Alejandro. Sigue Luna, de pie: *Y cuyo segundo premio, y en loor de un buen amigo que aún se mantiene en la clandestinidad desde su mismo nacimiento, nuestro dilecto escudero don Ricardo Arruza, consistirá en placa conmemorativa, clavel rojo, que no otra flor, y el alto honor de detonar la dinamita que reduzca a polvo...*

Micaela, sin levantarse y con voz insinuante: ... *Mas polvo enamorado...*

Sigue Luna: ... *esa infamia de la historia mal llamada Valle de los Caídos porque Valle de los Esclavos se habría de llamar.*

Se sienta Luna. Sigue Ernesto, de pie: *Y cuyo tercer premio, y en loor de don Juan Luna Guzmán, padre de uno de nuestros conjurados, consistirá en clavel rojo, que no otra flor, y el honor de dar el primer golpe de pico con el que el noble pueblo de Madrid derribe la Dirección General de Seguridad, sita en la madrileña Puerta del Sol,* fuimos leyendo, levantándonos y sentándonos según el guión preparado por Ernesto con tanta precisión y esmero, y que él mismo rompió en uno de sus turnos porque no podía ya más de risa, de forma que no se sentó cuando le tocaba, partió en dos pedazos su folio y siguió a su aire: *Y se otorgará, además, mención de honor de estos urbanos, que no florales, en Madrid, que no en Huesca, con clavel rojo, que no otra flor,* placa conmemorativa, lo que cojones haga falta y hasta beso en la boca de nuestra musa mayor Micaela, a quien me haga el puñetero favor de derribar el monumento a Calvo Sotelo de la plaza de Castilla que me encuentro todas las mañanas según salgo de casa porque vivo en Mateo Inurria, y vaya el derribo en deshonor no sólo del siniestro reaccionario José Calvo Sotelo, sino también de quien tuviese la brillante idea de levantar por monumento en pleno centro de la meseta una quilla de barco, lo cual es conceptual gilipollez sin par, y no pudo continuar porque rompimos todos definitivamente en carcajadas mientras, a un lado, nuestros despreciados vecinos de mesa nos asesi-

96

naban a miradas de odio y, al otro, se levantaba a aplaudirnos un compañero con gafas doradas redondas y pelo largo que entraba muy poco a clase y andaba siempre con una chica grandona de cara muy bella.

Fue aquél uno de los días que mejor recuerdo de mi juventud, pero, sin embargo, algo a medida que fueron pasando los meses me iba cansando del círculo tan cerrado que habíamos formado y, a lo que vi, algo así respecto a mí les sucedió a ellos, como pude comprobar una tarde de mayo en la que llegué al bar tristón por la carta recibida de TioPedro con la mala nueva de que pasaría el verano en Madrid, lo que significaba que no iría a La Franqui y, por lo tanto, yo tampoco:

¿Qué te abruma, que vienes hablando solo?;

Crisis mística habemus, que *quien habla solo espera hablar a Dios un día;*

O existencial, que *to be or not to be, that's the question;*

O algo mucho más simple, una mujer, que *verrà la morte e avrà i suoi occhi,* me barajó Micaela como intentaba barajarnos siempre a todos, y como quiso seguir barajándome aquella misma noche en la guarida: Lástima que seamos burgueses ilustrados, se lamentó según Ernesto liaba el inevitable porro tras haber escogido la música favorita de la reina, porque os propondría una partida de strip-poker a ver si espabilaba de una vez a éste, se refería a mí y a conversación más que manida entre ellos, advertí molesto, y dedicamos media noche a si éramos o no burgueses y la otra media a si la burguesía podía ser ilustrada o no, un ovillo de argumentos que giraban sobre sí mismos y que pugnaban por dar rienda suelta a la brillantez de uno, al

97

sarcasmo del otro, a la picardía tan poco sutil de ella y a la objetividad que pretendía yo últimamente dar a mis argumentos:

¡Joder! A éste le ha sentado bien el partido. Está dialéctico, me cortó en un determinado momento Alejandro;

Y, además, se cree proletario, remató Ernesto, y Micaela me castigó a que hiciese yo el enésimo porro, llevaban ya unos cuantos, desmañado porro que pareció, más que especial pitillo, ramita de paloduz o hasta pene sin circuncidar y enflaquecido, pensé entre risas como si me hubiera emporrado el humo de la habitación, pero se lo fumaron pese a las torpes manipulaciones: la mía al liarlo; la de ellos al sostenerlo, y pese a que casi no se tenían en pie, tan poco como para que esa noche fuese yo quien los viera caer de uno en uno: primero a ellos, luego a ella tras una corta e imprudente conversación de la que me arrepentiré toda mi vida, y quedar como un amasijo sobre los dos sillones de aquella guarida a la que tanto debía aunque empezaba a repetirse ya demasiado a sí misma y que ni me admitía ni me iba a admitir nunca del todo, y en el paseo de vuelta hasta mi barrio y mi casa fui rebobinando el largo palabrerío sobre nuestra esencia de clase, la de ellos por un lado y la mía por otro, empezaba a creer o a querer ver, que con frecuencia viene a ser lo mismo.

Es nuestra partida más intensa la que por nosotros juegan a diario razón y sentimiento, intensa y larga porque empieza mucho antes de que podamos llegar a saberlo y no tiene pinta de acabar sino cuando todo acaba, intensa, larga y traicionera a veces, llena de trucos y de trampas, incluso definitiva por la simple jugada de una pieza sobre otra, de una carta sobre otra, andaba explicándome TioPedro una noche de verano al fresco relativo de una terraza en el Portillo:

Ay, Pierre, sonrió porque venía su ocurrencia al pelo de cuanto lo había movido a toda aquella reflexión que andaba haciéndome, cuídate del martillo sin la hoz, cuídate de la hoz sin el martillo. ¿Sabes de quién es?;

De Neruda, creo;

No, de Vallejo, ¿ves?, y me golpeó más ese ¿ves? que un error que no tenía en sí la más mínima importancia. Ni es ni podría ser de Neruda, Pierre, que la vida no es sólo la lava de un volcán, la vida es también lluvia, lluvia con frecuencia fina, y calló con la mirada perdida mientras rebuscaba por los bolsillos tabaco y pipa.

Llevaba días con ganas de que habláramos, le oí de pronto desde dentro del humo, e imaginé que era más bien hablarme lo que quería, y hasta de qué: le parecía muy bien que hubiese entrado en el Partido Comunista, nunca decía él, como nosotros, El Partido, y hasta preguntaba provocador cuál cuando nos lo oía, no le parecía una decisión muy lúcida aunque si era mi voluntad, nada que objetar, pero me recomendaba cuidado, mucha atención para no perderme, que desde su llegada no me había visto abrir un libro y apenas marear cuatro apuntes, ¿o no?, me clavó la mirada; bueno, tampoco me había hecho falta, lo había aprobado todo, le respondí a la defensiva, y no me dio tiempo ni a reparar en la necedad que acababa de escapárseme: Por favor, Pierre de mis desvelos, que ya sabes de qué es eso de confundir valor y precio, ¿no?, me clavó la mirada, y asentí por pura vergüenza mientras él seguía: Pierre, no coges un libro, los caballetes tienen telarañas, has dejado a tus amigos los de la guarida aquella, gente interesante, Pierre, gente que te estaba dando mucho, Pierre, gente que te estaba bajando a tierra o a la vida, Pierre, a tu tiempo, Pierre. Ay, suspiró, pavor me da pensar que vayas a creerte que los sentimientos, por muy nobles que sean como la libertad, o la justicia, o la bondad, puedan llegar a ser en sí mismos una manera de estar, de vivir, de hacer, de realizarse uno en cuanto individuo, que luego ni se sabe dónde están los monstruos, ni dónde los molinos, ni dónde el viento, ni dónde uno mismo, Pierre, precisamente tú, que deberías saberlo ya muy bien todo esto, y en el silencio dejó el porqué, aunque entendí perfectamente que por mi padre.

Callamos por un rato, él ignoro por qué, yo por el resquemor de que me parecía muy injusto cuanto acababa de decirme: injusto con su hermano e injusto conmigo, que estaba haciendo cuanto podía por derribar una dictadura y que si me había alejado de unos amigos no sólo era porque yo los hubiese rechazado, sino también porque ellos me habían rechazado a mí, lo que por dos veces fui a explicarle pero a lo que por las dos mismas veces no me atreví, aunque debió de imaginarlo:

¿Y cómo es que te has separado tan de repente de tus amigos, Pierre?;

Porque somos muy distintos, TioPedro. No son mala gente, pero no sé cómo decirte, los veo muy diletantes, muy burgueses;

100

Burgueses, ya, hizo que asentía. ¿Y tú qué eres, Pierre?;

¿Yo? Un hijo y nieto de proletarios, TioPedro, respondí sin dudarlo, y él empezó a mover, incrédulo, arriba y abajo la cabeza: Ya, como el funcionario del corrido mexicano. Pues mal asunto, eres entonces especie en extinción, Periquillo de mis amores, le debí de sonar tan a broma que me degradó de vocativo.

Fue, aquélla, la primera vez en que me molestaba algo de TioPedro, y me dolió porque sólo en una cosa no pensé entonces, en que pudiese estar sinceramente preocupado por mí, como lo estaba: Me duele verte dando bandazos, Pierre, mucho más de lo que tú crees. No puedes dejar perder al Pierre de sus pinturas, al Pierre que nos hablaba de arte en La Franqui hace apenas un año, a aquel Pierre del dibujo del perro que tanto trabajaste y tan bien te quedó. ¡Mira que es buen dibujo, puñetero! ¡Y a la edad que tenías!, se me quedó mirando con una sonrisa desbocada de cariño y estiró el brazo que la pipa le dejaba libre para agarrarme por la muñeca, unas palabras y un gesto que, lejos de reconfortarme como pretendían, me dolieron aún más porque apenas me atreví a decirle: No era tan buen dibujo, TioPedro, pero no a confesarle la verdad de ese viejo dibujo que coleaba desde hacía ya tanto que hasta lo había olvidado, que el toque definitivo lo había improvisado al galope y con el alma el padre de mi compañero Tomás Enríquez, que era pintor, y me asaltó según lo pensaba el temor de que yo nunca fuese a serlo porque hay vocaciones, como la del arte, que lo único que no admiten es la inseguridad y la mentira, supe en aquel momento aunque no quisiera aún saberlo, con tal nitidez lo percibí

101

que allí mismo descarté lo que llevaba planeando desde hacía días, cuando TioPedro me entregó el regalo de Thérèse, un reloj con una nota invitándome a la fiesta que daba en nochevieja y a quedarme después unos días hasta su cuarenta cumpleaños, pintar cuarenta retratos de ella, y me noté enrojecer y quise hacer por olvidarlo, pero parecía que TioPedro esa noche leía mis pensamientos:

¿Sabes que vi el regalo que le hiciste a Thérèse? Un buen retrato, muy bueno. Me lo enseñó no hace mucho;

Ése sí me gustó. Por eso se lo llevé. No te dije nada porque...;

Porque no tenías que hacerlo. ¿Te digo yo cada poema que hago, y por qué y por quién lo he hecho? Eso nunca, ¡secreto sumarial!, Pierre, me respondió, y volvió a sonreírme, pero noté que con tristeza: Una vez lo he hecho, hace ya mucho, los impulsos, ya sabes. Yo también los tuve y los tengo, no te creas el único lírico sobre la Tierra, y se quedó envuelta su mirada en un halo de tristeza.

Gusta reconocer lo no conocido, aquello que nunca se ha visto pero mil veces se ha reconstruido a ciegas en la propia mente, ese gran juego de poner la propia imaginación a prueba, de cotejar hasta qué punto se ha hecho una correcta composición de persona, sensación, ambiente o lugar como aquel salón de la casa de Thérèse Bellome y Maurice Babel en Villeneuve la Lionne, donde habíamos llegado TioPedro y yo a mediodía:

Nunca había visto unas escaleras como éstas, Maurice, ¡son fascinantes!, dibujé en el aire la doble escalinata con dos cables de acero por todo pasamanos que subía casi en redondo y enmarcaba el área central del salón, donde estábamos sentados;

Merci, merci, merci, levantó su copa en agradecimiento, y me sonrió divertido: se había inspirado en las pasarelas de un burdel carísimo de Londres, por eso desde donde estábamos se veían perfectamente las bragas de las señoras a poco que llevasen la falda corta, o las no bragas, ja, ja, ja, rió, podía fijarme luego, ya vería, y me contó la historia de una señora que una noche, en una fiesta, había subido con bragas y al rato había bajado sin ellas, pasarela de burdel, ¿veía?, y de los burdeles empezó a hablar, los burdeles eran siempre fuentes de inspiración porque la inspiración se encuentra donde está la vida, los burdeles y los hammanes, apoyó con el dedo la afirmación, y se quedó pensativo: Viens, me pidió, y se levantó y lo seguí hasta el cuadro hecho de cuatro cuadros que llenaba el paredón del fondo: una figura humana desdibujadamente desnuda que de tela en tela iba achicándose y oscureciéndose desde el naranja hasta un rojo casi negruzco: *La vie,* se llamaba *La vie,* y era de un alemán amigo suyo, Joe Aus, el cuadro inspirado en un hammam que a él le había inspirado la sinfonía que acababa de terminar, ja, ja, ja, volvió a reír con su risa saludable, y empezó a comentar detalles del cuadro: parecían la misma figura a simple vista, siempre más pequeña pero igual, ¿no?, pues no, señalaba con el dedo como si estuviese repintando las figuras: el brillo de cada color era de vez en vez más apagado porque la piel se gasta, el trazo de los perfiles era cada vez menos vigoroso porque el cuerpo se ablanda, el pene era cada vez más diminuto respecto a su figura cada vez más pequeña porque el tiempo es eso, vigor que desaparece, y volvimos a nuestro sillón.

Le estaba resultando muy difícil la sinfonía, cambió de tono, mucho más que la ópera, si porque fuese una música más profunda o porque él estuviese ya más viejo, con menos inspiración apasionada, no lo sabía, pero mucho más, mucho más, ralentizaba su francés, ese que, cuando argumentaba, por tan pausado y cadencial más me gustaba de cuantos había oído, acompasado a sus caladas profundas a la pipa y a sus sorbos cortos, a su rostro tamizado por una barba muy recortada que no le conocía en persona pero sí había visto en fotos. Seguramente sería una cuestión de madurez, fue explicándose y yo fascinándome por segundos con su manera de hablar, que se me antojaba quinto movimiento de la sinfonía, supuse que tendría cuatro, y acerté: La mémoire, la passion, la raison et l'oubli, la vie, Pierre, ma vie, ta vie, la vie de tous, seguí embelesándome con su voz y de alguna manera reconociendo en el hormigueo nervioso de la tripa antiguas sensaciones a las que no puse nombre aquella tarde, pero que los tenían, una sensación a la vez conocida y desconocida que fue creciendo y que más creció aún al rato, cuando bajaron Thérèse y Tío-Pedro vestidos idénticos y a su vez idénticos a él, con el mismo traje que él, de la misma tela fina y brillante, del mismo corte en pantalón con mucha caída y chaqueta ligeramente alevitada, los hombres con la misma camisa rosa pálido que parecía de seda y la misma corbata roja con puntos de colores cosidos, no estampados, ella sin blusa y con una corbata muy especial que era realmente su propia carne, los laterales interiores de los dos pechos perfectamente visibles en su perfecta cascada, imponente sobre sus sandalias altas, las uñas de un rojo agresivo, las manos omnipresentes en sus brillos de ese mismo rojo agresivo, los labios remarcados en ese mismo rojo agresivo, el pelo estirado hacia atrás en tensa tirantez, deslumbrante ella por supuesto y deslumbrante el trío: Estás bellísima, dije, estáis fascinantes los tres, añadí, y se miraron.

Pues ya que sale, te lo cuento, dijo TioPedro. Habíamos pensado Thérèse y yo ponerte a ti igual, Pierre, pero me fui a Madrid por lo del cabrón: sabía a quién se refería, nunca le oí nombrar a Franco por su apellido, sino con algún epíteto, y ya no nos dio tiempo. Hasta para morirse tenía el hijo de puta que joder a alguien, y en particular a algún Luna, así que te lo has perdido, me contó, y Babel empezó a negar: ¡pues menos mal! Por primera vez Francó había hecho algo bueno, Pedritó no estaba hecho para vestir de granduque, Pedritó estaba hecho para vestir de guerrileró, levantó de nuevo en brindis la copa, para llevar la boina de Che Guevará, y empezaron los tres a burlarse del comunista guevarista que estaba a punto de probar las mieles de la burguesía más burguesa: Thérèse que para sucumbir a ellas; Babel que para denostarlas; TioPedro que para conocerlas y poderlas saborear, y de todo un poco iba a haber, sentí ya en la llegada de los primeros invitados, un señor de pinta absurda y gesto irrecordable por inexistente llamado Jacques, su mujer, una tal Jacqueline, prima de Thérèse, cortés sin duda aunque tan estirada como para dejar colgada la mano por saludo, y una chica algo mayor que yo que tardó en alcanzarnos porque se paró ante el teléfono que había justo a la entrada y estuvo un rato hablando, la avanzadilla de un goteo por lo general en pareja que fui observando con atención que era sobre todo intriga: un violinista con cara de loco y su mujer idéntica, porque eran primos, me soplaría en breve mi contacto; un director de orquesta y su mujer gorda, una cantante insoportable y mandona, me soplaría en breve mi contacto; una concertista de oboe vestida de caballero que era alemana, y cuyo marido tenía una sorprendente mala pata que no había causado en otras ocasiones problemas serios sólo porque los demás solían ser educados, me soplaría en breve mi contacto; un editor de barba rubia poblada y panza más poblada aún que se había arruinado varias veces de tanto comprar pornografía, me soplaría en breve mi contacto; un diseñador de ropa con traje mao violeta, bigotito perfilado sobre el labio y ojos diminutos de oriental, el último en llegar entre enormes y afectados aspavientos, que no tenía nada de vietnamita, japonés o chino, sino tanto estiramiento de piel que los ojos se le habían reducido ya al mínimo, me soplaría en breve mi contacto, la chica algo mayor que yo de cara tan bella como sencilla de rasgos que había llegado con Jacqueline, su hermana, y que se había detenido a hablar por teléfono, la otra nieta différente et indocile además de Thérèse, me sopló de sí misma, porque ni estaba casada ni prometida ni con novio, ni pensaba hasta que no hubiese puesto bien en marcha su propio negocio de diseño, producción y venta de joyas, y me preguntó si no recordaba la etiqueta del reloj que me había enviado su prima de regalo hacía unos meses:

Mais oui!;

Enchantée, je m'appelle Alice, se me presentó de nuevo echándome la mano;

Enchanté, Pedro Luna, seguí la broma echándole yo la mía, y noté que me la apretaba simulando que no lo hacía.

Me divertí con ella durante un buen rato, lengua viperina que era midiendo voracités: voracidades de caviar, de foie que era peor, de ahumados que era ya el colmo, de buen vino o de buen champagne, y descubriendo refoulements: represiones en las miradas de reojo del modisto a todos y en especial a mí por ser el único sin corbata junto a él, bromeó; de la mujer del grossier o zafio vestida de hombre al editor de la tripa gorda que se arruinaba a golpes de pornografía, a su vez pendiente de la mujer junto al último ventanal, ¿la veía?; sí; le gustaban las que tenían semejantes prosperosos bustos, no fallaba, y simpática Alice también hablando de sus cosas: la familia estaba bien a distancia, ella iba una vez por semana a cenar a casa de sus padres, pero nada más. Tenía su apartamento en rue Saint Roch, frente a la joyería, y hacía su vida, chocó su copa contra la mía, en mala hora porque por allí pasaba justo en ese momento Thérèse ejerciendo de anfitriona: À votre santé, jeune capitaliste, jeune communiste, elevó su copa, y a la joven capitalista le entró la risa: ¿de verdad que era comunista?, si ya no se llevaba, pero le gustábamos los comunistas porque le recordábamos a su tía Lydie la que les contaba cuentos de hadas, todo se resolvía así en nuestras cabezas, con nuestras hadas, la fée Lénine, la fée Staline, la fée Maó, la fée Castró, la fée Marchais, hadas que me sonaban a fe y que enumeraba de corrido aquella chica con la que brindé antes que con nadie por el año nuevo y que conmigo siguió bebiendo y hablando, aproximándose más de copa en copa hasta que se fue al baño y, no supe entonces por qué, yo aproveché para esfumarme camino de mi cuarto no sin temor a que me buscase y encontrara, lo que por suerte no hizo.

Tardé en ubicarme por la mañana, primero por la pesada resaca que me apretaba la cabeza, luego por el silencio sepulcral reinante, apenas abajo por la imagen sorprendente del salón hacía unas horas auténtico caos de bandejas, botellas, vasos, ceniceros y colillas por todas partes, perfecto como si nada hubiera sucedido allí, preludio de una semana en la que llegué a sentir con frecuencia que más o menos como aquélla tenía que ser la vida en un balneario, o incluso, por horas, en un monasterio: mañanas de silencio absoluto y música o lectura porque Babel no bajaba hasta la comida y TioPedro y Thérèse desaparecían tras el desayuno por cualquiera de las múltiples fronteras que parecía tener aquella casa que no llegué a conocer en su integridad; sobremesas de paseos por los alrededores al frío más llevadero porque con el estómago lleno, pero inquietante porque a la fuerza despertaba, largas caminatas que llamaban a dialogar con uno mismo en las que crucé a menudo tantas y tan contradictorias sensaciones como las que estaba teniendo desde mi llegada, alguna inquietante por inconcreta: una expectante desazón por algo que no sabía qué pudiera ser, otras inquietantes por lo contrario, por demasiado concretas en la escala de valores que yo había asimilado, mal que bien, de mi mundo: el ambiente tan asqueante como atractivo de la fiesta, la incómoda comodidad de estar permanentemente atendido por las dos personas de servicio que siempre había en la casa, esa misma vida de torre de marfil en la que estábamos instalados: ¡cuántas cosas de TioPedro explicaban ese paraíso en el que vivía y esa relación con sus dos amigos!, pensaba y pensaba sobre ello entre la atracción y la mala conciencia, hasta que el atardecer nos juntaba finalmente a los cuatro en una cena que se alargaba de la mano de un Babel cada vez más fascinante inventando siempre algo, burlándose siempre de alguien, comentando con deliberada pasión siempre algo, TioPedro interviniendo apenas, no como en aquellas noches de La Franqui en que uno y otro se atropellaban entre bromas y argumentos, Thérèse siempre mirando y dando o quitando razones, una semana que me había guardado en la recámara una más que inesperada despedida.

Fue la víspera de nuestra vuelta a Madrid, justo a los postres de la cena de cumpleaños de Thérèse. Fui a darle la bolsa con su regalo y me pidió que esperase hasta después de los cafés, cuando me abrió la puerta de uno de sus santuarios privados, un pequeño despacho: gabinete decía ella, sin más que dos sillones, un escritorio y una estantería en la que vi, encastrado, el carboncillo que le había entregado la noche inolvidable de Sète y La Franqui: Ya ves, me gustó, me dijo señalándomelo, y yo nada comenté, sólo le extendí la bolsa con mi regalo, cuarenta abanicos coloreados y caligrafiados con su nombre que llevaban las cuarenta cifras que van del uno a la de la edad que cumplía, una ocurrencia con la que había superado la falta de inspiración y alma de mi pintura, pero que uno a uno vio y que le encantaron: Me los llevo, me dijo, y me contó que Babel y ella se iban unos años a América, a California concretamente, él a acabar la sinfonía y ella a un viejo proyecto que no convenía ya dejar pasar, no me desveló cuál pero algo me hizo sospechar que un hijo, y me embargó, no sé por qué, una profunda tristeza, posiblemente la misma que llevaba advirtiendo en TioPedro los últimos meses.

Son peligrosos los ancestros, esa fuerza telúrica que se aparece al menos una vez en la vida ante nosotros para reconducirnos por sus cauces antiguos, moldeados a lo largo del tiempo en lo más profundo de nuestra mente a semejanza e imagen del orden natural de las cosas que pretenden representar, para salvarnos de las dudas con las que el ser humano toujours recomence o no es, cogitat ergo est, para impedir que nos perdamos y nos encontremos nosotros mismos, y aquella primavera de 1977 mis ancestros aprovecharon la gran riada de la euforia ambiente para dejarme por un tiempo a merced de los siempre peligrosos genes de la memoria, definitivamente activados por el rostro ya olvidado de mi padre, que recuperó tras tantos años con una llamada telefónica la sonrisa de ancha satisfacción que no le había vuelto a ver desde mi infancia, cuando él no la tenía aún mellada y yo era aún capaz de estimular su más que difícil capacidad de sorpresa.

Era Simón, nos dijo según colgó, que el Comité Central da mañana una copa y Santiago quiere que vaya, salió Juan Luna Guzmán de la clandestinidad a los pocos días de la legalización del partido cuando por fin alguien se acordó de él, y sacó del armario la corbata del juicio que nunca más había vuelto a usar, se puso el traje más nuevo que tenía y fue a la recepción y allí lo abrazó Dolores, y lo abrazó Santiago, y lo abrazó Simón y lo abrazaron todos los pocos que sabían que sólo él sabía lo que nadie sabía y que nosotros no supimos hasta unas semanas después, cuando Simón Sánchez Montero y Carmen fueron a cenar a nuestra casa, los primeros invitados a los que, en más de veinte años de vida allí, no llevaba TioPedro: Tu marido, miró Simón a mi madre, tu padre, me miró a mí, ha sido durante muchos años el único camarada que ha sabido dónde estaba en cada momento cada uno de los miembros de la dirección que residían en España o que estaban de paso para alguna misión, el único que sabía en qué ciudad, en qué pueblo, en qué cortijo, en qué calle, en qué plaza, en qué casa y con quién estaba cada uno, ¿os dais cuenta de lo que ha supuesto para el partido eso, de lo que ha ayudado a camaradas que se jugaban la vida?, le patinaba a Simón la voz, tensaba yo la garganta hasta el dolor para no romper a llorar como las dos Cármenes y miraba ausente, transido, a no sé dónde mi padre el camarada Juan Luna.

Aunque el partido no tenía grandes medios, quería hacerle en nombre de Santiago una propuesta: le alquilaban una casa para que pudiera instalarse con Carmen en el sur y gozar los dos de la vida tranquila que no habían podido tener, en Almería si quería, ¿no era él de allí?, y le pasaban el sueldo de liberado si no podía alcanzar la pensión, se le quedó Simón fijo con su mirada de sincera bondad, pero el camarada Luna empezó a negar, varias rítmicas cabezadas a derecha e izquierda antes de responder:

Gracias, le das las gracias al camarada Santiago y gracias a ti, amigo Simón, pero... no he hecho ni más ni menos que lo que todos, cumplir con mi obligación de comunista;

Juan Luna, tú sabes que algo más;

No, Simón;

Pues... ¿qué quieres?, y mi padre y camarada Juan Luna Guzmán apenas tomó un poco de aire: Poesía, nos sorprendió a todos, algún libro de poesía de vez en cuando. Me aficioné a ella en la cárcel y me gusta, además de que me vino bien para mi trabajo, porque es un excelente ejercicio de mnemotecnia. Yo me leía las poesías, me las aprendía y cada vez me gustaban más y al tiempo ejercitaba más la memoria, que es fundamental en la clandestinidad, y empezó a asentir: ¿Sabéis una cosa?, que nunca existió esa lista que tanto buscó la policía, nunca. Esa lista estaba sólo aquí, empezó a tocarse a golpecitos la cabeza, aquí, y se puso sin más a recitar versos, en otro mundo la mirada que a su Carmen, a su hijo y camarada Pedro, a su amigo y camarada Simón y a la otra Carmen se les había nublado hasta cegarlos, como la noche posterior a los Zamora y a TioPedro cuando mi madre y yo lo contamos en medio del sepulcral silencio de mi padre: ¡Lo sabía, hermano! No me preguntes por qué, pero lo sabía. Lo escribí aquel maldito día en el aeropuerto cuando me venía para acá a estar con éstos, nos señaló a mi madre y a mí. Escribí unos versos que lo intuían. Y nunca lo pensé, no vayáis a creeros. Salió así, salió solo del verso, y cerró los ojos para rebuscar por la memoria:

112

*Sabía por encima de todo que no era hombre
ni padre ni esposo y ni siquiera un militante,
sólo una lista, oculta lista de ocultos nombres
escrita con tinta de memoria en la cabeza fiel,*

recitó despacio, arrastrando de los versos una sonrisa ancha que acabó en resoplido.

Sin embargo, duró poco aquella comunión de alegría y pasó lo que un día u otro tenía que suceder en esos encuentros, porque Franco había muerto ya, el enemigo común se había diluido mucho y había unas elecciones a la vuelta de la esquina: Votarás al partido, ¿no?, le preguntó Concha a TioPedro con cara y tono no de preguntar, sino de constatar y sumar así un elemento más a aquella alegría ambiente, y él no respondió de palabra, pero sí moviendo a izquierda y derecha la cabeza en negativa, lo que al parecer la sorprendió:

¿Que no vas a votar al partido?;

No;

¿Pero cómo no vas a votar al partido, Pedro?;

Porque no soy comunista, Concha, simplemente. Soy… eso que llamáis un socialdemócrata, ya lo sabes, respondió TioPedro seco;

¿Pero tú has oído, Juan?, ¡socialdemócrata!, se volvió Concha a mi padre, y mi padre nada dijo, sólo miró a su hermano con una mezcla del amor y de la pena que tenía que provocarle ese Pedro de sus entrañas bueno como un comunista aunque con la cabeza llena de pájaros, una sonrisa misericorde que sólo el diente saltado parecía interrumpir en su línea inmóvil, un gesto ajeno a todo cuanto allí se estaba diciendo, callado, imperturbable, que hizo saltar a TioPedro: ¡Y tú, coño, di algo!, miró a su hermano. Pídeme que os vote, o mándame a la mierda, o pega un puñetazo en la mesa, ¡joder!, y lo pegó él y enseguida se disculpó: Perdonadme todos, y perdóname tú, Juan, pero es que cada vez que estoy contigo se me viene a la mente que eres un santo, y ya sabes que los santos me joden. Más de una vez he pensado que si hubieses vivido en la Siria del siglo V habrías sido, en vez de Juan el comunista, Juan el estilita, hermano mío, es que te veo sobre una columna ahí en Atocha, o en la corrala, o mejor en la puerta de Carabanchel, y me pone muy nervioso, perdona, volvió a disculparse, y esa vez fue Concha quien saltó:

Pues no es tu hermano la única persona que se está calladita cuando se habla de política, pero a otros no les dices nada, Pedro;

Si te refieres a Thérèse, sí le he dicho más de una vez que no está mal eso de implicarse de vez en cuando en el mundo y en las cosas de las que los humanos hablamos a diario, Concha;

Sí, a ella me refería, y entró en liza, prudente, mi madre ofreciendo una copita y la siguió, prudente, Jacinto preguntando si había pastís, mientras a mí se me venían a la mente aquellas discusiones en efecto más o menos idénticas en La Franqui de TioPedro y Babel con Jacinto y Concha, pero nunca Thérèse, la imperturbable Thérèse que consideraba el tiempo demasiado largo como para concederle a la política la más mínima importancia, comprendería yo con los años, imperturbable Thérèse e imperturbable Juan Luna, por pura simetría imperturba-

114

bles ambos en sus imperturbabilidades opuestas, ella la de aristócrata por encima del bien y del mal, él la de dirigente proletario que poseía en su cabeza las esencias de ese bien y de ese mal, ella en un tiempo largo porque de largo venía su estirpe, él en un tiempo largo porque de largo venía su clase, y no comprendí por aquel entonces tan extraña identidad.

Me dejó aquello pensativo por unos días. Sabía en el fondo que tenía razón mi tío pero quería sentir lo contrario, y fue al final un cierto orgullo por mi padre lo que me afloró desde lo más profundo cuando, tras las setenta y dos horas de gloria que fueron el gran paréntesis de su vida, le oí comentar, de nuevo en su pequeño mundo:

Me he pasado por el Barrio y resulta que en el muro hay carteles de todos, menos del partido. Hasta de los fascistas hay. ¡Eso en la República...! En la República ya habría pintado Alfredo el de Cazorla uno de sus retratos de Stalin. Si hubieras visto los retratos que hacía, y se quedó sumido en un gesto de honda amargura que me espoleó;

Mañana temprano nos vamos para allá y ya verás tú, me salió la rabia como una bocanada de sangre, como si esos ancestros fueran unos glóbulos más, y más rojos que los rojos, los ancestros que decidieron aflorar todos a una la mañana siguiente desde nuestro mismo portal en un paseo cargado de vacíos porque la taberna de Alejandro era ya un bar moderno, la esquina de mi calle no tenía escalones, la del Ferrocarril era ya una calle convencional, no había cortinas en los pocos bares que quedaban por la Standard y los trenes no escupían ya hollín a su paso sobre el puente.

115

Iba a hacer un mural. Necesitaba sólo la pintura, le expliqué ante la tapia, y ni llegamos a entrar en la corrala: Vamos a la casa del partido, que está aquí cerca, él siempre lo decía así, la casa del partido. Allí tiene que haber pintura y a esta hora habrá ya camaradas, y había en efecto en aquel garaje a medio instalar como sede tres camaradas más o menos de mi edad sentados a un tablero alargado que hacía de mesa: ¿había algún responsable?; no, tenía que ir el camarada Manuel, pero hasta la una o así no llegaría; pues a la una volveríamos, que le dijesen que había estado el camarada Juan Luna, y el sí rutinario de los camaradas dejó más que claro que no sabían quién era el camarada Juan Luna, de lo que mi camarada y padre Juan Luna se dio perfectamente cuenta porque salió comentándome que del día siguiente no pasaba que fuese al provincial a ver qué se le encomendaba, y entonces fue cuando esos ancestros que eran glóbulos más que rojos o a saber qué de mis tuétanos, nunca aprendí gran cosa del cuerpo humano en su acepción científica, tomaron forma de orgullo familiar primero: Sí, porque no tiene sentido que no se te dé alguna tarea especial, y de espíritu de partido enseguida: Y porque van a hacer falta ejemplos como el tuyo, que hay camaradas que dicen cada cosa, comenté, aunque, en su línea, mi camarada y padre Juan Luna ni preguntase a qué me refería, simplemente se puso a especular sobre el lío que tenía que ser abrir de pronto tanta casa del partido y de lo que iban a tener que trabajar los camaradas porque el único capital que tenían los comunistas era el de las manos de los obreros y los campesinos, y el talento de los intelectuales y los artistas de verdad, claro, y quiso la fortuna

116

que, según embocábamos Seco la que bajaba directamente a la corrala, nos tropezásemos con mi viejo amigo de la infancia Manuel, al que hacía tanto que no veía: Señor Juan, ¡las ganas que tenía de verle!, se dirigió a mi padre antes que a mí. No sabía que era usted ¡un camarada tan importante! Me lo dijeron hace unas semanas, y nos contó que él estaba en el partido desde hacía dos años y que era el responsable de propaganda del distrito de Mediodía:

No serás tú el Manuel que tiene que ir a la una a la casa del partido;

El mismo que viste y calza, señor Juan;

Camarada Juan, camarada Juan, se le dibujó a mi padre el gesto de beatífica satisfacción con el que redondeaba cuanto se refería al partido, y le conté a Manuel el proyecto y me llevó hasta el Puente donde el camarada Leo el del almacén de pinturas que no cerraba nunca, solos los dos porque mi padre se había quedado en el Barrio, maldito paseo en el que me enteré de que el Vidal andaba reventado de droga por las esquinas, la última vez lo había visto por el campo del Rayo y le había dado veinte duros, ¡hijaputa droga!, lo que estaba haciendo con los hijos de los obreros, se soliviantó y me dejó tan asqueado como condolido por mi admirado héroe de la infancia, destruido por esas drogas del horror y no del amor de las que había oído hablar con tanta admiración en mi adolescencia.

Guardo un pésimo recuerdo de aquel domingo de mayo en el que la imagen perdida de un amigo destrozado me partió el corazón y la imagen presente de mi padre ignorado entre los suyos me partió el alma, por eso desde luego pero también porque el reencuentro con Manuel

Pérez López que tanto me alegró acabaría por hundirme, a merced como me dejó de una nueva trampa, que gustó tanto a todos aquella escena pintada sobre el muro que Manuel me llamó a los días para pedirme otro en un paredón cercano donde se veía mucho porque estaba ya al lado de Atocha y pasaban el Circular y otros autobuses, y para cuando hubo acabado la campaña electoral había pintado yo doce murales por todo Madrid, o el mismo mural doce veces por más que cada uno llevase su propio boceto en apariencia distinto pero sustancial y absurdamente idéntico que ni tenía sentido en Madrid, Europa, por ser una reproducción del colorido y las figuras de las fundas de los discos revolucionarios sudamericanos, ni en Madrid, distrito metropolitano, por ser una transposición de rostros campesinos a medias entre el desafío y el hambre, ni ante el joven aspirante a pintor que estaba estudiando dos carreras a finales del siglo XX: me había matriculado también en Historia del Arte, por constituir un semejante reduccionismo de motivos y formas, con lo que una concienzuda vocación de años a menudo asaltada de dudas aunque siempre sincera saltó definitivamente hecha añicos cuando encontró por fin alma pero perdió todo lo demás porque se había equivocado de alma.

Pierre, no pintes más murales de ésos, chiquillo, que me veo que vas a acabar tejiendo cojines como los de las ecuatorianas y encima falsos, remató TíoPedro a los pocos días de las elecciones la burla que se trajo conmigo por los más que modestos resultados del partido: él había votado al PSOE como socialdemócrata que era, claro, me picó al fresco del ático que le había alquilado en Cardenal Silíceo,

118

por la Prospe, a una periodista que se iba a un largo viaje por los desiertos del mundo: Como el comer necesitaría yo ahora un viaje así, le salió de adentro. No me encuentro en Madrid, Pierre, y perdona y perdonadme todos porque no es en absoluto culpa vuestra, pero no me encuentro, claro que... tampoco en París solo, en esa casita oscura llena de recuerdos por todos los rincones, es lo que pasa cuando no se tienen raíces, ¿sabes?, y sería eso en parte, pero yo comprendí sin que tuviese que nombrarla que era Thérèse quien le faltaba, lo que por consecutivo confesó a su manera: ¿Sabes que Thérèse va a tener un hijo?, le costó decirlo. Está embarazada, no rompió a llorar por guardar ante mí la compostura que sus manos nerviosas no guardaban.

Nos mantuvimos callados durante largo rato, él con la mente en Thérèse, supuse, yo porque no iba a decirle que imaginaba lo del hijo desde el viaje a Villeneuve y por una vaga tristeza producto a la vez de nada tangible y de todo que intenté de pronto sacudirme:

Como mucho, me va a quedar una, TioPedro, y hasta igual Cabello se estira y...;

Me alegro, fue escueto, pero aquella vez no me afeó que mis estudios se hubiesen reducido a una empobrecedora rutina de exámenes, porque él mismo se hallaba en pleno naufragio y no estaba para repartir castigos ni premios, apesadumbrado y quejoso como un adolescente: Cincuenta años esperando a ser un ciudadano libre, veinticinco esperando a sacar un libro en mi país y... cuando por fin soy libre y por fin puedo sacar ese libro en mi país, me pilla todo solo, más solo que la una. Se ve que es mi sino, Pierre, que la soledad es lo que, al final, viene siempre a llamar a mi puerta.

Era, además de su angustia ya tiempo arrastrada: desde la ida a California de Thérèse y de Babel y aún de antes, como si algo temiese de aquel *El hombre en la ciudad*, nombre definitivo del poemario que incluía por cierre el dibujo del hombre, el niño y el perro rompedor y saltarín que todos creyeron obra enteramente mía en cuanto por mí iba firmada, y no se equivocaba, porque aquel cuarto libro suyo que tanto le había costado cerrar y que apareció a los pocos meses fue acogido con fervor por los amigos en el pequeño acto de presentación en la simpática y activa librería Turner y, sin embargo, ninguneado en periódicos y revistas literarias: Llevo tiempo lamentándome de que he llegado a ser ciudadano libre en plena soledad, tú lo sabes, y ahora resulta que, además, en plena incomprensión, Pierre, se me lamentó una de aquellas noches en el Gijón, adonde fuimos porque había que mostrarse a cabeza alta, bromeó en negro pero transido de dolor, lo conocía yo bien al poeta Pedro Luna, y era en efecto doloroso lo que le estaba pasando, doloroso para él y lacerante para mí lo que mañanas después leí por casualidad en la librería Rafael Alberti, mientras hojeaba una revista de cultura y arte:

Desfase de Luna
por Alejandro Mateos

El hombre en la ciudad, *el hombre en la ciudad de la nada, porque no hay poesía en este desfasado y caduco poeta que nos desciende del olimpo supremo del exilio. Duro golpe*

120

esta retahíla de facilones lamentos para la incipiente colección de Juan Felipe Navarro, que malgasta su esmerado diseño, cuidado hasta el último detalle (incluido un excelente dibujo de Pedro Luna —el sobrino, prometedor pintor, no el caducado poeta—), en un libro de algo que tal vez un día fuese considerado poesía por unos cuantos acríticos entusiastas. Editorial La Isleta. 64 páginas. 200 ptas,

leí sin dar crédito, y hube de frotarme los ojos para volver a leerlo: ¡Hijo de puta!, tuvo que oírme más que de sobra el librero aunque apenas lo mascullase, qué mezquino ajuste de cuentas por la opinión de TioPedro sobre su poesía, y qué castigo tan desproporcionado para mí, culpable de la inmensa chiquillada de habérsela desvelado una noche a Micaela en el más absoluto pero ingenuo de los secretos mientras los otros dormían emporrados y borrachos, suelto yo de lengua tras unas copas y sin duda para ganarme el improbable favor, que tampoco deseaba cuando estaba sobrio, de que me llevase a su cama a follar si de verdad follaba, o a que le sobase sus tetas blandengues o le lamiese ese coño peludo y duro como una brocha reseca que tenía que tener, me fui diciendo Benito Gutiérrez abajo hacia Rosales y repetí más o menos palabra por palabra días después a Micaela cuando me la encontré una tarde tirada en su esquina favorita del bar a la espera, imaginé, de los dos perritos falderos a los que movía como guiñapos: Cotilla, cretina que vas de mujer fatal y que de mujer fatal tienes sólo que quedas siempre fatal, calientapollas que no sabes más que enseñarle tu coño brochudo a esos dos borrachos a los que no se les levanta ni con todo el jazz del mundo ni con música de flauta, me fui calentando, y apenas le había dado al buen Ricardo Arruza tiempo a salir de la barra para intentar calmarme cuando Micaela se subió al banco que perimetraba el área de las mesas, se remangó de dos tirones la falda larga que llevaba y, mientras la sostenía con una mano, se bajaba con la otra como podía las bragas: Pues chupa brocha, gilipollas, que a ti sí que ni por ésas se te levanta, que aunque ni tú mismo lo sepas eres maricón, maricón perdido, elevó aún más la voz, y se dejó deslizar columna de azulejos abajo a su rincón en medio de un ataque de risa sólo comparable al de vergüenza que yo sentía, incendiado el rostro, temblorosas las piernas, ofuscada la cabeza, y eché pasillo adelante para perderme hasta de mí mismo.

Salí de la facultad abatido y abatido me hice el largo camino hasta Princesa, completamente ausente, ajeno a la reunión que había dejado colgada, a quienes me cruzaba, al antipático ronroneo de la autopista y hasta al bochorno mismo por lo hecho y por el día después y la vuelta a la facultad, falso temor, porque ya había entrado yo de lleno en esa cómoda espiral de la retroalimentación que, a jóvenes y a viejos, a nuevos y a veteranos, a unos por las ideas y a otros por sus ilusiones y hasta por sus intereses enseñaba con tanto éxito el partido: Joder, es que no hay derecho a que a media docena de novedosos y diletantes les haya dado por arremeter contra quienes, mejor o peor, han traído la poca libertad que tenemos, anduve toda la mañana contando a quien me preguntó o aludió más o menos veladamente a la bronca y luego, durante la comida, en mi casa:

No llevan a nada esas cosas, Pedro. He visto muchas de ésas en la corrala y ¿sabes lo que aprendí con ellas? Que es verdad eso de que no hay mejor desprecio que no hacer aprecio, me reflexionó mi madre;

Mujer, también hay que sacar de vez en cuando la cabeza, que si no... nos comen, me apoyó mi padre, y me pareció estar viviendo una escena de los tiempos de antes de la detención, cuando él, entonces algo más locuaz, era el ángel de mi perpetua defensa.

No cabe ante la soledad sino asimilarla, hacerla solitariedad para poder hablar a solas con uno mismo y zafarse así de la rutina de lamentos que lo mantiene atrapado, imponerse un mínimo raciocinio que sacuda la gran mosca de la melancolía, fui comprendiendo a golpes de soledad a lo largo del trabajo que me encargaron en el partido cuando, aupado por el prestigio de mi doloroso y hasta vergonzante tropezón con Micaela que corrió de boca en boca como una defensa de los intelectuales del antifranquismo porque los relatos que así corren tienen vida y crecimiento propios, alguien pensó en mí para la comisión que iba a preparar las futuras elecciones municipales y, aunque no me gustaba nada aquel José Luis Mato que la dirigía, acepté porque todo me cuadraba: la referencia a los murales de la campaña, que colmó mi ego; el encargo de un estudio de la ciudad que, de barrio en barrio, iba a llevarme por un partido en el que me encontraría más cómodo que en esa agrupación universitaria cuyos debates me interesaban poco y su gente, casi todos de esa nueva ola de militantes sin los principios de siempre, aún menos; la posibilidad de dedicarme a algo que sí podía moverme, porque fue siempre más estética que ética mi dimensión activista: compromiso de sangre, largo brazo del cariño, herencia genética; y el hecho de tener algo con qué rellenar cuanto había más allá de la mañana y sus clases: esas tardes a lo que caía, una reunión que no me interesaba, un paseo solitario por exposiciones, una película más solitaria aún porque encima ni veía las caras de quienes me rodeaban; esas noches de lecturas salteadas y hasta de estudio, formas todas de darle si no un sentido sí carnaza al tiempo, fui componiendo a lo largo de aquel programa que me había montado el petulante camarada Mato.

De barrio en barrio igual, primero una visita a la sede del partido para que me enumerasen los problemas de la zona que yo pasaba a una ficha y después un paseo en el que tomaba notas de posibles iniciativas con los rotuladores de colores que me había dado como una piedra filosofal Mato, me inspiraron, como siempre, las calles: esas calles sencillas como mi Barrio en las que me encontraba protegido y seguro, y fui estableciendo diálogo conmigo mismo en la edad más oportuna, cuando podía ya perfectamente asimilar lo que significaba ir dando tumbos como el colosal que estaba dando pero andaba aún a tiempo de enderezar mi vida, intuía sin saberlo, y fui a lo largo de aquellas rutas relativizando cuanto la memoria había ido depositando en mí hasta sedimentarme en el que era, un sentimental que pintaba si tenía Thérèse a la que ganarse o golpecito en la espalda que procurarse, militaba si tenía sonrisa paterna que desenterrar o tiempo que rellenar, estudiaba si tenía TioPedro al que contentar, alargaba comidas y cenas si tenía madre a la que entretener y leía con criterio sólo si tenía amigos en los que introducirse, un sentimental inseguro que hacía unas cosas cuando le faltaban otras y que lo único que pretendía era quedar bien.

Estaba solo porque en el fondo nunca había arriesgado, pensé como en otra revelación una tarde en un alto en el camino por Carabanchel un poco más arriba del Canódromo, entre casas humildes que mostraban su estrechez en los balcones angostos y atestados de armarios, muebles viejos, tablas de la plancha o simple ropa tendida, pero también una trabajada alegría de macetas y colores en ventanas y en esos mismos balcones; ni había arriesgado en cada cuadro, ni en el partido, ni en mis mismas relaciones personales, que era lo más grave, sólo aparentemente con Thérèse y a medias porque simplemente me había dejado llevar, y hasta en la gran escena de mi vida me había quedado al otro lado de la calidez, en el terreno de la distancia que sólo con mi padre y con TioPedro seguía intentando por rutina superar: con TioPedro cuando pasaba por los cafés donde sabía que pululaba en su aire también cada vez más solitario; con mi padre noche a noche enseñándole las famosas fichas sobre las necesidades en los barrios que me daban los camaradas y sobre los lugares para hacer murales, montar verbenas o llevar pasacalles que veía yo en mi atento deambular, unas fichas que le estaban gustando por supuesto mucho a mi camarada y padre Juan Luna Guzmán el que sí que se conocía palmo a palmo la ciudad, notaba por sus comentarios, pero que a TioPedro le parecían, textualmente, una sonora gilipollez, me dijo una noche yendo hacia casa, donde se le ocurrió acompañarme para cenar caliente, o sea, con alguien.

No estarás como en París cuando tenías que cenar de fiado donde Pascal, bromeé;

No, hombre, si rechazo traducciones todos los días. No es precisamente dinero lo que me falta, y aprovechó la broma para pasar a su ofensiva de los últimos tiempos: ¿de verdad que no quería algunas de esas traducciones que él dejaba?, me propuso cuando el 27 llegaba ya al Portillo. Le habían pasado esa mañana un libro cortito, de unas cien páginas, sobre los toros como máxima expresión de la fiesta, *La Fiesta, la plus grande fête* se titulaba, de un filósofo llamado Francis Wolff que era por cierto pariente lejano de Babel; pero si yo no sabía ni de filosofía ni de toros; como si eso importase, se echó a reír, y bajamos para casa en silencio, yo pensativo y él a la espera de mi respuesta:

TioPedro, me paré a la altura de la churrería, que sí;

Hombre, me echó la mano al hombro, me alegro. Había llegado a pensarme que nunca ibas a usar ésta, se tocó la cabeza, Pierre, y siguió: Anda, vamos a ver a tu madre, que le vas a dar la satisfacción de mucho tiempo.

Lo demás fue cuestión de la mala o buena fortuna, que quiso a los días que llegara una tarde con media hora de anticipación a Campomanes y oyese desde la puerta del pequeño bar al seboso Mato contarle a Simón que estaba haciendo un estudio de Madrid calle a calle que nos iba a dar las municipales, y noté cómo se me subían a la cara todos los glóbulos rojos, los que eran más que rojos y también los de verdad: Buenas tardes, Simón, saludé. Por favor, dale a Mato este estudio que hizo él en persona ayer mismo, le extendí las fichas que llevaba. Y no se te olvide decirle que los pilaristas no deben mentir, que eso es pecado, añadí antes de levantar la mano por saludo y salir repentinamente limpio de cabeza, como perro al que quitan las pulgas:

Ay, si hubiese llevado mi imán para recoger de golpe tanto rotulador, tanta fichita y tanta tontería, le dije, alegre por liberado, a TioPedro en el Lyon porque era jueves;

¿Las tuyas también?, me clavó los ojos, y tardé en hacer voz, apagada voz, lo que debía de estar ya gritando mi rostro encendido: También, y apenas hablé más en toda la tarde.

(Fin de LUNA LLENA, o capítulo segundo *en el que Pedro Luna Luna ha repasado su última adolescencia y primera juventud, aquellos años que tan a merced lo tuvieron de las distintas opiniones, formas y costumbres de su entorno, pero en los que logró adquirir ante la vida el uso de razón suficiente como para poder protegerse de sí mismo.)*

III

Mi primera gran certeza fue la de una sonrisa agazapada, mi primera gran certeza consciente, de esas que anuncian que van a dividir en dos el tiempo cerrando hacia atrás un paréntesis de media vida y abriendo hacia adelante otro que por ahora mantiene desplegados sus puntos suspensivos, la sonrisa que me dedicó Maurice Babel aquella noche del 1 de agosto en realidad madrugada del 2: yo siempre conté los días a mi ritmo, hasta que morían con el sueño, en la bodega de un cortijo próximo a Mojácar, a las pocas horas de mi llegada en un taxi desde la asfixiante Murcia y, retirada ya Thérèse, tomando una copa con ese hombre que me parecía el de siempre, como si no hubieran pasado por él los cinco años desde que lo había visto por última vez: estaba más joven, le comenté de pronto, y me guiñó el ojo: era sólo por un truco que tenía, o eso decía Thérèse; ¿cuál?; que a veces… se afeitaba, ja, ja ja, se echó a reír, y le seguí la broma: Pues mañana mismo me afeito yo, me toqué la barba de diez o doce días apenas, pero barba al fin y al cabo, y fue entonces cuando me clavó su mirada rasgada y chica: yo no tenía cincuenta y seis años, yo era del cincuenta y seis, que no era igual, ja, ja, ja, también su risa saludable era la de siempre; yo era joven, no viejo; yo era cuerpo en fiesta, no alma en pena; yo era clamor y júbilo, no miedo y melancolía; yo era campanás, como decían los flamencós, creo que habló en francés y remató en su español, pero no puedo certificarlo porque su lengua me pareció universal.

Sólo el silencio podía seguir a semejante torrente de palabra y vida, un silencio que me inquietaba y que a Babel lo fue agazapando tras la mirada sonriente y quieta que se alargó por una eternidad, hasta que se levantó a activar el tocadiscos a sabiendas, para que se sucedieran los cuatro movimientos de la *Symphonie de la vie,* por fin conclusa, fascinantes en sus notas como él, su creador, en la pasión que les demostraba, una expresión acompasada desde el scherzo inicial apenas encendida la pipa: Vamos pour Venice, al adagio sostenuto y final que siempre me ha emocionado hasta la congoja, y aquella noche hasta el éxtasis porque, culminado en medio de mi gozo, me sentí de pronto envuelto por su palabra armoniosa o quinto movimiento, embelesado con su gesto vibrante o sexto movimiento, tocado por su caricia inspirada o séptimo movimiento, arrastrado en su abrazo sublime o movimiento octavo que dio paso a un coro de manos, labios, dientes, costillas, vello que apenas me atreví a desflorar con la levedad del miedo, a palpar con la lentitud de la respiración contenida, a recorrer con la suavidad que su piel salteada de pelo no tenía, a apretar con la firmeza de la que su carne carecía pero en la que su pecho esculpido a huesos abundaba.

130

Me fue tan placentera la noche como candente se hizo el día después desde el mismo despertar: Bonjour, marmotte, bonjour, tardé en reconocer la voz de Thérèse y tardé en ubicarme: estaba en Mojácar, ¿me acordaba? Babel se había ido ya porque se le hacía tarde. Volvía el lunes, y recordé que, en efecto, tenía que ir a Marbella donde su hermana a recoger a la niña:

¿Qué hora es?, me salió una voz cascada de noche intensa;

La hora de la comida. Te espero en la casa, palmeó para meterme prisa, y se fue y allí me dejó intentando estirarme, a duras penas capaz de alcanzar el baño para que el agua fuese despertándome cuerpo y mente, tensa ducha en la que me embargó de principio a fin la odiosa sensación de estar no lavándome, sino limpiándome: ¿de él?, ¿de mí mismo?, ¿de los dos?, y salí al patio con un sentido de culpabilidad que pesaba como el calor que parecía querer partir las lascas del caminito y prender las pitas, las chumberas y los cactus que lo enmarcaban, fuego parecía aquel sol que quemaba la vista, desfiguraba en la lejanía perfiles y debía de estar achicharrando cigarras a tenor de sus chirridos, una atmósfera de asfixia que, apenas alcanzada la casa, dejé de sentir por fuera pero que continuó por dentro porque era mucho lo que se agolpaba en mi cabeza, en aquel preciso momento sobre todo la vergüenza de estar ante ella sin saber si se habría enterado de lo de la pasada noche, y en ese caso qué pensaría de ello y qué pensaría de mí, y si me lo sacaría o no, y por eso me dio un vuelco el corazón cuando, apenas sentados a la mesa, le oí:

¿Te ha gustado?;

¿El qué?, apenas me salió la voz;

Esto, sonrió, y se puso a señalar con el índice en redondo cuanto nos rodeaba, el amplio espacio de un patio de luces a la vez entrada, comedor, salón, cuarto de estar y distribuidor a todas y cada una de las habitaciones de la casa que les había dejado su amigo David Black el australiano: Es el concepto exacto de maison savante, según Babel. Babel dice que el espíritu de la vieja Roma no se ha conservado en Italia, que se ha conservado sólo en Andalucía, y respiré aliviado.

¿Sabía que Babel, Pedró y ella habían pasado unos días en esa misma casa cuando mi padre estaba en prisión?, me preguntó, y moví la cabeza en señal de que no; Babel y ella creían que iban a conocerme entonces, pero yo no estaba nunca, yo era un mito para ellos entonces, a Pedró le decían para enfadarlo que yo no existía, que era un invention, ah, le habría gustado conocerme entonces, y se puso a hablar de su niña Gala: era una fillette merveilleuse Galá; la había cautivado Galá; le había dado a la pequeña Galá del primero al último todos los minutos de sus dos primeros años; Galá la había hecho une maman gâteau totale, una madraza que no pensó en ninguna otra cosa, ni en leer siquiera, durante meses y meses, sólo en su pequeña de ricitos rubios; tenía que pintarle algo, me pidió, y se sacó de no sé dónde uno de aquellos abanicos que yo le había regalado por su cuarenta cumpleaños, en concreto el 21, en rojos y negros y con las siete letras de Thérèse redondonas y gordotas: ¿me acordaba?; cómo no iba a acordarme, y me tendió una mano.

La veía bien, tan bella como siempre, me atreví a decir, y se tapó, juguetona, la cara tras el abanico: el peor ennemi no era aún el tiempo, el peor ennemi era todavía no saberse ocupar de él, no saber burlarlo, se explicó con voz ralentizada, solemne, desde detrás de su improvisada celosía, hasta que retiró su máscara y apareció tras ella una sonrisa cargada de picardía: Miroir, se estiró sobre el respaldo para dibujarse con las manos omnipresentes el moño terso que llevaba; Gymnastique, se acarició con los dedos chirriantes de una mano el músculo tensado del brazo opuesto; Artifice, posó el abanico sobre la mesa y me puso ante los ojos las diez uñas largas, cuidadas hasta la perfección, pintadas del mismo rojo intenso de la semana festiva de su cuarenta cumpleaños, y me desarmó con la mirada: Yo no tengo la suerte de Babel, que es cada día más joven sin gimnasia ni artificios, sólo con su espejo, je suis un être humain, y me subió como en una bocanada el calor a la cara y por supuesto nada dije, sólo acabamos de comer en un doble silencio, el de ella no supe ni aventurar en qué, el mío en el medroso sucederse a fotogramas de la noche recién vivida.

Hicimos el café enfrente porque la bodega era más fresca, en un viejo infiernillo de resistencia que era como el que le llevaban a su cuarto de pequeña cuando se ponía mala por si había que hacerle una infusión o aquella riquísima miel caliente con limón que preparaba Marie: Cada vez me gusta más recordar, Pedritó, es el vicio de la edad madura, y nos sentamos en el curioso tresillo de seis floridos asientos de vagón que reproducían sobre una tarima el departamento de un tren hasta con su mesita articulada a

133

un lado, recién desplegada para albergar la bandeja, y desde esa memoria ya vicio de la edad madura se dedicó a hablar de su infancia feliz, de su adolescencia tranquila, de su juventud responsable y millimétriquement programmée hasta que conoció a Babel, rió y me hizo sonrojar, a aquel hombre fascinante de esos que enamoran a las chicas jóvenes al que encontró en una audición de música, Babel el que la cautivó, Babel el culpable de todo su drama de une fille de riche condenada a vivir rodeada de peligrosos bohemios como él o Pedró, Babel el que la había hecho traverser la porte de Dieu, volvió a reír y me hizo sonrojar aún más porque me estaba dando la sensación de que hablaba de ella pero también de mí y de que andaba trazando un cierto paralelismo entre los dos, tal vez incluso algo más: advertirme o incomodarme, no sabía yo en medio de ese mar de confusiones conmigo mismo y con el mundo que quise esquivar cambiando de tema: Bueno, ¿y qué tal en Estados Unidos?, cuéntame, y me emplazó a ir y de ellos empezó a hablar, de sus dos costas fascinantes y de su interior deplorable, de Nueva York, de California la que cada vez le gustaba más, y fui adormilándome a medida que ella iba contando y contando de aquel país que nunca había levantado mi curiosidad ni, mucho menos, mis simpatías, pero que esa tarde había acudido, benéfico, en mi ayuda.

Bonsoir, marmotte, tuvo que volver a despertarme, y yo que preguntarle qué hora era y ella que responderme que la hora de la cena, que me diese prisa, que nos íbamos por ahí, y esa vez tardé poco en activarme y poco tardamos en llegar al restaurante en pleno campo desde el que se dominaban el mar oscuro y las luces de la luna, de los mil pesqueros colgados del horizonte plano y de un pueblo que era Mojácar trepando a su montaña:

¿Sabes que Babel y Pedró están haciendo una ópera?, me preguntó de pronto en plena cena;

¿Una ópera?, no disimulé mi sorpresa;

Sí, l'opéra de la Lune, se le iluminaron los ojos como dos lunas enormes por un instante que habría querido detener para la eternidad y tenía que incorporar como quinto rostro a mi exposición sobre expresiones y gestos, cuánto hacía que no sentía la necesidad de uno, justo desde aquel viaje a París en el que no había llegado a conocerla, pero sí ese mundo suyo, ese aire suyo que me había obsesionado con pintarla. Qué extraño era Pedró, siguió ella. No entendía que no me hubiese hablado de su libreto, un beau, beau, beau livret en grand hommage a su hermano Juan, un chant à son héroïsme, à son courage, à son bonté, un lindo texto. Bueno, ya me lo contaría, él era así, sus silencios no tenían remedio, chistó, y yo asentí:

Últimamente es que habla poco, Thérèse;

Demasiado poco, pero…, se encogió de hombros, y perdió la mirada en el horizonte sin límites de aquel paisaje punteado de luces.

Iba a ser la mejor obra de Babel, estaba convencida, volvió de pronto a mí, la obra de su madurez. La maturité…, siempre había pensado que era un tópico absurdo el de la madurez, y sin embargo… sí había más talento en la madurez, más distancia de la realidad y a la vez más distancia de la irrealidad porque se conocían mejor las cosas, ya vería cuando me llegase hora tan maravillosamente fatal. Los maduros sabían aprovechar bien los buenos vientos de la realidad y burlar bien los malos dictados de la realidad porque ya no se daban tanta importancia a sí mismos. La madurez era... hacer las cosas sin tener que demostrarle a nadie que se hacían, esto era la juventud, ¿no?, siguió, y se quedó fija en mí, sus ojos enormes y claros clavados en mis ojos: sí iba a ser l'opéra de la Lune la gran obra de madurez de Babel y también de Pedró, estaba segura, un éxito de los dos que era, a la vez, el gran fracaso de ella, frunció los labios en señal de enfado y, a la vez, de cierta burla. La molestaba, la molestaba mucho eso, a mí sí me lo podía decir, o me lo decía a mí o a quién iba a confesarle que sentía envidia de ese trabajo que habían hecho sus dos hombres sin necesitarla a ella para nada, no soportaba la idea de que la amistad hubiese llegado más lejos que el amor, nada tenía que llegar más lejos que el amor, pero, sin embargo, no, sin embargo resultaba que también el amor había que saber utilizarlo y hasta que manejarlo y ella nunca había sabido, ella no había logrado hacer superar a Babel su amour obsessif et adolescent y a Pedró su amour soumis y también adolescent, qué fracaso para alguien, como ella, que siempre había creído en la naturaleza divina del amor, como los viejos poetas, sonrió con tristeza: Ah, l'amour est comme tout, il faut apprendre à l'utiliser, Pedritó, y calló por un rato en el que se multiplicó el silencio hasta parecer que se oía la noche.

Me embargó su tristeza pese a lo que me había llenado semejante muestra de confianza como la que me había dado: hablarme sin tapujos de su relación con TioPedro, o tal vez por esto mismo la tristeza se hizo también mía, una tristeza cómplice de la que sólo ella que me la había contagiado podía sacarme y que se empujó hasta bien después, cuando, ya de vuelta, sucedió lo que, ignoro por qué, desde la misma cena sabía que iba a suceder, algo así como que, apenas bajados del coche, me echara la mano: Viens, y que de la mano y besándonos atravesáramos el caminito flanqueado de plantes du sud hasta la casa y su cuarto enorme y perfectamente iluminado a través de dos claraboyas que parecían dos faros: Desnúdame despacio y sois obéissant, me ordenó entonces cargada de su vieja fría elegancia. Beso, me decía de cuando en cuando, y yo cumplía obediente, cumplí quitándole el sostén que escondía unos pechos que, aunque por poco, ya no habrían cabido en sendas copas de cóctel, y las bragas que esa vez sí escondían vello, y cada sandalia, y la cinta que le mantenía hábilmente el sencillo moño que se desplegó en melena; luego besándola entera, lo que hice a fondo y ya con ganas, de nuevo en el Pedritó de La Franqui; y acariciándola entera, lo que hice a fondo y con más ganas, de nuevo en el Pedritó de La Franqui; y pellizcándole los pezones, lo que hice a fondo y con todas las ganas, de nuevo en el Pedritó de La Franqui, y ella bailoteó entonces su cuerpo como hacía ocho años y de pronto, apoyada en el cabecero y cuando giraba ya sus caderas con aceleración dislocada, estiró el brazo y me empujó para que me dejase caer, pero empezar y acabar de manipular con sus pies chirriantes mi pene indeciso: nada que ver con su tensado penduleo de la noche anterior, vino a ser lo mismo, porque el leve cosquilleo me hizo eyacular poco y demasiado deprisa: nada que ver con la abundancia inagotable de la noche anterior no por unos pies pero sí por unas manos cálidas y precisas, me daba cuenta pese a encontrarme de nuevo atribulado y desde luego acongojado, y tiró entonces de mí hasta incorporarme y me elevó hacia arriba el culo y me dio unos azotes, y finalmente me besó en la boca muy largo y muy profundo, cara contra cara sobre la almohada primero, sentados después, de pie más tarde, ella restregándome su pecho ese que era algo mayor pero que seguía siendo capaz de acunar la luna, una mano estirándome rítmicamente el sexo, la otra de pronto alcanzando la braga e introduciéndomela como pudo entre las nalgas con el dedo juguetón y cortante de una uña larga, yo a la espera de lo que por fin llegó, el gran mito de tantos años que ya no era para mí ni mito, un gustoso calor húmedo al principio, una agradable palpitación al final y una pequeña convulsión entre medias que tampoco me llenó más que de una cierta sensación de delicadeza, algo placentero aunque sin la emoción de lo que, por bello y por triste, sí me hizo llorar instantes después como apenas veinticuatro horas antes me había hecho llorar la pura sensualidad: Le troisième homme, dijo primero; Le dernier homme, dijo enseguida, en la mano de ella el preservativo que acababa de quitarme y que escurrió sobre sus pechos, en las mías esos pechos calientes, los dos, ella y yo, en una posición imposible pero circensemente cierta, un doble gesto de amor, pensé feliz en medio de una imagen entonces para mí indefinible: fotosíntesis sabría años después que se llamaba, un rostro, uno y bino, que a veces era Babel el que tal vez me había amado y a veces era ella la que tal vez se había vengado, me temí, o quién sabe si deseé por un instante, es tan extraña a veces la frontera entre el temor y el deseo.

No es fácil el salto a lo desconocido, o a mí nunca me lo resultó, excesivamente temeroso como fui desde siempre en los vacíos, y no había conocido yo hasta entonces uno tan profundo como el que me dejó la obsesionante e irrepetida noche con Babel que había desbloqueado mi memoria y desempolvado las imágenes con rostro y nombre en las que fui reconstruyendo mi oculta prehistoria sensual, el pobre Vidal bordeando a la velocidad de la aceleración las esquinas que acabarían por engullirlo, Manuel imperando sobre todos, los chavales que me rozaban en aquellos partidos de fútbol que eran para mí sólo eso, roce, Tomás Enríquez compartiendo paseos y soledades, Alejandro y Ernesto bailoteando en medio de un salón redondo, recitando nerviosos a la espera de juicio, compitiendo en calles y cafés por destacar, un pasado vergonzante porque era vergonzoso que me hubiese rendido a la vergüenza de mí mismo, acabé diciéndome aunque no sé si pensando con la debida frialdad, y decidí dedicarme a investigar esa línea de mi sensualidad tardía y recién estallada en sexo a ver si de verdad era ella lo que había tras la puerta de Dios a la que había aludido Thérèse, pero me paralizaba el miedo y necesitaba un pretexto que, por suerte, tardó poco en aparecer: Tú eres Pedro Luna, ¿no?, oí desde el otro lado de la barra del ambigú del partido: no estaba TioPedro para preguntarme cuál, instalado en la pequeña feria de la plaza de Peñuelas, donde había bajado para despejarme un poco de la tarde de tesina que llevaba, y reconocí a Ana Pardo, la compañera del colegio que había marcado nuestras tardes adolescentes.

Se escaqueó pronto del turno: era extraño que no nos hubiésemos encontrado antes. Me había visto desde lejos en algún acto cuando las elecciones del 77, sabía que estaba en el partido y que había pintado unos murales; estuve y pinté, aclaré de inmediato; no sería yo acaso de los que se habían ido o se estaban yendo al PSOE al sol que más calentaba; no, de donde me había ido era del mundo, porque… hacía tanto frío en él, reí; ¿pero había buscado yo alguna vez algo de calor sobre la Tierra?, me respondió con cierto tono de broma, porque era de los más timiditos de la clase; y yo que, a mi manera, seguía siendo un gran solitario a la espera de no sabía qué, que ella sí sabía: De irse con Ana a tomar una copa para recordar los viejos tiempos, ese recurso fácil y placentero de los reencuentros en el que se pulsan patías: el susto que se había llevado al oír que mi padre era comunista y que estaba en la cárcel, y lo que se le notó en la cara de pánfila que se le puso, recordamos y reímos los dos; la rabia que le dio que yo llegase una tarde con aquel dibujo precioso diciendo que era una porquería, niño repelente y creído, recordó y me sacó la lengua; el dominio que nos tenía con sus dotes de doña organización, recordé yo pero volvió a sacarme la lengua ella.

Fue satisfactoria la prueba: hubo empatía, y ella me introdujo en la noche y, de alguna manera, me devolvió al ambiente del partido, en cuyo entorno sí había curiosamente que especificar de cuál, y no porque existiesen en el parlamento y en la calle otros de distinta esencia e incluso mucha mayor presencia, sino porque sólo en su interior había tres que parecían por lo menos seis a tenor de lo que Ana y sus amigos cotilleaban sin parar en aquel bar llamado La Aurora, ni discutían de ideas ni siquiera describían situaciones, sólo despotricaban los unos de los otros, algo que no acababa yo de comprender e incluso me disgustaba, pero que no evitó mi presencia allí a diario desde las doce hasta que cerraban, lógica porque era una forma de no abrasarme en mi propia ya larga soledad pero absurda porque, aunque anduviese a la espera de algo que tampoco sabía bien qué, no era precisamente Ana por más que pudiera parecerlo y todos llegasen a temerlo en aquel grupo de militantes contra la rutina, media docena de profesores en la treintena que huían de su primera crisis matrimonial y otra de estudiantes o becarios que lo hacían de su primer hastío, como ella: Me ha costado mucho domar a mis padres como para tener ahora que domar a un marido, novio, compañero o como quieras decirlo, Pedro, me contó la noche de las confesiones, no en La Aurora, en el café de Ruiz para no estar con los mismos de siempre y poder hablar de nosotros.

Me recuerdas del cole tímido, decías, pues sigo siéndolo, aunque mi vidilla he tenido, una vida muy especial, con..., me callé;

¿Con hombres, quieres decir?, comprendió perfectamente;

Sí, cerré los ojos, con mujeres y hombres, multipliqué haciendo de la calidad cantidad, y creía que me había llegado la hora de un cambio absoluto, de echarme en brazos de lo desconocido, de traspasar la puerta de no sabía qué, fui extrañamente abriéndome a mi interlocutora y en voz alta a mí mismo para darme ánimos, y fraguamos la amistad que, en otra situación, se habría probablemente dilapidado en media docena de polvos de esos que dejan colgado durante horas de una insufrible resaca mental, una amistad que sellamos en el largo paseo preludio del acuerdo tácito de alternar la visita a aquella tertulia de La Aurora tan viperinamente locuaz sobre todo camarada que no anduviese por allí con nuestro periplo de ambiente en ambiente porque era lo que yo demandaba y porque le gustaba a ella conocer toda novedad, y había muchas en el Madrid de aquellos años, una compulsiva ruta que fue la de mi iniciación a la noche, pero al tiempo la del canto de cisne de aquella mutua compañía: Le han confirmado la beca a Ricardo, me anunció una tarde con alegría pero sin ilusión, y no sé qué hacer: está empeñado en que nos vayamos a vivir juntos y yo no lo veo ni medio claro, se quejó de lo que ya me habría quejado bien a gusto yo, y supe lo que iba a pasar, que en navidades se cortó aquella expedición diaria a la noche con Ana Pardo porque aceptó unas clases que le ofrecieron y tuvo que ponerse con su Ricardo a buscar pisito, me dijo con sorna, pero siguió buscándolo y lo encontró, de lo cual en cierta manera me alegré porque me atraía explotar un cierto conocimiento de la noche en el que, acompañado por una mujer, me iba a ser difícil ahondar.

Fue una extraña sensación la de aquel jueves, recuerdo el día porque lo escogí a propósito: noche animada pero sin aglomeraciones, acodado a la barra izquierda del enor-

142

me Rock-Ola tras esa mirada de observadora distancia que pretendía poner y dudo que lograse:

¿Eres nuevo aquí?, se me acercó uno de los pocos que no llevaba camisa de flores estridentes, cazadora de cuero, camiseta ceñida o una parafernalia de complementos metálicos;

Más o menos. He estado un par de veces con una amiga, pero hoy he querido venir solo, y tomamos una copa juntos y luego otras dos en un sitio más tranquilo que ni recuerdo: era periodista, colaborador de *Cambio 16* y corresponsal en Madrid del *Diario de Navarra* desde hacía poco. Un hermano de su madre era redactor jefe y cuando murió su padre hacía unos meses..., se encogió de hombros por no seguir; el mío podía haber muerto cuando yo era pequeño, le conté por encima su biografía; pues el suyo era del Opus, toda su familia era del Opus Dei menos él, él... lo que estaba era hecho un lío, le salió del alma, y le extendí la mano: Ya somos dos, me ilusioné. Me da que somos dos líneas paralelas, tu familia del Opus y la mía del Pecé, tú hecho un lío por unos y yo por los otros, además de por lo mismo, pero quedé a la espera de la respuesta que no dio, simplemente seguimos con anécdotas e historias de cada cual que nos empujaron hasta tarde, el preludio de una tranquila búsqueda nocturna de lugares solitarios donde poder hablar en una lenta y prudente aproximación que, a la semana o así, por fin se aceleró:

Tengo algo que decirte, Pedro, me soltó con tono de confesión apenas detenido su dos caballos ante mi portal. El otro día nombraste a Alejandro Mateos, ¿te acuerdas? Pues era... amigo mío;

¡Vaya! ¿Te peleaste tú también con él?;

No, murió;

¿Que Alejandro... ha muerto?;

Sí, de una sobredosis de heroína, me dejó helado, literalmente helado: otra víctima de esa droga que tanto silbó en mis oídos adolescentes, helado por la noticia y dolido por cuanto siguió, su monólogo temeroso y balbuceante sobre aquel Alejandro al que había conocido en la Autónoma cuando ya era una piltrafa humana que vivía en un infierno, perdido en el maremágnum de una mujer caprichosa que lo llevaba loco y de su... de su... homosexualidad, sudó más para pronunciar el término que para todo el resto de cuanto me había contado, un detalle que definitivamente me sublevó: ¿Te has dado cuenta de una cosa, Carlos?, corté su relato, que nunca nos hemos hablado abiertamente del sexo y de nuestras inclinaciones, o sea, de nosotros, y cerró los ojos para asentir leve pero largamente con la cabeza, hasta que la paré agarrándosela de arriba y de abajo con mis dos manos y lo besé con furia, pero de nada sirvió mi arrebato en cuanto él ni besó ni dijo nada, sólo tembló, tembló y me miró con un pánico en los ojos que me echó del coche y a la postre de su vida, porque anduve llamándolo por dos días seguidos y buscándolo por nuestros lugares, pero ni quiso responder ni hacerse ver y a última hora me pareció absurdo acercarme a la revista el día en que llevaba sus colaboraciones, lo que se antojaba gratuita pérdida de tiempo por alguien que no me servía en cuanto estaba aún más atrás que yo, decidí con la mayor de las frialdades aunque para nada serio porque acabé noche tras noche igual, con el pésimo cada vez peor sabor

144

de boca de no atreverme a buscar de palabra, y mucho menos de cuerpo, las aproximaciones que sólo de vista ensoñaba y que veía practicar alrededor, ese lenguaje del acercamiento y del roce que todos sabían emplear, observaba, pero era yo incapaz de salir de esa mirada de pretendida distancia que no había de resultar sino medrosa o, incluso peor, suplicante.

Le debo, sin embargo, mucho a aquellas noches de quiero pero no puedo, y sobre todo que, en la consciencia de que no tenía ya a nadie en quien refugiarme, acabaron por empujarme hasta quien no hacía más que rondarme la cabeza desde la infausta confesión de Carlos sobre Alejandro, Ernesto Ríos, una tarde y en el Saint Gregory cercano al instituto donde, con una llamada a su casa de siempre, me había enterado de que daba clase, tranquilas clases porque ni Dios cogía alemán, bien muerto el Führer y mal muertos Wagner y Brecht, me explicó apenas nos hubimos sentado, y me trajo la frase al amigo de hacía ya tanto:

¡Joder! Eres el de siempre, le dije;

Sólo por fuera. Dejé la poesía, lloré a mis muertos, oposité y me casé, o sea, etimológicamente, puse casa, me sonrió con un cierto desánimo, y siguió hablando brillante como antaño de expresión, pero apesadumbrado de tono y, desde luego, huidizo hasta que, al rato, saqué lo que ambos estábamos conscientemente callando: Ernesto, me he enterado el otro día de que Alejandro ha muerto, dije apenas, y miró hacia abajo como buscando sus manos nerviosas, que jugueteaban con el mechero:

Sí, Alejandro... y Micaela, ¿no lo sabías?;

¿Alejandro y... Micaela? ¿Pero... los dos?;

Sí, Luna, los dos. Micaela muerta de sobredosis el 21 de junio de 1979 en Barcelona y Alejandro suicidado tres días después;

¿Suicidado?;

Sí, Luna, pero ahórrame que te lo cuente, por favor;

Me habían dicho que de sobredosis;

No, no, suicidado en Sanxenxo, Galicia, el 24 de junio de 1979, suicidado, repitió, y despistó del juego una mano para ocultarse la cabeza tras sus dedos alargados, huesudos y de uñas comidas.

Abordamos el otro gran tema pendiente, el de nuestro distanciamiento, en la cena a la que me invitó: Mira, hasta aquellos tres malditos días de junio no lo había pasado yo peor en mi vida que cuando el puñetero artículo de Alejandro sobre el libro de tu tío, tanto... que tuvimos una fuerte discusión, muy fuerte, e incluso estuvimos un tiempo sin hablarnos. Fue todo tal disparate: la gilipollez tuya de irle con el cotilleo a Micaela; la frivolidad de Micaela de irle con el comadreo a Alejandro; la chiquillada de Alejandro de escribir aquello; la pública ejecución que nos hiciste en la plaza mayor del cutrebar de Ricardo; el aquelarre de Micaela en pleno exorcismo tuyo; el subidón del ego de Alejandro cuando se enteró... ¡Joder! ¡Os lucisteis! Os lucisteis todos, Pedro, y no tuve más remedio que admitirlo: Sí, y yo el primero, Ernesto.

Dedicamos el resto de la cena a lamentar nuestros fracasos: yo había dejado de pintar porque no era artista, hablé por primera vez en serio de esa quemazón que llevaba a cuestas desde hacía tanto, me consideraba capaz de dibujar cualquier cosa y hasta de darle color, pero de ahí al arte...; él había dejado de escribir tras el suicidio de Alejandro por decisión consciente, sopesada, sostenida y no enmendada, voluntaria, y, además, por bloqueo mental primero, por relajación del lenguaje y las costumbres después y al final por aburguesamiento: O sea, Luna, por una mujer, eso sí le debo a la tontería de cambiarnos de universidad cuando lo del ridículo follón, lo reconozco, una chica de Inglés que era lo contrario de Micaela y que supo oxigenarme primero y enderezarme después, vamos, la mujer perfecta, sonrió con esa mirada de cínica inteligencia que siempre tuvo, esa chica que ya llevaba dentro a la mujer y que supo ser encantadora cuando había que serlo: medio curso de cuarto de ella y sexto mío, o campaña otoño-invierno del 79/80; solícita cuando había que serlo: el otro medio curso de cuarto de ella y sexto mío, o campaña primavera-verano del 80 estancia en Exeter incluida, y desde entonces... inflexible cuando ha habido que serlo, o sea, siempre, Luna, siempre: trece asignaturas trece en los ordinarios de junio para el cuerpo de mister Rivers el licenciado en Filología Inglesa y catorce asignaturas catorce en los extraordinarios de febrero para el cuerpo de herr Flüsse el licenciado en Filología Alemana, eso además del ICE, Luna, porque teníamos que hacer oposiciones en un año, y para qué voy a aclararte que saqué el número uno, creo que se da por supuesto, ironizaba sin crispación alguna.

Tienes gracia literaria, puñetero, dije cuando calló su largo monólogo;

Y tú estás graciosillo esta noche, Luna, ni me hables del tema, me respondió. ¿Sabes tú la gracia literaria que le queda a uno después de decenas de exámenes y unas oposiciones? Vamos, no rimas ni... mamón con cabrón, que mira que es fácil, me hizo reír y rió él. Pero soy feliz, Luna, de verdad que soy feliz, convencional y neciamente feliz si quieres, pero feliz. Necesitaba calma y realidades tangibles tras tanta locura, de verdad, y sentí cierta envidia por esa calma y esas realidades tangibles que yo ni por asomo conocía.

Hasta lo más personal y recóndito tiene en esta vida su hilo conductor, y el de la dilatada historia de mi encuentro con lo más profundo de mis instintos fue siempre Thérèse, Thérèse a la que estaba esperando como agua de mayo año y medio después de aquellos días decisivos de Mojácar, en la ciudad de su alma donde extrañamente nunca habíamos coincidido, París al que me había ido con TioPedro tras las elecciones: no iba él a faltar aquel 28 de octubre de 1982, para darle a mi tesina el empujón que necesitaba y que cuando llegó Thérèse con Gala le habíamos en efecto dado en unas largas jornadas de trabajo y casi nada más, porque teníamos poco ya que hablar de nuestras cosas TioPedro y yo, sabedores el uno del otro que había terrenos en los que nos era difícil entrar: ni yo estaba ya a mi edad de veintiséis años para confesiones como la de mi noche de amor con Babel, que ignoraba si él conocía, ni TioPedro había sido nunca hombre de airear su vida personal como para que yo le preguntase si los dos largos viajes a California del último año habían sido sólo para terminar de perfilar el libreto de una ópera de la que yo, en teoría, nada sabía o también para reconstruir con Thérèse una relación que yo había notado por unos años enfriada, así que no nos quedaban más que nuestros respectivos trabajos, los proyectos que teníamos en la cabeza y el ya recurrente y hasta tedioso tema de mi padre, nunca de mi madre, para rellenar aquel día al que antes le faltaban minutos, una relación en buena parte saturada que, no por saber ley de vida, dejaba de provocarme una cierta tristeza, y por eso recibí con adicional alborozo la llegada de Thérèse, que se estableció en casa de sus padres en Roissy pero que pasó todas las tardes por nosotros después de comer, más una mañana en la que me llamó a las nueve para que me preparase: iba a hacerme su ruta sentimental de París, me anunció.

Ante el Louvre nos dejó aquel chófer solemne cuya voz oí sólo al despedirnos, en la explanada donde se iba a construir una pirámide de cristal para el nuevo faraón de Francia monsieur le Président, una necedad por más que lo disfrazasen de entrada al museo, ¿o acaso no había entradas suficientes? A Babel sí le gustaba el proyecto, claro, que a Babel le gustaba hasta esa refinería de petróleo malrefinada con pintura de colores que era el Beaubourg, y allí me tuvo, en medio de la explanada y por lo tanto del frío, explicándome su concepto de ciudad, hasta que le dije: Pues ojalá estuviese ya hecha esa pirámide, Thérèse, porque estaríamos hablando igual, pero sin congelarnos, y me mandó un beso silencioso y tiró de mí hasta la puerta de Lyon por donde siempre iba a entrar ella a su museo hubiese o no présidentielle pyramide, proclamó provocadora apenas en la cola repleta de japoneses con idéntico gesto e idéntica cámara colgada del cuello, me advirtió al oído, y volvió a quejarse del mundo: los políticos no sabían lo que estaban haciendo con su empeño de quitar fronteras, cuando lo que había que hacer era justo lo contrario, poner más, y de ello fue hablándome sin parar por unos pasillos adelante que conocía a la perfección, y no sólo que controlar más las fronteras, sino que poner un examen de acceso a los museos y hasta a las ciudades cargadas de arte, desempolvó su sonrisa juguetona no porque lo dicho hubiese podido sonar a una boutade, que para ella no lo era en absoluto, sino porque algo tramaba, pararse unas salas más allá ante una vitrina y, sin dar tiempo a que me fijase en nada, taparme los ojos:

A ver si Pedritó tiene derecho a visitar el Louvre. ¿Qué edificio tiene noventa metros de altura..., estructura de pirámide..., siete plantas...?;

La torre de Babel, risoteé, y se encontró mi vista liberada ante la tablilla del Esaguil.

Luego salimos: quería calle, quería París, y calle y París tuvimos, feliz calle en medio del frío y su belleza pálida, calles del Palais Royal adelante hasta un café frente a ese edificio de France Presse que era otra vergüenza, otro monument au mauvais goût, se quejó al paso, y buscó una mesa desde la cual fuese imposible verlo. Iba a veces a ese café porque allí la había llevado Babel desde el Louvre el día de su primera cita, el día después de la audición de Luigi Nono en que se habían conocido: mayor, interesante, uno de esos hombres que enamoran a las estudiantes, le gustaba recordar a aquel Babel y aquellos días en que ese Babel le enseñó París: Él es el que la conoce, pero yo soy la que la amo, comentó, y miró a su alrededor: estaba un poco distinto el café, más joven porque los cafés no eran como las personas, los cafés siempre rejuvenecían, como Babel, los cafés eran incombustibles, como Babel, fue su manera de empalmar con los días de Mojácar: estaba deseando verme; y yo a él; había acabado la ópera de la luna y de los Luna, pero era secreto para Pedró, era su gran sorpresa para Pedró; nada diría, prometido. Además, nada sabía yo de ella; las cosas de Pedró, sonrió, de Pedró y sus silencios, sonrió más, y me pidió que le contase de mi vida:

¿Mi vida? Ni lo sé, Thérèse. Deshojo mil margaritas, la mía propia, la de mis ideas, la de mis estudios, la de qué voy a hacer, en fin, un gran lío todo, y otro gran lío enfrentarme a la gente, acercarme o no a ella, hablar o no de las cosas;

¿Lío o miedo?, y simuló que palmeaba para animarme a dejar miedos atrás, a decidirme de una vez por todas a vivir la vida que quisiera y cuando quisiera, a quitarme prejuicios, temores, falsas morales con unos y con otros, a être libre en tout et pour tout, y se levantó a llamar por teléfono a TioPedro.

La vi muy bella mientras atravesaba el salón de vuelta hacia mí, y se lo dije: Oh là là!, le gustan todavía las mujeres a Pedritó, y solté sin pensar, que es como siempre he soltado yo mis verdades: ¿Sabes por qué sé que soy... como soy?, bajé inconscientemente la voz, porque mujeres me gusta sólo una y hombres... todos, confesé de corrido, y se quedó mirándome risueña y su sonrisa me hizo seguir por encima de aquel calor casi fuego que me notaba en la cara: las muchas y muchas horas de sentarme en cafeterías, cafés, pubs, terrazas, discotecas, los puñeteros bancos de la calle a mirar, voyeur que era, me habían dejado algo claro, que me atraía sólo un tipo de mujer, el que era como ella aunque no había otra igual, o sea, ella, pero casi todos los tipos de hombres, unos más que otros pero casi todos, los de aire lírico por líricos, los de aura sabia por sabios, los de aspecto bruto por brutos, y se le escaparon unas carcajadas tan estruendosas que se disculpó con los dos señores de la mesa de al lado, y enseguida conmigo: llevaba ya tanto viviendo en Estados Unidos que se le estaba pegando la grosería de los norteamericanos, resopló hastío.

Tenía profunda nostalgia de su ciudad y a ella dedicó el resto del día, ya unido TioPedro a nosotros: la comida en Le Procope porque allí la había llevado Babel a comer el día de su iniciación a París y, también, porque allí tomaba Voltaire café con chocolate; la sobremesa en el bar de La Samaritaine porque allí la llevaba mucho Babel y, también, porque su mirador era el mejor lugar para contemplar París, no demasiado alto, a ras de tejas, con esa cerámica de época tan apropiada, si parisienne!, se entusiasmaba enseñándonos las grandes cúpulas de la ciudad; y el resto de la tarde en un taxi de lugar en lugar: el Jardin des plantes porque quería pisarlo; el Bois de Boulogne para que Pedritó pisara la avenida de Madrid a la que un día había llevado también a Pedró; el Parc Monceau para que lo pisara Pedró porque algún otro recuerdo tendrían de allí, y fue desde ese momento hilvanada del brazo de él, embabiados los dos de expresión hasta hacerme sentir sobrante y además incómodo, caliente de coraje, me pareció, y de algo más, porque cuando me dejaron en el taxi ante la puerta de rue

Nicolo y subí y me metí en la cama, una enorme tiritona me anunció que estaba malo.

Los treinta y ocho y medio de fiebre que, a tenor de como me sentía y me había sentido, podían perfectamente haber llegado a cuarenta por la noche, trastocaron los planes del día siguiente y no pude ir yo también al aeropuerto a recoger a Babel, que apareció por casa ya a media tarde: iba a quedarse con nosotros porque no le gustaba estar con sus suegros, verdad a medias, veía en la cena cargada de esa extraña inquietud que flota en el ambiente cuando todos saben que van a suceder cosas que cada cual tiene en su mente pero nadie dice: tenía que acercarse a Arles un par de días y le daba pereza ir sola, miró Thérèse de pronto alrededor; pas question!, soltó Babel. Él llevaba demasiada escala en menos de una semana como para más viajes, de San Francisco a Nueva York y dos días en Nueva York, de Nueva York a Londres y dos días en Londres, de Londres a París, se descartó; imposible, se tenía que quedar a cuidar a su sobrino, hizo TioPedro que se descartaba; nada, nada, se quedaba él descansando con el petit malade, volvió Babel hacia mí la mirada, y zanjó la pretendida discusión mientras yo me preguntaba en medio de mi mareo si siempre habrían actuado entre sí con semejante artificio, con semejantes exquisitas mentiras que se averiguaban sin dificultad pero salvaban las mejores formas.

TioPedro y Thérèse se fueron el mediodía siguiente y quedé al cuidado de Babel, más esmerado a medida que la fiebre iba repuntando en sus horas malas: en el vaso de leche caliente con cognac que me llevó a la cama, en cuyo borde se sentó; en el relato del intenso trabajo que tenía

153

por delante con su nuevo proyecto de la *Symphonie apo-calyptique,* la sinfonía de su venganza, de la venganza de Babel contra Dios fasciste que dividió a los hombres temeroso de que su torre demostrase la inteligencia, la capacidad y la libertad del ser humano, me anunció con la armonía de la que recubría sus palabras y su discurso entero cuando hablaba de música y sobre todo de su música, como hacía reclinado ya en el cabecero de la cama grande, la suya y de Thérèse, donde me había instalado; en la idea a la que andaba dándole vueltas, una serie de sonatas para piano que, como la 32 de Beethoven opus 111, golpeasen de pronto con una música rompedora, enloquecida, que él iba a tomar del flamencó más puro, scherzo final que lo bajó al mundo con una sonrisa sostenuta en las distintas caricias que de cuando en cuando me hacía, lentas, cargadas de deseo que fue abriéndose camino:

Tengo frío; Métete dentro, tonto.

Y al rato, ya él dentro:

Necesito calor; Pégate a mí, tonto, y se fue desnudando lentamente y se pegó a mí hasta casar perfectamente su cuerpo con el mío y calentarse en la misma proporción con la que mi fiebre notaba su frío, pero me dio igual porque me cuidaba como desde pequeño no recordaba que me hubiesen cuidado y porque me amó con la delicadeza que no podía ni siquiera pensar que se pudiera hacer: sonatas se me antojaron sus nuevas caricias, sus besos, sus cortas lengüetadas que me recorrieron de arriba abajo, de derecha a izquierda y de adelante atrás el cuerpo estremeciéndome por momentos más que la fiebre, y una sinfonía entera los cuatro instantes de sujetarme el pene, embadur-

154

narlo con mimo de crema, ponerse ante mí en posición fetal y guiarme hasta sus entrañas: no tardé en estallar, pero por fin supe lo que era atravesar la puerta de Dios aquella a la que me había aludido Thérèse, y después las de unas cuantas exultantes divinidades más en cuerpo propio y ajeno y en alma propia y ajena hasta el retorno, tres días después, de los dos viajeros con la misión cumplida: ella había arreglado lo que más que probablemente no tenía que arreglar y él había sido un buen acompañante, tan cumplida como la nuestra: él me había cuidado como me tenía que cuidar y yo había sido un buen enfermo, y todo cambió en aquel microcosmos a cuatro porque Babel se fue a la casa de Roissy para contentar a Gala, a la que, por fin ya recuperado, volví a ver: una preciosa niña de siete años que iba pareciéndose cada vez más a su madre, decían y era verdad.

Nos encontramos a diario para comer, uno de los días un pantagruélico menú que llevaron a rue Nicolo como homenaje a TioPedro el que no entendió nada de nada hasta los cafés, cuando empezó a sonar una música lenta y suave que fue in crescendo en volumen y nervio hasta oírse como un golpe: *¡Luná!,* y la rotunda voz de voces se hizo garganta femenina que no logré oír, porque aquel ¡Babel! que balbuceó TioPedro llenó con su volumen casi inapreciable el cuarto entero, ¡Babel!, y tuvo que levantarse Thérèse para que recomenzaran los sublimes sesenta y tres minutos, o eso me parecieron, aunque por ninguna de las partes sea objetivo ni neutral: la del compositor Maurice Babel, la del poeta Pedro Luna y la del héroe Juan Luna al que su hermano compuso los versos que, en esperable lógica, más me han gustado de cuantos haya podido leer u oír, maravillosa sorpresa en el equipaje con el que cogimos TioPedro y yo el tren para Madrid noches después, tras haber despedido a media tarde a Thérèse, Babel y Gala en la esquina de la magie, de la passion et de la raison, como llamaba Babel a Les deux magots: en un año volvían a París, anunció Thérèse a la puerta; tal vez antes, corroboró Babel, lo echaban demasiado de menos y él además tenía ya que ponerse gafas, señal de vejez, rió saludable y reímos los demás, muy mala señal porque el pentagramá era ya nadagramá, ¡ja, ja, ja, ja, ja!, volvió a reír saludable y a hacernos reír.

La felicidad es un estado de ánimo que se presenta cada mucho y dura poco, algo así como un eclipse en el que nuestra mente se interpone entre cuanto está sucediendo alrededor y uno mismo, una mera sensación producto de que nuestra cabeza oculta con sus ilusiones la realidad, comprendí en aquellos meses a la vuelta de París en los que todo pareció cuadrar en la vida de los Luna, y aunque semejante estado de gracia no tenga por qué reproducirse exactamente cada dieciocho años, once días y ocho horas como un mismo eclipse de sol, o sea, el que la luna provoca, ésa es, como mucho, la frecuencia de la felicidad a la que puede aspirar un ser humano a poco que no sea proclive a dejarse engañar, me ha dicho la experiencia.

Verdaderamente, se concitaron todos los astros de mi cosmos familiar como para que viviéramos nuestro particular eclipse: yo regresaba con mi mayor asignatura pendiente por fin aprobada, la asunción total de mi identidad sexual, y con la tesina ya acabada, a expensas simplemente de los retoques finales que me sugiriese Darias, su director, y con la idea de buscar un buen tema de tesis, algo relacionado con el realismo socialista, había pensado, y trabajo estable tal vez en la misma facultad, la mejor noticia que pude darle a mi madre a mi retorno, desayunando el día después de nuestra vuelta, cuando mi padre ya se había ido al almacén donde seguía echando una mano pese a estar desde hacía meses jubilado y TioPedro no se había levantado aún, mañana de sábado, recuerdo porque necesitábamos de tarde de mi padre libre, que transcurrió como si el tiempo hubiese retrocedido hasta una de las ya lejanas vueltas de mi tío, que con reencontrada alegría de las de antaño abrió las cajas de botellas y delicadezas, incluido aquel queso de pésimo olor que siempre me traía a la mente las moscas de mi infancia y el imán salvador que languidecía en mi memoria.

Fue ya en el café y la copa cuando Juan Luna escuchó la ópera, su música suave del inicio con incomprensión, con perplejidad después el *¡Luná!* que cerraba como en un golpe unas notas vibrantes y nerviosas, y finalmente con una cascada de lágrimas, ¡lágrimas en su rostro impenetrable!, la acelerada explicación que, entre tanta modulación de la palabra luna, le dio TioPedro: Es una ópera que he escrito sobre ti, sobre el hombre, el hermano y el héroe, a trompicones pero de corrido como un vendedor o un charlatán de feria, el reconocimiento que nadie le había hecho, eso que, aunque no lo dijese y tal vez ni lo pensara, tanto tenía que dolerle a Juan Luna en su sentimiento profundo. La oímos entera pero no la escuchamos, mi padre imagino que entre su emoción y su memoria, los demás pendientes de su gesto: Toma, Juan, le extendió TioPedro una carpeta según se apagaba la música tras sesenta y tres minutos de silencio por primera y única vez alegre en aquella casa. Aquí tienes el libreto. Está escrito con todo el amor del mundo y aún más admiración, le patinó la voz, y Juan Luna se levantó para abrazarlo con el mismo gesto, el sexto rostro de los que iba a reflejar algún día el futuro pintor Pedro Luna Luna, que el de la noche en que lo invitaron a la recepción del Comité Central tras la legalización del partido y el de unos días después cuando lo visitó Simón en casa, sólo que esa tarde de la audición no habló de gloria inmerecida, no sé por qué y él no lo diría nunca, pero fue aquélla la primera de las dos únicas veces que vi a Juan Luna Guzmán distinto a sí mismo o a como siempre nos quiso hacer creer que era, ni siquiera unas semanas después, cuando *El País* publicó una larga entrevista con TioPedro y comentó al acabar de leerla: Gracias por lo que dices de mí, hermano, pero yo fui sólo uno más, sólo uno más.

Sin embargo, sé que sintió una profunda satisfacción, como TioPedro, que necesitaba una rehabilitación tras el fracaso de *El hombre en la ciudad:* Vamos al Gijón, Pierre, que estuvimos a las duras y hoy tocan maduras, me propuso tras la comida, y maduras fueron: Esperándote estaba, que indignado me tienes, lo saludó Alfonso el cerillero y viejo amigo suyo según entramos. A ver si te metes a hacer una zarzuela en vez de tanta ópera, que estáis todos más cursis que la hostia y no os habéis dado cuenta de que esto de género chico no pasa, señaló en redondo el salón lleno de gente joven que se había sumado a los irreductibles de siempre. Míralos, ¿a que parecen flamencos?, se quedó con los ojos clavados en la mesa más próxima, en la que abundaban, como en el resto del café y de la ciudad, aquellas camisas oscuras de botón abrochado al cuello pero sin corbata que se habían puesto de moda. Pues así todo. Nos hemos hecho modernos, sentenció, y adoptó TioPedro por un tiempo la frase como coletilla.

Además de que... nos hemos hecho modernos, me dijo al rato, he llegado a la conclusión de que *Hombre de perros* era imperfecto, y la poesía o es perfecta o no es, Pierre, y siguió reflexionando sobre poesía, o más bien aprovechando aquel momento dulce del éxito para descargarse, contento entre saludo y saludo de los parroquianos, un reconocimiento que lo llenó aquella tarde y que se hizo euforia a los pocos días, cuando Zamora, reaparecido en su vida tras una época de mutuo distanciamiento y socialdemócrata ya también él, le concertó un café con el nuevo ministro de Cultura: Están encantados con la idea de estrenar aquí la ópera, Juan. Están dispuestos a financiar la puesta en escena y lo que haga falta, le contaron Jacinto y TioPedro a mi padre tras la reunión en la noche de la vuelta de los Zamora a Embajadores, y aunque mi padre no hablaba, yo sabía leerle en la cara su alegría, alegría que, al borde ya del verano, se le redobló con la noticia de mi primer trabajo, una historia que surgió de la más absurda de las casualidades.

¡Pedro!, ¡Pedro!, oí una tarde desde el ventanal abierto del Comercial, y cuál fue mi sorpresa que era Ana: Venga, pasa a tomarte algo, me pidió, y entré: estaba en un grupo que se había desgajado del Pecé y preparaba con otros la creación de un partido comunista de verdad, algo que por aquel entonces me entraba ya por un oído y me salía por el otro, o eso creía yo, porque no había pasado ni media hora cuando llegó el camarada al que estaba esperando: ¡Hombre! ¿No eres tú el hijo de Luna, el que hizo aquel estudio de los barrios y le montó delante de Simón el pollo al gordo aquel infame del Mato?, me reconoció, y me planteó de sopetón si quería irme a trabajar con él, trabajar de trabajar, con sueldo quería decir; estaba con la tesis, no encontré otra excusa más a mano; pues media jornada con un sueldo digno, me sonrió el sindicalista Fidel desde detrás de su bigote, y no tuve más remedio que explicarle mi situación, que yo mismo ignoraba si seguía siendo comunista, pero o no se lo creyó o no pareció importarle: Un Luna no deja de serlo nunca del todo, hombre, y además lo que yo necesito a mi lado es imaginación, que la ideología ya la pongo yo, Luna, me desarmó con el argumento, y acabamos quedando para el día siguiente, y con Ana por testigo acepté en una decisión que me asombró a mí mismo y que, además, gustó a todos los míos, incluso a TioPedro, extrañamente: Mira, Pierre, si de verdad te pagan y te va a ser útil con la tesis porque sea cierto que esta gente tiene mano en las embajadas, adelante, que como... nos hemos hecho modernos, aquí vale ya todo, ¿no?, y así, sin pensármelo ni quererlo, volví a los aledaños del partido.

Todo iba cuadrando, pues, para ese eclipse que alcanzó el grado de total unas semanas después y, para mayor satis-

160

facción, la noche misma de mi cumpleaños, como en un regalo que me llegó también de la mano de Ana la que iba definitivamente dibujándose como el hada madrina de mi diario devenir:

Pedro, éste es Roberto Galán, el hermano de Ricardo, me presentó a un chico algo más alto que yo y de pelo rizado apenas llegados a la terraza del Teide;

Roberto, éste es Pedro Luna, un amigo del cole que me ha despreciado siempre, supo definirme a tenor de la respuesta que él le dio: La luna es que es muy selectiva, Anita, mirándola a ella pero hablándome a mí, capté, y también lo que quiso decir, que estaba dispuesto a acabar conmigo en su pisito de la calle Tribulete, como acabamos porque por primera vez en mi vida supe aceptar acercamiento anónimo, una casa tan mínima que tenía por cama un voladizo de obra, la mitad sobre el baño desmochado para que cupiese y la otra mitad sobre el armario que había definido la altura: No te preocupes, que aguanta, me dijo al pie de la escalera de mano, y aguantó en efecto aquella noche de embestidas y muchas más.

La primera impresión que tuve de Roberto fue la de una máquina sexual y una mente sexualizada: Me ponen las pollas circuncisas, me apareció escalerilla abajo cuando notó, por la mañana, que estaba vistiéndome para irme, ¿cuándo te lo hiciste?, y aunque yo no lo recordaba porque me lo habían hecho siendo muy pequeño, a los penes y sus formas dedicó todo el desayuno en aquellos tres por tres metros en los que milagrosamente había de todo, televisión, vídeo, mesa de comedor, cocina y hasta armario y baño, añadido baño después desmochado porque Le Petit

Trianon, como llamaba a su tres por tres, me había devuelto a una corrala: corrala interior, no exterior como la de las vías; corrala por sus vecinos ya apenas proletaria, como la de las vías seguía casi entera siendo pese a que el proletariado empezara a ser una ex-clase, pero corrala al fin y al cabo, edificio que obligaba a vivir y hasta a evacuar en común porque nunca se le había dado ni un metro cuadrado de más al proletariado.

Era Roberto divertido y ocurrente: Tú no cuentes en el partido ese tuyo que tienes un novio en una corrala de gitanos, drogadictos y lúmpenes de mal vivir, tú les cuentas que tu novia, novia, ¿eh?, vive en una corrala como las de antes y ya verás cómo te ascienden, me aconsejó a la semana de estar ya juntos, que correspondía exactamente a la de conocernos porque quedamos desde el de nuestro encuentro todos los días a la misma hora y en el mismo sitio, noches de voyeurismo urbano que se sucedían vertiginosas a la espera de la resistente cama en voladizo y mañanas que se eternizaban en mi despacho tranquilo de la calle Infantas, un entresuelo por el momento sólo para mí al que me llamaban a diario Ana hacia las diez: ¿Qué tal, cuñado?, y el dormilón Roberto cuando se despertaba allá para las doce o la una y bajaba a tomarse su café a la calle: Ya existo, LunaLunera, y nos despedíamos normalmente hasta por la noche porque yo comía, dormía la siesta reparadora, pasaba la tarde y hasta cenaba en mi casa, de donde desaparecía hacia las once con la novia esa que me había echado, decía mi madre picaruela y no se lo desmentí, picaruela pero también preocupada desde que, ya en agosto, le anuncié que me iba a pasar una semana con Ana, su marido y un hermano de él a Luarca: Yo ya sabes que no me meto ni en tu vida ni en la de nadie, pero... ten cuidado, que luego es todo más difícil de lo que parece, se refería a mis presuntos amoríos con una mujer no ya novia en cuanto había resultado mujer casada.

Fueron siete días que me volvieron a hacer pensar sobre mí mismo en medio de aquel continuo debate sobre la cultura, el arte y el compromiso, para Ricardo y Ana al servicio de la sociedad, para Robbè de la vida y para mí... ni sabía pese a tanta lectura y tanto estudio precisamente sobre el tema, me di dramáticamente cuenta durante aquellas discusiones en las que ellos parecían hablar en dos idiomas distintos y yo ni conocía el mío: ¿Pero vosotros sabéis lo que de verdad quieren los hijos de los trabajadores, Ricardo?, nos preguntó Robbè una noche. Pues lo que quieren es buen rock, que las copas no sean de garrafón y que la heroína no se la vendan adulterada, que es una putada muy gorda ésa, y empezó a repasar su mundo: el mismo que cantaba en bata, rulos y zapatillas con pompón era el que más descarnadamente hablaba de lo que le pasaba a la gente, de los problemas sociales, ¿habíamos visto *Pepi, Lucy, Bom y otras chicas del montón*, o *Laberinto de pasiones?*; no; no; no, respondimos uno tras otro, y se encogió de hombros:

Pues seguid hablando de lo que no conocéis, viendo sólo lo queréis ver y pensando sólo en lo que os dicen que tenéis que pensar, seguid dividiendo el mundo en burgueses y proletarios;

¿Y en qué lo vamos a dividir, en genios como tú y tontos como los demás?;

163

No, Ricardo, en burgueses y jodidos, que es otra cosa, sonó aplastante mi Robbè, y me dejó pensativo en el recuerdo de mi amigo el proletario Vidal el que habría quedado, en efecto, jodido por cualquier esquina y del desenlace igualmente terrible de los burgueses Alejandro y Micaela.

Me estaba dando mucho aquel Robbè al que me dedicaba sobre todo en cuerpo pero cada vez más en alma, tanto que, llegado el momento de la lectura de mi tesina sobre el muralismo, que me sonaba ya a prehistoria, me vi sumido en un terrible dilema, cómo informar de ello a mi familia, y lo hice a toro pasado no sólo porque el trabajo y sus conclusiones me estuvieran empezando a quedar tan lejanas y ajenas, sino porque estaba seguro de que TioPedro se habría desplazado desde Palo Alto, donde llevaba desde el verano, y me daba rubor, o miedo, que pudiese descubrir lo que sin duda habría descubierto, mi relación con Robbè: primera y única traición a TioPedro, y porque más temía aún que pudiesen acompañarlo Babel y Thérèse, lo que me daba más rubor aún y aún más miedo: primera y única traición a Thérèse y primera pero no única traición a Babel, así que, puesto a escoger, quise que fuera Robbè quien estuviese a mi lado, él y mi amigo Ernesto, con el que sabía que iba a simpatizar porque tenían cierta ironía en común: más profunda la de Ernesto; más superficial la de Roberto, pero indudablemente parecida, y lo festejamos por la noche en el Dómine Cabra que tanto le gustaba a mi Robbè, riendo con las ocurrencias de aquel Ernesto el que insistía cada vez que nos veíamos en que sólo cuando estaba conmigo se recordaba el de sus viejos tiempos de poeta: ¿Te das cuenta de que habéis reformulado el triángulo de Ogden y Richards a vuestra manera, Luna? Vosotros los Luna, o sentido, os habéis interpuesto entre la referencia, o Sol, y la Tierra, o signo que mejor llamaríamos sino y hasta triste sino, habiendo liberado por un período a ésta de aquélla, lo cual es sinónimo de libertad, felicidad y hasta el imposible por irreal libre albedrío, glosó Ernesto mi relato sobre las vacas gordas de los Luna.

Si algo hay difícil de administrar en esta vida, eso es el péndulo de la naturaleza humana en su constante ir y venir del menos al más y del más al menos, acompasado metrónomo de flujos y reflujos sabio sin duda pero a saberse interpretar, lo que sobre el terreno nunca logré ante algo de verdad serio, aunque, a cambio, esa consciencia de él y ese respeto que siempre tuve por su mecánica desde que el profesor Chiclana dedicó a Vico el primer mes de una optativa que sólo yo cogí de toda la facultad me ayudasen a evitar una y otra vez los deslizantes abismos del disparate, que no es poco, y además me armaran de esa cierta relatividad en las ideas y ante las cosas que ha impedido a mis ensueños enajenarme del todo y a las realidades totalizarme hasta el final, una cierta prudencia, en suma, que evita malas sorpresas, aminora disgustos e incluso favorece la solución de no pocos problemas como los que tuve con Robbè, el primero de los cuales una tarde en el atestado café La Bobia que parecía calentarse a golpe de porro y gente, donde nos habíamos citado:

Toma, le alargué el sobre mullido con doce billetes de mil pesetas, el pago por el folleto sobre la Picardía que había traducido, una ocurrencia de semanas antes, cuando me llamaron de la editorial con la que a veces había colaborado y pensé que, dado que Robbè se apañaba más o menos en francés, podía coger trabajos sencillos que él tradujese y yo después revisara en los muchos claros que me dejaba mi extraña función en Infantas;

¡Joder! ¿Y cuándo hay otra, LunaLunera?, se entusiasmó, y me la saqué del bolsillo como prestidigitador su paloma del sombrero: *L'Aquitaine,* leyó, y se le iluminaron los ojos: Te quiero, LunaLunera, me estás haciendo un hombrecito, si lo supiera mi señor padre el Gran Trianero te hacía hermano mayor de su cofradía de las santas puñetas y la jodida oración en el cojonero huerto y no sé qué más, que relatos más cortos que los nombres de las cofradías he leído, atravesó su mano la mesa para acariciarme una mejilla, y me sonrió radiante:

¿Sabes qué estoy pensando?, que como me he organizado un poco y, además, entre el curre y el Gran Trianero voy a tener bastantes dólares...;

Cambiarte de casa, Robbè;

No, hombre, que podríamos ponernos a vivir juntos, como una de esas parejitas ideales a lo Ernesto y Clara, se me vino el mundo encima: nada podía querer más, pero no podía, no podía, Robbè, vida mía, me ardía la cara y me palpitaban los ojos de ganas de llorar, no podía, no podía dejar del todo mi casa así como así, tenía que preparar a mis padres para eso, esa misma noche empezaba, y se besó las yemas de los dedos y llevó el beso a mi boca para evitarme mentir y no seguir ahondando en aquel primer desencuentro entre nosotros, el momento, paradójicamente, en el que más lo quise.

Se puso entonces a hablar de su película, de sus sempiternos planes para aquella historia que iba por fin redondeando sobre papel gracias a lo que llamaba teorema del marquesado del Guadalquivir, tomado de una frase de Luis Escobar, marqués de las Marismas del Guadalquivir y actor de moda: *Cuando no hay nada que hacer, no hay tiempo para nada,* tan cierta que, desde que tenía que levantarse todas las mañanas a las diez para traducir, había suprimido su desayuno en el Barbieri y, después de las cañas con bocata de calamares por comida en cualquiera de aquellas viejas tascas inspiradoras en las que se mezclaban castizos y modernos, viejas borrachas y chavales colgados, se volvía al Petit Trianon, y no al Barbieri, para trabajar en su guión en vez de estar tirado como un perro igual que antes, qué verdad la del marqués, desde que tenía algo que hacer tenía ya tiempo para todo, incluso para plasmar letra sobre letra ese guión hasta entonces oral que si no me sabía yo ya de memoria era porque lo retocaba todos los días pasando de unas puertas a otras a los vecinos, pero esa tarde me estuvo contando las últimas novedades sin la alegría que solía ponerle, y que quise yo recomponer: Viene mi tío de California en unos días. Tengo unas ganas de que te conozca..., y creo que le transmití con mi caricia todas esas ganas por lo que en mí podía equivaler no sólo a irnos a vivir juntos como una parejita ideal, sino a la más solemne de las bodas.

El gran momento se hizo esperar poco, hasta la misma noche de la llegada de TioPedro y en el restaurante favorito de mi Robbè, junto a una de las ventanas emplomadas que daban a un pequeño patio. Mi Robbè se tiró la cena hablando, en una feliz espiral de entusiasmo: esa movida que yo ni conocía ni entendía ni quería conocer ni quería entender era una manera de vivir y una forma de crear, una fiesta y una estética, la estética de la alegría y una fiesta por la alegría, la manera de salir de aquello tan triste de Franco, ¿no?, tan gris que los policías iban de gris, ¿no?, era decirle a todos que la libertad era vida y era creación, que la libertad era realmente libre o no era libertad, ¿no?, ésa era la auténtica revancha contra la dictadura, desde luego no el partido ese que iba a hacer yo, su dichante amigo Pedro, con su desdichante hermano Ricardo, se sentía a sus anchas Roberto explicando y explicándose, brillante como nunca lo había visto y pletórico, tanto que se dedicó las noches siguientes a arrastrarnos por su Madrid insurgente de vida, decía, feliz de garito en garito que parecía sacarse de la bocamanga, hasta que llegaron las navidades y tuvo que irse a Sevilla con su familia.

Fueron para mí dos semanas de vacío, de dos vacíos, el de la ausencia de Robbè y el de la presencia ausente de TioPedro, porque en él me refugié durante todos aquellos días pero apenas más que para engañar el tiempo entre sus cafés de siempre y algunos de esos nuevos lugares ruidosos hasta la incomodidad, pero a los que seguimos yendo porque era la mejor manera de no tener que abordarnos. Del libro de poemas cortos en el que trabajaba, de alguna traducción que tenía en mente como gran reto final con el francés y con su propia lengua y de cuanto veíamos habló él entre taza y taza o entre copa y copa, pero ni me pregun-

168

tó en serio por Robbè ni yo a él en serio por Thérèse y ni siquiera nos preguntamos en serio por nosotros mismos, que fue lo que más eché de menos. Sólo la víspera de la ansiada vuelta de Robbè, en un café de recónditas esquinas decorado con imágenes religiosas y ya muy tarde, me dejó caer de soslayo: No te obnubiles, Pierre de mis anhelos, no te vayas a ir ahora al otro extremo y te creas que una copa puede proceder de la destilería de Kant o una canción graciosa puede ser hija del cruce entre Beethoven y Schiller, o que la creatividad equivale a creación, me interpretó el nuevo Madrid como antaño me interpretaba cuanta realidad me hacía descubrir, y nunca estuve más cerca de preguntarle por qué se había achicado tanto una relación tan intensa como la que habíamos tenido, pero al final no me atreví.

Me revivió ver bajar a mi Robbè del tren, y más oírle según llegamos a su casa de tres por tres: ¡Sevilla me pone!, un grito de reencuentro que fue también de guerra porque, según acabó de darlo, me desnudó brutalmente rasgándome la camisa, saltándome botón y cremallera de los pantalones, arrancándome de cuajo los calzoncillos. Lo había puesto Sevilla, y lo había inspirado: sexo y arte, resumía muy serio aquel noche tras noche en el que me atrapó con las redes de su imaginación los siguientes días, el que me lo encontré sentado en la galería ante su puerta bajo una jaula de pájaro en la que había metido una zapatilla y pegado un cartelito que ponía a trabajada letra: *La paciencia (Instalación);* la que me esperó disfrazado de puta con medias de red, liguero, bragas, sostén relleno de algodones y endiablados tacones comprados de saldo en una vieja tienda que había descubierto por Malasaña; la que, vestido o vestida igual: nunca he sabido en determinadas situaciones cómo utilizar el género, me soltó una impresionante bronca por llegar tarde, eran las doce y media, sacó la zapatilla de la jaula, me arrastró de los pelos dentro, me bajó los pantalones, me puso sobre su regazo y me pegó una soberana azotaina; la que, con una bata que él mismo había ensuciado de aceite, una peluca de muñeca que había completado con un moño de paja y un chándal viejo estuvo follándome en gitano, decía, o sea, a voces: ¡Que me pongas los huevos ensima, desgrasiao! ¡Que me sé yo que viés de estar con alguna pelandusca de por ahí, malnasío! ¡Que si no pués echar er quiqui es que se lo has echao a otra, que tú no tiés más que uno por noche, chiquilicuatre!, doblaba y redoblaba sus gritos y con ellos al tiempo mi excitación y mi vergüenza, las escenas, ni más ni menos, que andaba añadiendo a su película, menos la de la noche en que le dio por masturbarme en un cáliz que había comprado en el Rastro para beberse mi semen en homenaje:

¿Un cáliz para homenajearme a mí?;

Claro, mi amor, y se refería a la tesis que por fin había acordado yo con el profesor Darias, *La influencia del arte cristiano en el realismo socialista soviético,* que se nos había ocurrido diseccionando cuadros en los que haces de luz, como si del espíritu santo se tratase, se concentraban en Stalin el iluminado y la figura de Lenin presidía desde hornacinas los panoramas como un cristo crucificado o una virgen implorante, cualquier cosa podía ser una excusa para aquel Roberto desaforado hasta el vitalismo que hizo

170

definitivamente de nuestra relación una vorágine y espació casi hasta la inexistencia nuestras salidas porque en casa tenía sexo por la noche y trabajo de día, las traducciones que yo seguía cogiendo a ritmo de dos por mes y su guión, que incluía todas esas escenas sexuales que me había hecho ensayar y daba en el desenlace un papel preponderante a la instalación de la zapatilla en la jaula que al protagonista, el único traficante no gitano de una corrala, le había vendido un pintor cuyo papel tendría que hacer yo, ya vería cómo me iba a poner de galán y guapo, como por primavera se empeñó en ponerme para la vida real en su tienda por Malasaña, una de esas de siempre, llena hasta el techo de cajas de cartón apiladas en estanterías que parecían caerse encima:

Yo no llevo esto ni borracho, le advertí cuando vi que me alargaba una chaqueta de tela gris sin armar y unos pantalones que parecían los de un pijama;

¿Que no lo vas a llevar?, me clavó los ojos avergonzándome vivo, y se volvió a la dependienta: Envuélvamelo, por favor, y perdón por lo del nene, pero ahora lo emparejaré yo en casa con la correa, que se ha ganado unos buenos azotes por desobediente y por maleducado, dijo muy serio, y no supe ya dónde meterme.

No había vuelto a recordar hasta aquella tarde el consejo de TioPedro meses antes: se había referido a Madrid en general, pero sobre todo a Robbè en particular, y se lo dije apenas a la salida y la que me montó en plena Corredera Alta fue como para no olvidarlo: tenía que salirme al final Stalin, como a su desdichante hermano; tenía que salirme al final el reaccionario que llevaba dentro, igualito

que a su desdichante hermano; tenía que salirme al final el
viejo digno y ejemplar que todos los comunistas llevábamos dentro, a mí el de mi tío, a su desdichante hermano..., y no oí cuál era el viejo digno y ejemplar de su desdichante hermano porque pasaba en esos momentos un
taxi y lo paré y me fui a casa y no salí esa noche a buscarlo
pese a que por cinco o seis veces estuviese a punto, lo que
me pesó en la eterna mañana a la espera de su llamada la
que no se produjo, y más después de comer, cuando fui
por él y no estaba ni en la corrala ni en el Barbieri ni en La
Bobia ni en ninguna de las tascas o cafetitos de la zona, y
mucho más por la noche, cuando tampoco logré encontrarlo ni en Tribulete ni por las terrazas y me retiré a mi
casa, ya amanecido y previo inútil nuevo paso por la suya,
lloroso, abatido e incapaz de comprender nada porque me
notaba presa de sensaciones muy encontradas: la de un indudable cariño pero también la de un creciente hartazgo,
la de algo indefinido que me colmaba pero también la de
algo lo mismo de indefinido que me paralizaba y me abocaba a romper con todo, un cóctel de sensaciones que el
escaso pero profundo sueño agitó a su manera e hizo que
me levantase sorprendentemente mejor, triste, sí, pero no
doliente, y me bastó la soledad fresca de Infantas para con-
cluir, nunca supe si con sinceridad o por conveniencia y
miedo, que era la nuestra una relación sin futuro y que
forzarla no habría servido sino para complicarme la vida
por nada, porque habría tenido ya que normalizarse y, por
lo tanto, que hacerme de una vez por todas afrontar mi especial situación en casa, que empezaba ya a pesarme más
de cuanto él me daba.

Pero calculé mal y me dejó su ausencia un vacío muy superior al esperado en el que no logré que nada ni nadie de cuanto tenía a mano se convirtiese en el puente con la vida que yo necesitaba tras nueve meses de descubrir de mí lo que tal vez sin él nunca habría descubierto, nueve meses que habían sido para mi madurez lo que aquéllos entre uno y otro inicio del colegio para mi niñez o los de la guarida para mi juventud tardía, siempre nueve tardíos meses, pensaba, como si mis decisiones exigieran de la larga gestación de cuanto flotaba en mí, me desesperaba todas las noches al poco de cenar y me embargaba la melancolía que iba creciendo sin remisión hora a hora y sitio a sitio en los que me pesaba más el temor a encontrármelo que el anhelo de que así fuese, y desde luego que los cuerpos que danzaban por cafés, pubs y discotecas, a los que ni me atrevía a acercarme porque en ningún caso habrían sido amantes dignos de él, me decía para enmascarar mi incapacidad de asimilar el carrusel nocturno de la busca al que entraba dispuesto a buscarlo todo pero en el que no me atrevía a buscar nada, apenas el rato que añadir a un entorno doméstico que no me suponía ya sino un peso y a unos amigos, Ernesto y Clara, con los que no podía pasar de rellenar dos cenas y, con él, algún café suelto, de forma que mi mundo quedó casi circunscrito a un trabajo en el que poco a poco me había volcado con los materiales que le preparaba a Fidel y con los eventos que iba planificando de embajada en embajada con unos funcionarios que me trataban a cuerpo de rey, en especial un lírico polaco muy amante del arte, Stanislaw Luzik, y un inteligente y finísimo secretario de la soviética llamado Evgeni Arbatov con el que supe desde el primer momento que iba a estrechar amistad.

Se alimenta sobre todo el odio del desengaño, de la consciencia de que aquello que se amó o en lo que se creyó se ha hecho traición o es simple mentira, y se resuelve por lo tanto en algo así como un espejo que va mostrándonos los perfiles interiores de lo propio y, al tiempo, resabiándo- nos, vislumbré tras la ruptura con Robbè y aprendí defini- tivamente, junto a demasiadas otras cosas, a lo largo de la decena de semanas en las que no tuve más remedio que in- corporarme al dispositivo que ultimaba la preparación del congreso de refundación del Partido Comunista, dos o tres meses en los que tuve que soportar el lacerante dolor de ir día a día asimilando que nada importante había en- tendido a lo largo de veintiocho años, dos carreras, una tesina y fascinantes vivencias propias y ajenas a mi alrede- dor, desde cuanto había entrevisto en casa hasta cuanto había oído aunque apenas medio escuchado fuera, a Rob- bè recientemente, a Babel y a Thérèse en las pocas ocasio- nes en que había salido el tema, a TioPedro desde siempre, pero en parte porque necesitaba algo a lo que asirme y en parte porque mi relación con el partido había sido siempre estetizante y sentimental, incluso pasional a veces, creí ver en aquel ambiente, sus formas y su lenguaje un salto a la pureza perdida de mi padre, de Manzanares, de Simón y de algunos otros camaradas a los que había conocido lue- go en mis años de sincera y hasta por momentos entusiás- tica militancia, a los rasgos de aquel mundo que me rodea-

174

ba de pequeño en la corrala y que luego tanto rehíce en mi cabeza por las calles, a los rincones más profundos de mi memoria y de mi misma sangre: aquellos glóbulos más que rojos que la atravesaban.

Sin embargo, ni la memoria ni la sangre me dominaban ya como un día y tardé poco en sentirme, allí en medio de aquel proceso, un simple idiota, escandalosamente una tarde de octubre en la reunión preparatoria de lo que tenía que ser órgano del futuro partido, cuando estaba yo advirtiendo que para editar un semanario nos harían falta un buen archivo y una enciclopedia y el responsable de la comisión, un asturiano rondando la cuarentena que había sido hasta hacía poco brazo derecho del casi recién fallecido nonagenario secretario general de uno de los grupos que convergían en el proyecto, me recordó que ya había llegado el del camarada Povedano, y señaló el archivador gris a la izquierda que habían llevado días antes, un mueble metálico más bajo y apenas algo más ancho que yo y de algo así como un paso mío de fondo que contenía la colección duplicada de *Tiempos Nuevos* despedazada y pegada recorte a recorte sobre folios y más folios, nada más, y fui a decirlo, aunque no pude porque aquel tal Navia recién llegado de Asturias con el aval del testamento político del nonagenario secretario general de un grupo de una docena de docenas de militantes repartidos por toda España miró al jovencito a mi lado, un chiquito aseado y grimoso que acababa de terminar filología hispánica al que había llevado a la comisión junto a su novia, hija de un presunto escritor, asturiano también, del que nadie conocía libro alguno:

No nos hace falta más, Luna. Yo he revisado a fondo el archivo, el buen archivo que nos ha donado el camarada Povedano, y me parece más que suficiente para cualquier cosa;

Tanto como para cualquier cosa, camarada Tino, me afloró un cierto sarcasmo que apenas gozó de tiempo para hacerse notar, porque los ojos de Navia habían asignado ya portavocía a otro de sus peones, en esa ocasión a la antigua traductora de español en una de las escuelas de cuadros en Moscú:

En el archivo de Povedano está todo, ¡todo, camarada Luna, todo!, irrumpió la mujer en mi turno de palabra;

Tanto como todo, camarada Trina... No hay libro, ni realidad, en la que esté todo, esbocé apenas, y a la buena señora empezaron a salírsele de las órbitas los ojos de por sí saltones y empezó a gritar como una posesa que mi padre nunca habría dicho eso, que mi padre nunca habría dicho eso, que mi padre nunca habría dicho eso, la miraba yo sin dar crédito a tanta cólera, y Navia fue aplacándola con esa llamada a la calma en que las manos se mueven al ritmo de placenteros abanos y la mujer por fin calló, pero ni se volvió a hablar del asunto y nos fuimos, ellos imagino que a ponerme verde tomando por ahí la cerveza que propuso Navia, siempre atento a ese cubrir mediante el compadreo los peligrosos espacios vacíos tras las reuniones y aprovechar el chalaneo de las cañas para remachar sus faenas, y yo a recoger a Ernesto Ríos al Pub, que era por antonomasia en nuestra jerga el de Santa Bárbara:

Es insoportable, le dije. Hoy ha sido el sinvergüenza este de Navia; ayer el imbécil de Marín, el que te conté que se emborrachó, invitó a toda la discoteca y empezó a sacar rublos para pagar; anteayer los hermanitos Cano, un par de marmolillos que han llegado del Pecé al frente de una familia entera, familia en siciliano, Ernesto, y mañana... no sé, alguna otra perla habrá;

Pues lástima que no seas escritor, porque tendrías para una novela con semejantes tipos, o para un poemario con cómo los sufres, que ésa es otra. Deja ya de somatizar a la gente, Luna;

¡Qué fácil lo ves, Ernesto!, me lamenté de que no lograse entender que me resultaba a mí imposible relativizar cuanto veía a mi alrededor, gestos, afirmaciones rotundas, sinécdoques desbordantes, tonos de certeza absoluta que tocaban lo más profundo de mi fibra vital, los ancestros que esa vez me estaban ayudando a disociar viejas identidades porque se removían a cada frecuente recuerdo de mi padre el que, sentía, había arriesgado su vida entera por semejante gente en ocasiones carente de escrúpulos y en todo caso rica en aquella profunda ignorancia enciclopédica tan eficazmente codificada que se llamó marxismo-leninismo, iba viendo de semana en semana.

Fue doloroso ir interpretando aquel proceso: mejor dicho disparate, de fusión: mejor dicho mercadeo, de una serie de grupos: mejor dicho sectas, para crear un partido nuevo que cada vez me parecía menos partido y desde luego menos nuevo, ir haciéndome composición de lugar de quiénes eran los principales protagonistas de una aventura: mejor dicho desventura, que mantenía juntos y en el mismo barco a personas en el mundo como el sindicalista Fidel, la abogada Ana, el de nuevo reencontrado proletario

Manuel que me dio la mala nueva, no por esperada menos nueva, de la muerte envenenado por la droga del proletario Vidal mi héroe de la infancia, hasta el soñador matemático Ricardo o yo mismo, el ensoñador estetizante, a una banda de enajenados a los que se les había quitado del cerebro toda capacidad de raciocinio y a un reducido pero eficaz comando de aprovechados que habían sabido hacer de su militancia en las distintas sectas una forma de existencia y una manera de vivir razonablemente bien sin hacer realmente nada, aquéllos unos viejos de vida presuntamente heroica: ni uno de ellos era un Juan Luna, un Manzanares o un Simón, y éstos unos oscuros mediocres de entre treinta y cuarenta años que se odiaban entre sí pero cerraban herméticas y prietas filas ante cualquiera que pudiese hacerles la más mínima sombra, unos profesionales del menudeo monetario y la paciencia que, a golpe de aguantarlo, habían sabido ganarse la confianza del veterano militante de turno que dirigiese cada una de las sectas, supervivientes de la nada como el recientemente fallecido nonagenario Carballo que, me habían contado, abría toda intervención, larga intervención siempre, con eso de que por tres veces se había leído y subrayado, y subrayado, repetía, las obras completas de Lenin; o el octogenario Penín del que tenía literalmente que huir porque en cuanto me veía se me sentaba al lado, me preguntaba por mi padre y, sin esperar respuesta, me endosaba la historia del comunismo, pensamiento Juan Penín; o el septagenario Sentís que se explayaba en la de su grupo, que era en el fondo la suya propia, la de un humilde maestro de la isla de La Palma, se definía siempre al principio de su charla única, que

178

el día en que Santiago condenó la fraternal intervención de las tropas del Pacto de Varsovia en Checoslovaquia para salvarla del fascismo, dijo ¡No!, y pasó a la clandestinidad, a la del partido se refería, porque entonces en la otra por desgracia ya estaba aunque ni le importase, eso le había dicho a su familia y todos lo aceptaron, su mujer, su hijo, sus dos hijas y los dos novios de éstas, sí, así había empezado él hacía ya muchos años la reconstrucción del partido; o el también septuagenario Menéndez que enumeraba la larga lista de traiciones a la revolución perpetradas por el cosmopolitismo: los malos judíos, los malos gitanos, los malos intelectuales, los maricones, de éstos no había según él buenos en cuanto no especificaba que hubiese malos, y rió Ernesto, el muro de mis lamentaciones de aquellas semanas:

De verdad que no puede ser para tanto, Luna;

Ernesto, pues si lo cuenta, será que es así, terció la siempre prudente Clara;

Que no, Clara, que no conoces tú a éste. Yo no digo que no sea cierto lo que cuenta, lo que creo es que lo exagera para hacer una historieta: ya había reducido la novela y el poemario a historieta, vamos, que lo ve en expresionista, y como se han puesto de moda los comics, pues eso, se burlaba una noche en su casa, pero me llamó a los pocos días: ¿me acordaba de Pere, el marido de Almudena, la periodista esa tan interesante amiga de Clara? Pues habían estado cenando con él la noche antes y les había contado historias fascinantes del PSUC el de la força al canut, y más en concreto de ese Joan Vendrell, alias Ramón para todos y alias el muñidor para mí, y ¡vaya historia!, silbó: Agárrate, Pedro, tu

179

muñidor participó en el asesinato de Trotski, que no es poco currículum entre vosotros los estalinistas, y, aunque parezca probado y demostrado que no fue el del piolet, honor que la historia reserva a ese coleguilla, también del PSUC el de la força al canut y lo que no es el canut, el insigne Ramón Mercader, puso tu Vendrell su granito de arena como contacto, escolta o algo así de Mercader cuando estaba en París de paso para México, me dejó boquiabierto, y apesadumbrado de reparar en que, fuese o no verdad, perfectamente podría haberlo sido, lo que equivalía a pensar que si a mi padre se lo hubiesen encomendado lo habría hecho igual, de la misma forma que había ejecutado con la mayor precisión cuanto el partido le había pedido, el partido cuya esencia seguí conociendo día a día y comentándola con Ernesto, que dejó ya hasta de preguntarme por la historieta porque lo que sin duda sonaba a ridículo en la España de 1984 habría sido tragedia décadas antes, cuando discusiones como las que continuamente teníamos habrían provocado la misteriosa aparición de muertos en las cunetas.

Fueron para mí, aquéllos, los días de una mayéutica que, a solas, tenía en TioPedro un gran maestro diferido y en Ernesto, mi único amigo sobre tierra real, el comadrón al que una tarde fui a buscar al instituto no ya asqueado, sino auténticamente espantado por lo que acababa de ocurrirme en una de aquellas infernales reuniones, que habíamos tenido que atender y hasta meterle la cabeza bajo el grifo a la apocalíptica camarada que había sido traductora en Moscú para cortarle el grito apagado en el que se había encasquillado: El marxismo leninismo enseña..., el marxismo leninismo enseña..., el marxismo leninismo enseña..., aquella vez porque me opuse al nombramiento para representarnos en la muy juvenil comisión anti-OTAN del camarada de unos setenta años al que todos los demás apoyaban para el cargo con el simple argumento de que nadie mejor para defender la paz que quien había vivido la Guerra.

Ernesto se echó a reír, aunque se cortó de inmediato:

¿Y por qué no lo dejas, Luna?, sonó más a ruego que a consejo;

Mira, Ernesto, porque me sirve, porque me pagan un sueldo aceptable y porque justo ahora que nace el partido voy a empezar a tener unos viajes que me interesan. Dirás que qué cinismo, ¿no?, pero me lo deben, Ernesto, en el fondo me lo deben, y tuvo que cargarse mi sonrisa de tanto cinismo como la suya de incredulidad. Voy en la lista del Comité Central, ¿sabes? Me ha impuesto, junto a otros siete, mi amigo Arbatov el de la embajada, y entonces sí que dio rienda suelta a la risa: los surrealistas a mi lado eran cascarilla. Él no se lo perdía, ¿podía ir con Clara a aplaudirme? Me merecía unos aplausos y hasta una ovación entera, y me aplaudirían y hasta ovacionarían, imagino, en aquel acto del Palacio de los Deportes de Madrid que, tras dos meses largos de aguantar el patético espectáculo de media docena de sectas despedazándose por algo parecido al traje viejo, gastado y sucio de un muerto; tres intensivos días de sufrir juegos florales en pos de una ortodoxia a veces ramplona y a veces cursi pero en todos los casos ridícula; y una hora de malsoportar desde la tribuna de los elegidos la retórica simplona de un secretario general que no aportaba sino una historia de silenciosa ignominia lacaya ante los de arriba e implacable verbo viperino con los de abajo y que no era sino la impostura de una grasienta melena blanca, de la falsa chispa del chiste fácil y de la sanguinaria despótica del insulto, me regaló al menos la imagen de mi padre agitando puño en alto y a voz en grito por cuatro minutos la mosca aplastante de la pasividad y tres cuartos de hora de arte con la coreografía de Antonio Gades sobre *Bodas de sangre:*

Lleva toda la fuerza de Lorca, es tragedia de verdad y griega de verdad, como la tuya, me comentó Ernesto tras el acto;

Ya, la de Edipo y la de Electra juntos, dije yo mismo.

Sólo las palabras parecen capaces de evocar con una simple fórmula cuanto quepa entre un instante y la eternidad, sorprendentes palabras que logran cambiar de un golpe las realidades como la varita mágica que pueden llegar a ser si se hacen síntesis escueta del sentimiento en sus recuerdos o sus anhelos; en sus sueños o sus obsesiones; en sus pesadillas o sus sortilegios, me recordó, por si lo había olvidado de mi lejana infancia animada a golpe de ellas por TioPedro, la palabra que de pronto oí una tarde a bordo de un avión: Moscú, y advertí de pronto que del negro plano de la ventanilla surgía en resplandor una luz naranja y redonda como una luna achicada, lejana e inferior: Moscú, pensé con el halo del mito, y se disiparon en un instante mis sufrimientos de varios meses.

En Moscú aterrizaron junto a Pedro Luna Luna todas las sombras de su pasado, y digo Pedro Luna Luna, no yo, porque desde el instante en que oí su nombre empecé a verme elevado sobre mí mismo, nariz a la ventanilla con los ojos abiertos de par en par, los míos y los de mi padre y los de mi madre aunque ella, en su silencio, apenas la hubiese nombrado, y los de TioPedro también, estaba seguro, también él algún día habría tenido aquellas dos sílabas como tabla de salvación o de consuelo, y la de mis dos abuelos a los que no conocí pero sabía que habían muerto en medio de la miseria y del miedo, una emoción aglomerada que al cristal me mantuvo con la mirada en ningún detalle concreto hasta que se me acercó una de las azafatas: me acompañaba ella, y me acompañó pasillo adelante hacia la portezuela mientras los demás pasajeros permanecían aún con los seat belts fastened porque por primera vez en mi vida yo era, por mí mismo, alguien, el miembro del Comité Central de una entelequia pero Comité Central al fin y al cabo y como tal se me trataba en los aviones y sus aterrizajes, iba yo pensando o sintiendo: nunca he sabido del todo distinguir pensamiento de sentimiento en determinadas circunstancias, cuando fui recibido a la boca del pasillo dirigible y móvil por el encargado de los asuntos de España en el Comité Central del partido de la Revolución de Octubre, del partido que dirigía los designios de medio mundo y de la mitad aritmética de sus guerras, guerrillas y conflictos, seguía manteniéndome la emoción esa aura de solemnidad que me elevaba sobre mí mismo y que, lo mismo que me permitía ver y verme desde muy por encima de mi uno setenta y cinco de estatura, me hacía creer que llevaba ese mundo en la cabeza.

Vladimir Petkov, camarada Luna, encantado de recibir al miembro del Comité Central de un partido joven dispuesto a ahondar en las relaciones de amistad entre los pueblos español y soviético, a un destacado miembro de la joven cultura española tan especialmente interesado en el arte soviético, al hijo de alguien a quien los comunistas españoles y el movimiento comunista internacional tanto deben, el inolvidable camarada Juan Luna con quien me encontré en Madrid en clandestinidad cuando los comunistas españoles luchaban en las más adversas y heroicas de las condiciones, ¡bienvenido a la Unión Soviética!, casi ni oía, turbado, a aquel tipo encantador que hablaba con perfección absoluta mi lengua y en el que estaban centradas las miradas de las dos azafatas que tenían contenida la salida de los demás pasajeros hasta que le diese a la autoridad por acabar, lo que no se demoró demasiado porque había cosas más importantes que hacer: Camarada, vamos a entrar en la Unión Soviética como se debe, ¿tú sabes?, me cogió de un brazo, y echamos pasillo adelante hasta una pequeña sala donde nos esperaba un tipo alto, desgarbado y desaliñado con un bigote muy largo que le abrazaba la barbilla, el viejo amigo de Arbatov que me iba a hacer de traductor, Sergei Poliakov, y el camarero allí a pie de protocolo entregó a cada uno su copita de vodka.

¡Por la amistad de los pueblos español y soviético!, brindó Petkov y bebió de un golpe y bebimos los otros dos detrás y guiñó el ojo Petkov, señal para que el camarero volviese a llenar las copas y yo comprendiera lo que tenía que hacer;

184

¡Por la amistad de los pueblos soviético y español!, brindé, y bebí de un golpe y bebieron ellos dos detrás y Petkov guiñó de nuevo el ojo, señal para que el camarero volviese a llenar las copas;

Los rusos brindamos sólo en dos ocasiones, camarada Luna, cuando hay arenques y cuando no hay arenques, ¿tú sabes?, brindó y bebió de un golpe y bebimos los otros dos detrás y Petkov guiñó de nuevo el ojo, señal para que el camarero volviese a llenar las copas;

O... los rusos brindamos sólo en dos ocasiones, camarada Luna, cuando hay mujeres y cuando no hay mujeres, ¿tú sabes?, brindó y bebió de un golpe y brindamos los otros dos detrás y, por suerte, Petkov no guiñó esa vez el ojo;

¿Vamos?, dio por concluido el rito, y advertí que no existía concepto de pausa para él: en efecto, con la voz inalterada pese al vodka habló y habló y habló por el camino detallando hasta la hora, el lugar, el cargo y el nombre de los interlocutores que iba a tener, un enorme programa de actividades cuyo completísimo anuncio impidió lo que yo más habría querido, poder estar atento a esas primeras calles de Moscú que se advertían nevadas y con poco tráfico, pero sólo pude contemplar su cara antigua de actor bien repeinado y simpática de borrachín hasta que el coche aparatoso y negro paró ante una enorme valla metálica.

Ya estamos, camarada Luna. El hotel para los invitados del Comité Central, ¿tú sabes?, me anunció con la satisfacción infantil que parecía producirle todo, y que se hizo irremediable euforia apenas hube yo bajado de dejar el equipaje y comentado que era un lujo de habitación la que tenía, halago que era motivo más que suficiente para que brindásemos por el diminuto y joven responsable del servicio a los hispanoparlantes alojados, y ya imaginé el resto, que habría después brindis del tovarich responsable del servicio a quienes hablaban mi lengua y brindis de cierre mío por la Unión Soviética, por la amistad entre los pueblos y por la humanidad entera, ya ni sabía por cuánto multiplicar los conceptos, más golpes secos de vodka que no habían concluido, porque, bajados al fin al enorme comedor de la planta baja, tranquilísimo como todo aquel hotel que más bien parecía balneario, en el centro de la mesa y entre dos banderitas soviéticas: No ponemos ya la española porque siempre da problemas, que si la actual, que si la republicana, nunca se acierta, ¿tú sabes?, el cartelito *Spanski delegatsio,* o sea, yo, y dos estilizados floreros con una rosa en cada uno, había, cómo no, sendas botellas de vodka con las que esperamos la pantagruélica cena de caviar, esturión hervido y una exquisita bola de carne frita que llamaban croqueta acompañados de auténtica cerveza Pilsener checa y de un vino muy rico de Georgia, informaba el tovarich Petkov con pasión de platos y botellas, y de poco más, porque aquel hombre, contra todo pronóstico, no hablaba nada de política, como si nada le importase más allá de los chistes en cadena, los permanentes comentarios en bajito y entre risas sobre los culos de las camareras que pasaban y los cotilleos en más bajito aún sobre las delegaciones de otros partidos que se iban retirando de sus mesas, un prototipo de borrachín simpático, ocurrente y vividor que se reenganchó al vodka en la larga sobremesa, e inolvidable porque me contó su encuentro con Juan

Luna en 1964 cuando fue a Madrid como traductor de los dirigentes deportivos a la fase final de la Copa de Europa de Naciones de fútbol: lo había visitado en el almacén de vinos de Lavapiés, ¿a que sí?, haciéndose pasar por viajante para... confundirse de gabardina a la salida y dejarle una cuyo forro estaba hecho de fajos de billetes de cien dólares: Un trabajo perfecto, ¿tú sabes?, la gabardina más caliente que ha habido, con tanto buen papel, ¿tú sabes?, y empezó a darme detalles y más detalles de cómo había salido del hotel Palace por las cocinas y de su paseo por el viejo Madrid hasta la calle del Olivar, gozaba de memoria tan precisa como prolija su lengua aquel Vladimir Petkov que parecía no querer acabar nunca e hizo intervenir, sutil, al traductor: Mañana le hará falta una gabardina igual al camarada Luna. Aquí hace mucho frío y tenemos que salir muy temprano.

Sólo cuando me puse de pie advertí lo bebido que estaba, y Sergei se dio cuenta: Acompáñenos la puerta, se comía de vez en cuando preposiciones, y me costó remontar escaleras y hall, aunque sabía el traductor perfectamente lo que hacía: acceder tras la primera puerta al antevestíbulo e irse media borrachera fue una, y la otra media duró lo que la puerta de la calle tardó en abrirse. Aquello fue lo primero de lo mucho que aprendí en la Unión Soviética a lo largo de la media docena de viajes que hice en un año, que el frío quema el alcohol tan rápido como el fuego, y buena parte de ello de la boca de Sergei Poliakov el que día a día y encuentro a encuentro se me iba a ir confirmando como un más que sagaz lazarillo gracias al cual llegué a conocer muchos detalles de aquel país y de aquel mundo que, si no, tal vez me habrían pasado inadvertidos.

Desde el primer momento resultó todo al revés de como yo había supuesto, y lo primero la visita a la sede del Comité Central para el encuentro con un miembro de la más alta dirección, el camarada Vadim Zabrodin del que esperaba un largo discurso y que, sin embargo, preguntó mucho y dialogó más, un hombre ya en la cincuentena grande, gordo, inteligente, amable y de mirada homófila: ya iba yo sabiendo leer en todos los ojos, que me sorprendió para bien, justo al revés que los directivos de la agencia Novosti a los que visité después y dedicaron mucho más a contarme la historia de la agencia que al motivo de nuestra cita, el montaje en Madrid de una exposición de fotografías sobre la Segunda Guerra Mundial, Gran Guerra Patria, decían ellos, y que el decano de Bellas Artes, que se desplazó al hotel para comer conmigo, un tipo bajito y escueto que se limitó a tomar notas de mis necesidades entre comentarios inacabables y banales sobre la vieja pintura rusa y la nueva pintura soviética que me pusieron la cabeza como un bombo: Duro trabajo tienes, Sergei, le comenté al traductor apenas a solas. ¡Lo que hablan! Menos Zabrodin, han sido todos una paliza, y Sergei se encogió de hombros: Aquí es así, camarada Luna, los poderosos hablan y escuchan, los menos poderosos sólo hablan, para no escuchar, y los nada poderosos sólo escuchamos, para no hablar, pero... hay que vivir, camarada Luna, se encogió de nuevo de hombros, se le descolgó el bigote y miró el reloj:

Siete menos veinte;

Vamos al Bolshoi, ¿no?;

Yo, no. Va mi relevo, dibujó una sonrisa sardónica que comprendí rato después, cuando el silencio benefactor en el que nos habíamos instalado saltó reventado por el histriónico Vladimir, que llegó con la cara de prisa que cultivaba y me condujo a buen paso hasta el discreto barecito al final del vestíbulo, donde nos esperaba una mujer con carita de muñeca, cuerpo pequeño y bien formado, maquillaje discreto y elegante vestido de fiesta.

Ludmila, mi esposa, profesora de español, ¿tú sabes?, me la presentó, y lo que yo supe fue comprender que no había tal relevo de un traductor que tampoco habría sido necesario, sino la simple invitación para el Bolshoi a su mujer, encantadora Ludmila desde luego, y tan caprichosa, advertí según llegamos al teatro, como para llevar en la misteriosa bolsa de plástico que portaba, por cierto, su Volodia cariño mío dos pares de zapatos que se probó hasta diez o doce veces en el vestidor donde, además de dejar el abrigo, las mujeres cambiaban por calzado de salón las botas de calle mientras los hombres se peinaban ante cualquiera de los espejos que proliferaban; como para mandar en el largo descanso del apasionante *Cascanueces* a su Volodia cariño mío por caviar rojo según volvía de la larga cola con el caviar negro que le había encargado minutos antes; o como para empeñarse a la salida de la cena en ir a tomar una copa a un extraño y oscuro bar en un primer piso lleno de salones y pasillos cerca del Kremlin donde había un constante control policial que por tres veces hizo tener que sacar al durante esa noche apocadísimo Vladimir un pequeño carnet rojo al tiempo que decía: Spanski delegatsio, que era lo que a ella le gustaba, concluí, ver que su Volodia cariño mío poseía tan especial carnet, patética pareja que me dio el primer gran golpe que recibía del socialismo real en Moscú la de la palabra encantada, una mujer soportando a un borracho mucho mayor que ella y carente de todo atractivo intelectual o físico sólo por tener acceso a cuatro absurdos privilegios.

Confundo en mi buena memoria los viajes a la Unión Soviética porque en el fondo fueron todos iguales, una mina literaria según Ernesto Ríos al que le contaba entre vuelta y vuelta tanta extraña historia como la del enjambre de prostitutas exageradamente ataviadas como tal que nos asaltaron en el bar, más bien zulo, del hotel de Odessa al que llegamos una noche hacia las doce sedientos por los emparedados de salchichón en el aeropuerto y el tentempié del mismo salchichón a bordo, unas treinta o cuarenta mujeres apiñadas hasta colapsar aquel sotanillo, o un rincón enorme de mi imaginación, porque el día siguiente la vicealcaldesa de la ciudad me negó en redondo que hubiese podido sucederme tal cosa: imposible, no existía prostitución toda la ciudad, eran las locativas las preposiciones que se comía Sergei. Igual era una fiesta de mujeres porque una de ellas se casaba, o cumplía años, o estaban de broma, era muy normal eso Ucrania, eran gente sana y alegre los ucranios, y las mujeres salían y entraban con entera libertad, que Ucrania era socialista, tovarich Luna, no logró convencerme pero sí desde luego sorprenderme, porque, aunque a las alturas de aquella visita al gran puerto del Mar Negro: debió de ser en el tercer o cuarto viaje, había visto y oído ya de todo en ese país, no creía que el control de la ciudadanía pudiese llegar hasta el punto de que, de vuelta ya de noche al hotel, bajáramos a aquel bar casi zulo y, sorpresa mayúscula, no hubiese una sola mujer: Las ten-

drán otro hotel hasta que te vayas, me explicó el impertérrito Sergei, y en otro hotel las tendrían hasta que yo dejase la preciosa Odessa de las escaleras del Potemkin y los
árboles tan frondosos como para entrelazar sus ramas de
lado a lado de sus anchísimas avenidas entreveladas de día
y cegadas a pico al atardecer porque millones de cuervos se
retiraban de su acecho por las pesquerías próximas e iban
en bandadas infinitas a posarse sobre ese cielo raso de ciudad, país de cosas extrañas que tanto me gustó pero en el
que tantas veces sentí un profundo, ofensivo dolor que di-
solvió definitivamente en mi interior esa fe de mis mayores los que, precisamente durante uno de aquellos días de
estancia mía allí, iban a asistir al momento que más llevaba yo esperando desde hacía muchos meses, el estreno de
la ópera *Luna* que, mala suerte, tendría que esperar a mi
vuelta para ver, como si mi padre el que siempre diluyó en
el partido su propia dignidad y hasta su propia identidad
le hubiese pedido al país de su fe que apartase de sí ese cáliz de su hijo asistiendo al momento de su gloria, lo que
lamenté porque no fue igual ir una semana después a la
función usual, dos veces y con él ambas porque asistió,
siempre de punta en blanco: con su corbata del juicio y de
la recepción del Comité Central, a las veintidós que se hicieron.

No dejé un solo día de conocer a gente magnífica, pero
tampoco de recibir serios golpes a mi conciencia a lo largo
de aquellos viajes, como cuando me abordó en plena Perspectiva Nevski de Leningrado un hombrecillo que me había oído hablar, se presentó como músico especialista en
Falla y lamentó amargamente no poder ir a Granada por-

que le denegaban el cambio de divisas, que era como negarle la visa de salida, casi siempre decían visa, en cubano, no visado; o como cuando entraba a una beriozka, la tienda que dividía en dos a los ciudadanos, los que tenían acceso a ellas, o sea, divisas, y los que no, sólo dos veces porque la tercera le estropeé la excusa a Ludmila:

He quedado con mi esposa por si necesitas que te ayude a comprarle un regalo a la tuya, ¿tú sabes?, me dijo como siempre Vladimir en la comida de un penúltimo día de estancia, que era cuando tocaba hacer compras;

Despistado, ¿es que no te acuerdas de que no tengo mujer? Además me gustan más las tiendas normales como los Gum, que parecen una ciudad, si son los almacenes más bonitos que he visto, Vladimir, con sus avenidas, con sus calles, con sus callejas, con su gran plaza, con sus plazuelas, amigo Petkov, y tuvo Sergei que hacer esfuerzos para no echarse a reír; o como cuando entraba a cualquiera de esas tiendas normales, por lo general almacenes, que observé de viaje en viaje más desabastecidos y por lo tanto con colas más largas porque había menos mostradores ante los que distribuirse y porque habían puesto registradoras según un vasto plan de tecnificación del comercio que resultaba un desastre en el que las cajeras, casi todas mujeres, sumaban tecleando torpemente en la máquina, miraban el resultado y, por si acaso, recalculaban con su ábaco de siempre; o como cuando me reunía en la agencia Novosti, en la facultad de Bellas Artes, en la Asociación de Pintores y Artistas Plásticos o en cualquier otra institución del estilo para hablar del programa de exposiciones que me había trazado con Arbatov y ver que era simplemente imposible plantear el más mínimo cambio o añadir la más mínima idea a cuanto presentaban porque nadie se atrevía en aquel vasto país de países a tomar una sola decisión, y así me limité a ir recibiendo halagos, discursos e informes de aquellas muestras sobre la Gran Guerra Patria, el arte soviético contemporáneo, la fotografía soviética, el deporte soviético o el cosmos que jamás llegaron, que yo sepa, a sus destinos, o a oír buenas palabras pero nada más sobre aquel intercambio de artistas plásticos al que dediqué no menos de tres encuentros por viaje, aunque, para mayor delirio, no visitara el taller de un solo pintor o escultor, excepción hecha del de los niños de una escuela de Kiev y el de los jubilados de un centro social de Minsk.

Aparte las primeras horas del primer viaje, sólo sería capaz de reconstruir en su integridad y sin confusión el de marzo de 1986, cuando mi amigo Evgeni Arbatov ya no estaba en Madrid porque había sido llamado como jefe de prensa de Exteriores, el más interesante y último de mis viajes a la Unión Soviética, no recuerdo con qué exposición por excusa pero distinto desde la misma llegada en cuanto ya no se interrumpía el desembarco de pasajeros por discursos a pie de avión ni había brindis de bienvenida, me explicaba pasillo adelante un descolocado Petkov que esperó hasta el coche para anunciarme inquieto: Se ha cambiado todo el programa. Mañana tienes una reunión en Asuntos Exteriores y luego... ya no sé, sales de Moscú, no me han dicho más, esto ya no es lo que era, ya verás, ya verás, y se refería a todo pero, conociéndolo, sobre todo a la prohibición del consumo de alcohol en las dependencias del partido, de las que el hotel era una más, y esa noche ni brindó ni contó chistes ni ponderó platos ni glosó culos ni cotilleó de visitantes ni hiló de ¿tú sabes? la conversación aquel pobre Vladimir porque debía de sentir en lo más profundo de su cabeza que allí nadie sabía ya nada, sólo habló de política, de lo importante que era el programa de reformas que había diseñado el secretario general, de la falta que hacían los cambios que preparaba el partido, de la necesidad de poner el país a funcionar como reclamaba la sociedad soviética, recitaba con gestos y ademanes de convencimiento claro y fidelidad inquebrantable que no querían decir sino que algo notaba en peligro y había que ganarse a los nuevos dirigentes, el había que vivir de Sergei encogiéndose de hombros y con el bigote descolgado, y en esa atmósfera de cambios acelerada desde mi anterior viaje apenas dos meses antes, pero justo los meses que habían empleado para reemplazar a los altos mandos de aquel enorme pulpo que era el estado soviético, me recibió Evgeni Arbatov en su despacho del ministerio.

Tenía planes para mí, una reunión con el camarada del Comité Central Murgon en Poltava, Ucrania, y otra con él a mi vuelta a Moscú. Había mucho de lo que hablar, me anunció, y de mucho me habló, de las profundas reformas que necesitaba el socialismo, del terremoto que se preparaba en el mundo comunista, que o lo propiciaba el partido o iba a desencadenarse desde las calles contra el partido, de la absurda situación de los comunistas en España, que era un disparate absoluto sin futuro y sin sentido, afirmó con un cierto pliegue de desprecio que ni comprendí ni me explicó directamente, pero sí con lo que continuó, que me removió como ese terremoto al que se había referido instantes antes:

194

estaba siguiendo con mucha atención el inminente referéndum sobre la OTAN, aunque lo fundamental no era su resultado, sino fomentar la distensión y la paz, y para eso hasta igual era más conveniente España, con Felipe González, en la OTAN que fuera de ella, me cayó tan contundente afirmación a plomo porque no creí que pudiese llegar tan lejos aquella conversación sorprendente que tuvo inesperada continuación a medianoche del día después, apenas llegados al hotel de una pequeña ciudad que apenas me sonaba de las pinturas y grabados de una batalla en 1709 entre rusos y suecos aliados de los turcos, Poltava, donde estaba esperándome un señor grandón de mediana edad, cara redonda, bien vestido y aspecto anglosajón: You're mister Luna, aren't you?, se me dirigió directamente, y aclaró que quería hablar conmigo a solas.

La tarjeta que me extendió lo identificaba como funcionario de Exteriores y su apellido era alemán, recuerdo: lo había enviado Evgeni Arbatov para preparar la reunión con el camarada Murgon, y tanto, porque allí me tuvo entre whiskies que yo hice por cansancio zumos hasta pasadas las tres en medio de la mirada desesperada de la camarera joven de pecho enorme apoyada probablemente a propósito junto al cartel que, en ruso e inglés, fijaba hasta las diez el horario de bar, un anticipo, en locuaz, de lo que el camarada Murgon, el único secretario local que, aparte los de Moscú y Leningrado, pertenecía al Comité Central, me contaría el día después en la mitad de tiempo, que los cambios iban a ser mucho más profundos de cuanto se creía y de cuanto se estaba diciendo, que le hacía falta al socialismo una cruzada contra la improductividad y la irresponsabilidad, que le hacía falta una cruzada contra la corrupción y el amiguismo, que le hacía falta una cruzada contra el miedo, el miedo del ciudadano a su vecino y de éste a otro vecino, el miedo del subordinado al jefe y de éste al sindicato y de éste al partido y de éste a algo oculto en su interior, en el interior de todos los sitios y hasta en el interior de las cabezas.

Volví a Moscú con las ideas más que claras sobre las pretensiones de los reformistas y con enormes ganas de estar con Evgeni, lo que no fue posible porque había tenido que salir de viaje con el ministro, aunque el apabullado Petkov me informó de que el camarada Arbatov me había dejado concertada una cita con el camarada Zabrodin, el secretario gordo de mirada homófila al que había conocido en mi primer viaje, una comida muy cordial y a solas porque hablaba un español aportuguesado más que decente hijo de su larga estancia diplomática en Brasil y luego en Lisboa tras el 25 de abril, me aclaró en una mesa separada de la del pobre perdido Vladimir que empezaba a sentirse nadie y el lúcido Sergei al que conocía más que de sobra como para saber por su gesto que tenía que estar muriéndose de risa con el sufrimiento profundo del burócrata que le había caído en suerte o en desgracia para compartir mantel. Quería saber Vadim Zabrodin qué impresiones había sacado del camarada Murgon y de cuanto me había contado:

Excelentes y sorprendentes al tiempo, respondí;

Correcto, todo lo excelente es sorprendente, me sonrió cálido, y su mirada me reafirmó en lo que me había transmitido hacía casi un año y, a su manera, iba a dejarme más que claro ya en los cafés: había estado en el equipo del secretario general en su reunión con Reagan en Helsinki y les habían manifestado en la delegación estadounidense su profunda preocupación por una nueva enfermedad que afectaba a los homosexuales y que amenazaba a colectivos enteros de las principales ciudades norteamericanas, aids se llamaba, explicó con gesto que quise ver de miedo y que no venía a cuento salvo que fuera su forma de decirme que había leído en mi mirada lo mismo que yo en la suya.

Fue aquella conversación el broche de oro a una experiencia como jamás viviré otra y que paradójicamente parecía llamada a su fin porque me había restituido a mi situación de dos años antes, cuando una casualidad me reenganchó a una militancia política que, de vuelta a Madrid, había decidido cortar por carente de todo sentido, aunque me encontré con un denso programa preparado por Fidel para los siguientes tres meses que me sentí moralmente obligado a cumplir y que cumplí antes de la definitiva espantada, más consciente aún porque en Checoslovaquia, Polonia y Alemania Oriental observé los mismos defectos que en la Unión Soviética pero mucha más frialdad de la gente, como correspondía entre quienes estaban viviendo el mismo desastre de los soviéticos pero no como desastre hijo de la propia histórica voluntad de sus mayores, sino ajeno, Praga la de aquella señora en la parada del autobús que me atravesó cabeza, corazón y alma con su mirada cargada de odio a la limusina y a quien en ella iba, yo; Berlín la de la larga fila de casas clausuradas de la manera más tosca, a travesaños clavados sobre los huecos de las fachadas, porque tenían ventanas y puertas a los dos

197

mundos, casas donde estarían viviendo seres humanos cuando fueron convertidas en simple muro; Varsovia la del coro de persignaciones con las que buscaba protegerse de nosotros aquella cola de fieles en la escalinata de la iglesia contigua al hotel de donde salíamos algunas de las delegaciones al congreso del POUP en el viaje del único momento intelectualmente brillante de mi vida.

Fue en una comida con el viceministro de Cultura y el atildado dirigente del Pecé con el que se habían empeñado en juntarme, un tipo apenas en la cuarentena que parecía incólume y de plástico: el primer tipo de hombre que nunca me gustó. ¿Cómo han logrado en España resolver el problema de la Iglesia?, preguntó el viceministro a través de la traductora de cara tan guapa y sin pecho alguno, y el engolado y repeinado compañero de almuerzo les explicó lo que calculó que nuestros anfitriones querían oír, que había sido el producto de la política específica del partido hacia la Iglesia y con los grupos cristianos de base, discurso que no interrumpí por educación, pero, apenas acabó y se volvieron a mí los ojos de los comensales, dije muy seco: No, y nadie movió allí un párpado en los segundos que tardé en explicarme lo mismo de escueto: El bikini, ni en los más segundos más densos aún de silencio y más cortantes aún de miradas atónitas porque me había salido al tiempo del guión y del lenguaje imperantes: Quiero decir que no ha sido el partido el que ha doblegado a la Iglesia, sino el bikini, que el día en que la primera española se puso el primer bikini y aguantó la presión del guardia civil de turno empezó la derrota de la Iglesia; que a esa superstición de primera división que llamamos religión se la ven-

198

ce sólo con la libertad y con el deseo; que, moralina por moralina, nos van a ganar siempre, además de que nuestra política, la de la izquierda, maticé, o es laica o no es de izquierdas, camaradas, así que... dadle rienda suelta al bikini, abrid bares nocturnos donde los jóvenes vayan a ligar, llevad el erotismo a la televisión y ya veréis lo que dura el poder de los obispos, diez minutos, tardó en traducir la chica y callaron todos porque sabían más que de sobra que tenía razón.

Hice triste la vuelta porque sabía que ése había sido el último de mis viajes al Este, a solas con la triste certeza de que nunca iba a volver a ver aquel polvo blanco suspendido que me llevaba por la Plaza Roja como en una nube de algodón de esas que creía sólo en los cuentos de hadas; ni la ciudad que se extendía nevada hacia los campos desde cualquiera de las dobles ventanas que lo silenciaban todo; ni los bosques que parecían en plena estepa enormes cuevas excavadas en el reflejo del blanco, negras y profundas como en el lejano cuadro infantil que pinté con los míos en la terraza una noche de cumpleaños; ni un tren como el de las cuarenta horas entre Kiev y Stalingrado, que paraba de vez en cuando en pleno campo nevado al que bajábamos por la banqueta de madera sacada para la ocasión por la señora siempre gorda que suministraba continuamente agua caliente y bolsitas de té a los viajeros y carbón a la caldera con la que contaba cada vagón; ni la taberna de la Rana Verde en Praga; ni la avenida Unter del Linden en Berlín; ni el viejo Varsovia reconstruido; ni a tanta gente a la que no podría olvidar, como al lúcido Sergei Poliakov el que se comía las preposiciones locativas pero había acabado por explicar su mundo con fórmula tan simple como la de Hay que vivir con la que se encogía de hombros y se le descolgaba el bigote, tan cierta de subsistencia como para que hasta aquel borrachín dicharachero y adulador de Vladimir Petkov se hubiese instalado en el lado bueno del recuerdo, iba rememorando cuando los tres cortos timbrazos avisaron de que había que apagar los cigarrillos y abrocharse los cinturones del asiento porque ya llegábamos a Madrid, y chisté de nostalgia y hasta de pena por la aventura que acababa, aunque sin alterarme, porque había sido al fin y al cabo una aventura del conocimiento con la que había ido descreyendo poco a poco y suavemente, como si esa palabra: Moscú, que había logrado despertar todos mis sentimientos y los de los míos, hubiese querido endulzarme un desengaño que, sin ella, habría sido, más que amargo, agrio, y porque, a cambio del doctorado académico abandonado cuando más fácil lo tenía, había constatado que era perfectamente capaz de usar la razón y que algo había avanzado en la carrera de lo que más necesitaba, el uso de pasión que, de hotel en hotel: le había pedido a Arbatov que no me llevasen siempre al aburrido del Comité Central, aprendí en el choque de miradas con un joven periodista inglés de gesto distraído, aspecto endeble y cuerpo sin embargo fibroso; y en la broma sobre el tú y el usted con la pareja de jóvenes traductores polacos con la que había pasado la noche víspera de mi conversación sobre la Iglesia: él con un enorme pene sin circuncidar que era un espectáculo en su perfecta mecánica, ella tan completamente lisa de pecho que habría superado no ya la prueba de la copa de cóctel, sino hasta la del cubilete

200

de vodka; y, en misión comunista pero vida occidental porque en el congreso del DKP, en el encuentro en el bar frente al pequeño hotel del barrio universitario de Hamburgo con un punky delegado del PC holandés que resultaría ser amante de pelo en pecho fuerte como sus colgantes de acero y, joya de mi corona, en el anzuelo que le eché el mismo 1 de mayo de 1986 al dirigente gordo de mirada que no se me había escapado, ponerle la mano sobre las rodillas mientras le explicaba no recuerdo qué en los pasillos que perimetraban el salón congresual de aquel enorme hotel que afeaba la perspectiva de ciudad tan bella, él en un sillón y yo en cuclillas como si estuviésemos consultando algo de gran importancia y mayor urgencia, cebo alrededor del cual giró prudente por un buen rato y en el que, finalmente, decidió picar: Podíamos seguir luego, tovarich Luna, conviene que cerremos esta conversación, sonó con toda solemnidad a reunión auténtica, y la cerramos horas después bastantes pisos más arriba, porque él tenía habitación en aquel hotel de lujo en cuanto miembro del Comité Central del partido que dominaba o creía dominar medio mundo, y cuyo cuerpo, grande como el mundo y blando como estaban ya nuestro medio mundo y hasta nuestras ideas, tan parecido aunque sin botella ni copa ni cara de tanto vicio y de tanta gula al del personaje de Grosz bajo una pequeña luna llena que me había regalado TioPedro por un cumpleaños y tan parecido al que debía de tener aquel Luis Limón el modisto que había cerrado su taller y del que nada habíamos vuelto a saber, palpé con gusto porque la sentí persona tan exquisita, cariñosa y frágil como Babel.

Las grandes borracheras de vida son como las de alcohol sólo que en más largo, y dejan igualmente resaca, un vago estado de inacción en el que todo abruma, echar la vista atrás hacia el recuerdo que abrasa y también proyectarla adelante en planes que agobian de antemano porque pesa el cuerpo tanto como se va la mente, o simplemente estar, y justo así me quedé tras los quince meses de aventura intelectual, humana y hasta vivencial en el Este, aletargado en el recuperado trabajo de traductor de textos tediosos pero fáciles, temeroso de ponerme a buscar un empleo convencional de esos que odiaba y aterrado ante la sola perspectiva, aplazada día tras día, de retomar el contacto con Darias y volver a rastrear tema de tesis, a merced, en suma, de esa cerveza buena sólo para el déficit de alcohol que, extrapolada a mi vida, era la salida por la noche en busca de alguien con quien hablar un rato y, a ser posible, echar un polvo que, no por agregar esa otra pequeña resaca que conlleva el ligue ocasional aprendido en la lejanía de otro mundo y en la desinhibición que me daban los hoteles, dejaba de ser señuelo para moverme unas horas de la casa que no me atrevía a abandonar aunque me costase seguir en ella, acostumbrado ya tan sólo a medio habitarla.

Por eso, porque necesitaba ánimos y compañía, recibí con multiplicado alborozo la llamada de TioPedro con la magnífica nueva de la definitiva vuelta a París de Babel y Thérèse, que era también su propia vuelta:

¿Cuándo subo a veros? Tengo tantas ganas, me salió del alma;

202

Mejor, espérate un par de semanas y nos vemos directamente en La Franqui. Ahora sería mucho lío, me cortó el cada vez más enigmático TioPedro, y tuve que esperar ese par de semanas para saber lo que ocurría, de boca de Thérèse y en la cantina de la estación de La Franqui-Lecaute, donde fue a esperarme sola y la advertí triste y plana, sin resto alguno de aquella alegre vitalidad que siempre desbordaron sus ojos: la tenía muy preocupada Babel, me explicó apenas sentados, había envejecido mucho en el último año y estaba angustiado y ausente, una depresión profunda, decían los médicos, ya lo vería, y no exageraba, porque a un anciano lejanamente parecido a Babel, y no a Babel, fue a quien vi levantarse en aquella terraza que tantos y tan buenos recuerdos me traía, el pelo y la barba completamente blancos, muy delgado, los mofletes caídos como los de un perro pachón y la cara por lo tanto triste: lo había atropellado el tiempo, mon ami Babel ya no era el incombustible, mon ami Babel era ya un grison, hizo por ser el de siempre que no era, ninguno de ellos era ya el que había sido, advertí desde ese mismo momento y día a día mientras permanecí en aquel panorama de siempre que se había convertido en un estereotipo roto: TioPedro casi con sesenta y poco significativo por hacer ante sí; Thérèse con cincuenta que le pesaban plomo en la mirada y, por lo tanto, en el alma; Babel cerca de los setenta y anciano hasta de inspiración, aseguraba: Repito notas, ya repito notas y no hago más que romper papier réglé, se ve que he olvidado la pasión y voy olvidando la vida, me dijo, implorante, la primera noche: un rostro de indefensión que no incorporé a mi colección de retratos soñados porque Babel resultó al final para mí siempre cuerpo y por eso nunca había fijado un rostro suyo en ese apartado tan autónomo de mi memoria en la que el cerebro se quería hacer mano, y se vino a mi habitación, pero no a hablar, a jugar, a sonreírme amor, a tenerme con él, a poseer mi imagen por unas horas: eran tanto unas horas para un viejo, me acarició, y callé porque habría sido más duro mentirle, sólo lo acaricié y me pidió que me levantara, que caminase de acá para allá por el pequeño cuarto, que me sentara en el suelo, que adoptase cuantas posturas se le ocurrieron, y luego que me desnudara despacio y, de pronto, en medio de una risa ya no tan saludable que acabó casi por ahogarlo, se levantó: Attends, j'arrive tout de suite.

Si era capaz de imitar el arte, me lo regalaba, me mostró el cuadro de un jugador de billar, de aquel tal Pradal que andaba a veces por Collioure y al que yo no había llegado a conocer: Estás loco, Maurice, nunca lo traté de Babel, ése era para mí vocativo con dos dueños, y Maurice calló, sólo se sentó y se quedó inmóvil, con el brazo por los hombros de ese cuadro allí de cuerpo presente junto a él en el sillón y de la misma altura justo de su tronco, como si en vez de una escena de billar tuviese a su lado al jugador: delgados y con pajarita los había visto y también musculosos macarras de barrio, recordaba yo, era cierto que tenían su atractivo los jugadores de billar, pensé para ponerme en situación y ganar esa apuesta que era la de cumplir su deseo: casi en perfecta escuadra piernas y espalda, el tronco en paralelo al taco y agazapado como la mirada quieta en el triángulo imperfecto de las bolas, la mano derecha sostenida en el aire por los nervios, el dorso de la

204

izquierda por la mesa de gustoso tapete, todo entre el aire de espera de un hombre mayor perdido entre la luz y las sombras, descomponía el boceto de quien habría de ser yo como hacía tanto había descompuesto otras figuras para intentar pintarlas, y mi impulso primero fue el de vestirme: No se juega desnudo al billar, comenté, y me recompuse deprisa, me coloqué con los músculos de todo el cuerpo concentrados y tensos para lograr mi propio cuadro, inspirados, sentía, e inspiré a la manera de Ernesto, lento y profundo, antes de desplegarme de un golpe, con la figura perfectamente dibujada en mi cabeza: Carambolage!, se admiró, y lo admiré yo más y me precipité brutalmente excitado al sillón, pero se negó a pasar de un simple beso:

Los viejos no tienen ya cuerpo. El sexo es pitagórico, Pedritó, y cuando se agotan sus reservas, es la vejez;

Qué tontería, Maurice, ya verás, lo acaricié, pero me retiró la mano: No, y siguió con su explicación: él ya era el cuarto hombre del cuadro *La Vie,* se encogió de hombros, y me acarició, una caricia de cariño y no de deseo, la primera de las muchas manifestaciones de ese otro amor de guiños, sonrisas, medias palabras, silencios y simples roces de piel que yo había acabado por olvidar con Robbè y que él me regaló unos tras otros aquellos días, Babel el que, al otro lado del péndulo del amor, aquella noche y todas las demás habló y habló de sus cosas: entre ellas de su terrible infancia de niño judío en la Francia ocupada por los nazis a la que nunca nadie me había aludido, y me hizo hablar y hablar de las mías: Me gusta oírte, dijo en una especialmente calurosa lo más bonito que me han dicho jamás, y me obligó a seguir contándole del Barrio, de aquella corrala de mi infancia envuelta en gritos y trenes: ¿por qué no hacíamos en colaboración una ópera-ballet, Pedritó, une zarzuelá moderne avec la musique et la danse les plus pures?, me propuso de pronto; si yo no sabía música, le respondí; pues hacía los diálogos, los decorados, la coreografía; ¿una coreografía yo?; oui, Pedritó, une chorégraphie nouvelle, révolutionnaire, fraîche, très fraîche, ya estaba viendo aquel gran espectáculo integral: la orquesta en medio y los músicos vestidos no de pingüinos, sino de carpinteros, de herreros, de chiquillos en su adolescencia cercana, de chiquillas en su adolescencia distante; y el bailarín principal un mecánico cargado con una, con dos, con tres ruedas de repuesto; y el cuerpo de baile, los niños agitando y las madres agitadas detrás, orquestaba todo cuanto yo le acababa de contar y ya le había contado en aquellas horas febriles de París, iba a ser..., paró para respirar profundo, un gran homenaje al proletariado madrileño, elevó la voz con los ojos perdidos en la ilusión y me abrumó, me abrumó de pasión y también de dolor, porque rompió a llorar: igual ésa que podría ser su última obra era la única auténtica, porque Pitágoras había cargado su cerebro aún menos de arte que de amor; por favor, Maurice, lo agarré de la mano, pero Maurice no quería engañarse, Maurice sólo sabía que su música no había pasado de ser música amable o fácilmente desesperada, sans le lien nécessaire entre la musique et l'âme, ¿entendía lo que quería decirme?; sí, cómo no iba a entender yo esa ligazón profunda entre el arte y el alma; bueno, la música era lo que quedaba del concubinato entre el sonido y el alma, eso era la música y eso era el arte, y esos amoríos no los había tenido su música, su música no era más que un sinfín de efectos, de la musique de film, música para películas, billar americano con muchos agujeros para el lucimiento, no billar clásico de geometrías infinitas pero escuetas. Ah, el arte..., el arte era aún mucho más tirano que el amor, y de pura tristeza se echó a reír hasta la tos.

Las previstas cuatro semanas se convirtieron en cinco porque atendí a la petición de esperar a Gala, que estaba en Normandía con los abuelos, y porque tampoco tenía yo mucho que hacer a mi vuelta, apenas ir a la editorial para la que traducía por si tenían algo con lo que sacarme unas pesetas y entretener el tiempo vacío entre noche y noche a mi particular busca, la vorágine que me resultó, por más o menos aceptable, salvadora hasta la de octubre en que fui a Cliché y vi al rato entrar a Roberto con un amigo, un jovenzote de ese tipo de hombre musculoso de gimnasio que nunca me gustó: el segundo tipo de hombre que nunca me gustó, lo que me empujó a salir y perderme en medio del fresco que ya rascaba por esas callejas oscuras y vacías que dejaban subir y bajar basuras en paz a los gatos en su particular busca, y uno atigrado y poderoso me martilleó en la flojera con ese rabo levantado que a otra busca andaba, pero a la postre me animó: Tienes razón, león, dije solemne, y miré hacia abajo y los dos chaperos que andaban a su otra busca en la esquina de Recoletos hicieron el resto: ¿no iba yo a saber administrar mis pasiones?, me pregunté, y detuve el paso para decidir: el que llevase los zapatos más oscuros cogería, y aceleré Almirante abajo hacia la esquina chapera del Gijón.

(Fin de LUNA MENGUANTE, o capítulo tercero *en el que Pedro Luna Luna ha repasado su juventud tardía y primera presunta madurez, aquellos años que tan a merced lo tuvieron de cuanta tensión surgiese de sus propias obsesiones y temores, pero en los que logró adquirir ante la vida el uso de pasión suficiente como para poderse proteger del mundo.)*

IV

Mi primera gran idea fue la de una exposición, la exposición que iba a cambiar mi vida y a ayudarme en el montaje de un nuevo yo, mi primera idea práctica, de esas que se piensan y repiensan con el mayor de los cinismos en beneficio exclusivo y propio, la tabla de salvación en el naufragio que supone llegar a sentirse sin biografía, a expensas de lo que tuviese a bien caer: algo con lo que pasar el rato; unas traducciones repetitivas y mecánicas; un tipo que más o menos me cuadrara aunque pudiese salirme como el bello florentino al que conocí una noche en una terraza y se me antojó flechazo que me hizo cancelar la ida prevista a La Franqui: segunda y última traición a Babel el que se quedaría esperándome, porque Luca se empeñó en ir a Benidorm y allí me fui con él, a sufrir un calor desesperante, una insoportable masificación por todos sitios y el asalto a distancia de un caradura que desapareció horas antes de la vuelta sin dejar más rastro que el loro de comidas, copas y conferencias que tuve que pagar yo al hotel, lo que me estuvo más que bien empleado porque me había traicionado a mí mismo y no había sabido ver que Luca: grande pero bien mantenido, mirada artificiosamente profunda, bigote recortado a lo galán de los Cincuenta, era uno de esos tipos de hombre que por principio no me gustaban, el tercer tipo de hombre que nunca me gustó, salvo en aquel extraño momento de vacío en el que me había pillado.

Más o menos aderezado y exagerado, es difícil de precisar cuánto porque el desánimo suelta la lengua como una borrachera, éste fue el panorama lastimero que le endosé a Ana Pardo al poco de mi regreso a Madrid la noche en que la encontré por una terraza de Rosales acaramelada con un abogado de Comisiones al que apenas conocía de vista, compañero de su nuevo trabajo en los servicios jurídicos del sindicato: De tu soledad, tú sabrás, pero de lo otro... ¿Es que estás tonto, Pedro? Lo de malvivir de traducciones, será porque quieres. No sé cómo no aprovechas los contactos que tienes allí, se refería al Este, que empezaba a estar de moda, y te montas algo. Lo están haciendo todos, y se me debió de quedar tal gesto de incomprensión que me miró con cara de llamarme imbécil: ¿Por dónde empiezo, por nuestros queridos camaradas de partido que han ido chupando del bote cuando había bote y que luego han hecho desaparecer todo lo que se había comprado con lo que dejaron del bote, o por los compañeros del sindicato que han pasado de las asesorías sindicales a los gabinetes que están haciendo la reconversión industrial, por dónde?, así que no hace falta que te dé nada, imbécil, me lo llamó finalmente. Yo de ti me lo pensaría, y pensativo me dejó, a expensas de sacudirme un pudor que fue disolviéndose entre la revisión de las dos cajas para el recuerdo con las que había salido una noche del piso de Infantas donde estaba mi despacho del partido, unas notas desordenadas pero al final muy completas sobre todas aquellas actividades que con tantas ganas había preparado en embajadas y viajes al Este y que, a medida que las repasaba, se me fueron antojando más interesantes y mejor planteadas de cuanto recordaba.

Fue Ernesto Ríos quien me dio el definitivo empujón: Ahí lo tienes, ahí tienes a tu hombre, me azuzó unas semanas después en la tarta tras la presentación de *Bajamar (60 poemas de horas bajas)*, el título definitivo del esa vez bien recibido quinto libro, quinto y medio o hasta sexto según Navarro si se contaba el libreto, del poeta Pedro Luna, que había seleccionado sesenta composiciones porque ésos eran los años que cumplía ese mismo día, aclaró al principio de la más que concurrida lectura en una extraña entreplanta acristalada del Círculo de Bellas Artes desde la que el cielo sobre Madrid parecía más obra de Ouka Lele que fenómeno natural. Cógelo, es el momento, que entre el éxito de tu tío aquende, tus contactos allende, la amistad de la infancia, que llama siempre dos veces como el cartero, y que otra cosa no, pero dinero a la cultura le están echando estos socialdemocratillas, lo tienes chupado, Luna, y abordé a mi viejo compañero Tomás Enríquez, que era uno de los nuevos directivos del ministerio.

Hacía mucho que no lo veía: su padre el que me había enseñado la existencia del alma en el arte había muerto hacía un par de años y él estaba bien, contento en su nuevo encargo porque era más interesante la asesoría en Cultura que la brega diaria en el ayuntamiento, los ayuntamientos para quienes tuviesen que hacer méritos, que él ya había hecho los suyos, me explicó con una suficiencia y una firmeza que me impresionaron, nuestras cabezas a la contra en paralelo, como se habla en los actos sociales para a la vez ser discreto y poder entenderse, e intenté estar a la altura:

Mira, Tomás, quería verte. Tengo algunas ideas bastante elaboradas y unos contactos en el Este que os podrían interesar;

Pues cuando quieras tú, y con el antiguo proyecto de intercambio entre pintores españoles y polacos, el que más avanzado había dejado, me fui una mañana a verlo al ministerio. Hecho, Luna, hojeó apenas el informe, pero aquí, no allí, porque ni ellos podrían afrontarlo ni me sería a mí tan fácil organizarlo, que entonces entrarían en liza los de Exteriores, así que... ponte en marcha ya. Serás el comisario de la exposición. Piénsate lo que quieres cobrar, y con el proyecto convenientemente modificado según sus indicaciones me fui días después a la embajada a ver a aquel tal Luzik con el que lo había acordado: si corría con todo el ministerio español, se ponía a ello enseguida, aceptó entusiasmado, y lamentó no poderme invitar a comer porque tenían restringidos todos los gastos, de modo que fui yo quien tuvo que invitarlo a él un mes después, cuando el encuentro artístico tuvo ya fecha, mayo del 88, y yo minuta:

Doscientas cincuenta mil pesetas, he pensado, Tomás, le dije temeroso a mi amigo. ¿Es mucho?;

¿Mucho?, ¡ja, ja, ja, ja, ja!, una miseria, le costó decir de tanta risa que le produjo la cifra. Un millón, hombre, y ya es un regalo que nos haces. ¡Ah!, y gastos cubiertos, claro, el primero de los cuales la comida en Rugantino con el diplomático polaco del gasto restringido.

Salí desconcertado del ministerio, pero me duró el desconcierto lo que tardé en asimilar que no me había equivocado con el paso emprendido, un trabajo bonito que llamaba a la puerta de cuanto más me había interesado desde siempre: un encuentro entre artistas de dos países, conferencias paralelas, un taller en la universidad, tal vez un mural colectivo cuya dirección podría asumir yo, y una buena compensación económica por algo que no pasaba de ser el diseño de unas actividades que, en lo concreto, resolvían funcionarios de la embajada y del ministerio, de forma que empecé a darle vueltas al proyecto siguiente: *Artistas de la Perestroika* podía titularse, bastaría con localizar a Arbatov y... ése sería de dos millones, me dije aún con pudor, pero me lo dije e inicié con aquella decisión una nueva etapa de mi vida que tardó sólo horas en dar sus primeros pasos: Ya que vengo tanto, si te parece bien pago yo la mitad del apartamento, le propuse al joven amigo con el que noviaba desde hacía unas semanas queda y tranquilamente, sentados con una copa en aquel pisito alegre y extrañamente no muy caro en una estrecha casa de dos plantas en Doctor Esquerdo que me gustaba por lo de islote que tenía en sí mismo con su doble patio a lado y lado del pasillo y que en isla para el olvido acabó convirtiéndose a cada vuelta de los aterrorizados locales en los que nos reuníamos las gentes del ambiente, la cruz de aquellos meses en los que tanto tuve que luchar por olvidar a conocidos de los que iba sabiendo noche a noche su enfermedad y hasta su muerte, y casi a aquel hombre decisivo en mi vida que fue Maurice Babel.

Pierre, tengo que decirte una cosa, empezó TioPedro, recién llegado de París, tan solemne y con gesto tal de preocupación que se me vino el avejentado Babel a la cabeza y me temí lo peor ante aquel ventanal a los jardines en bella tarde primaveral del hotel Ritz donde me había llevado a tomar café porque era lugar tranquilo para hablar en calma, y no me equivoqué: Babel está enfermo, muy enfermo, Pierre. Tiene... sida y ha desarrollado, entre otras cosas, un cáncer de piel incurable, kapossi se llama. Le han dado tres o cuatro meses de vida, seis como mucho, y nos quedamos por un rato en el silencio total que multiplicaba los escasos sonidos de lugar tan amplio y tan quieto, el redoble sonoro de mi taza y la suya posándose casi a la vez sobre el plato, el sordo chirrido de una silla de madera al correrse, el chasquido delicado de cristal a mis espaldas probablemente en brindis por un negocio cerrado, o por un amor naciente, o descubierto, o reencontrado, especulaba para entretener la mente cuando oí de nuevo su voz:

Es terrible. En París está siendo terrible, me cuentan;

Y aquí;

Parece que en todos sitios, Pierre, y se quedó con la mirada clavada en mí: me había hecho las pruebas y estaba bien, le mentí probablemente por no preocuparlo pero, desde luego, para que no me arrastrara desde allí mismo a un médico que llevaba ya tiempo queriendo evitar, y volvimos a envolvernos en un silencio que, en mi caso, era sobre todo miedo.

Llamé a Thérèse aquella misma noche y tuvimos una larga conversación, triste de detalles sobre Babel que no ocultaba pero en los que tampoco se recreó y densa de detalles sobre el proceso en el que ella se encontraba inmersa: aparte del cuidado a Babel en lo que podía, o sea, en nada porque o era imposible o ella era incapaz, no se dedicaba más que a ayudar a Galá en sus estudios, a leer que sobre todo era releer y a pensar: Je pense beaucoup, Pedritó, même trop, en la vida, en su sentido, à ma propre vie, à ma propre expérience, à mes erreurs, à mes réussites, es como un purgatorio mi vida ahora, Pedritó, y en un silencio momentáneo sentí la explosión casi imperceptible de una cerilla. El ser humano es como esta allumette que acabo de encender y de apagar, siguió, y quise consolarla recordándole cuando a Gala le gustaba soplarlas para pedir deseos, pero no se dejó: Yo no tengo deseos, Pedritó, yo no necesito ya deseos, yo ya necesito... conjuros, Pedritó, conjuros para evitar lo que no deseo.

Conjuros para evitar lo que no deseo fue la frase que más me repetí en las semanas siguientes porque pésimas eran las noticias que llegaban de Babel: estaba cada vez peor y tan deprimido por su aspecto que no quería que lo viese nadie, la razón por la que no fui a estar con él unos días, porque pésimo era lo que escuchaba en nuestros bares o leía en unos periódicos que se me antojaban poco más que una permanente necrológica y porque pésima sabía en el fondo mi resistencia, no consciente pero decidida y firme, a afrontar la prueba mientras no encontrara motivo concreto y preciso para ello, e hice cuanto pude por refugiarme en un mundo que estaba empezando a conocer y por el que fui dejándome atrapar: las visitas al ministerio y aquel rosario de lamentos en cadena por el mucho trabajo que cada cual tenía, aquellas respuestas al paso monosilábicas y casi crípticas que se daban unos a otros, aquella atmósfera de prisa por los pasillos que creaba esa sensación de actividad que dentro de los despachos brillaba por su ausencia; los restaurantes caros a los que me llevaba Tomás, aquellos peros que cada cual ponía a cualquier plato, aquella inevitable ronda de opiniones ilustradas sobre el vino a elegir, aquellas sobremesas de copas elevadas al matiz, un estilo que me iba calando de día en día y al que encomendé mi alma del momento por encima de la cadena de desgracias que nos embargaba: a mí y a otros dos de quienes más veía con Tomás, uno de ellos Luis Gastón, su jefe, con los que había coincidido alguna vez en nuestro ambiente aunque ni ellos ni yo pasáramos nunca de una copa cordial ni, fuera de ese ambiente, nos hiciésemos la más mínima alusión, una manera de vivir distinta que me permitía sentirme alguien y relativizar el mundo y sus cosas, ser positivo, repetía mucho Tomás Enríquez y repetían los demás, una cualidad que, francamente, nunca he entendido, pero que sí decidí practicar, hasta el punto de que cuando Andrés, irritado por la corta aventura que tuve con uno de los pintores polacos que vino a la exitosa exposición, se me fue alejando poco a poco, ni peleé lo más mínimo por él ni me planteé qué hacer con el apartamento que dejaba, simplemente decidí pagarlo entero y mantenerlo yo.

Hay presentimientos que se perciben consciencia, momentos que parecen ya escritos, maldesignados por no se sabe qué extraña mano negra o alineamiento casual de astros, señales como la de aquella pregunta sin venir a cuento que me hizo una tarde Luis Gastón en el ministerio: ¿Y el compositor de la ópera de tu tío? Babel se llamaba, ¿no?; Sí, Maurice Babel se llama todavía, me salió no irónico sino doliente. Está muy enfermo, cabeceé con tristeza, y me comentó Gastón lo mucho que le había gustado la ópera. Hacía unas semanas la había vuelto a oír con un amigo muy melómano que tenía y les había encantado a los dos; ¿no conocía nada más de él?, le pregunté; no; pues le haría llegar su otra ópera: *Avec le monde,* y sus dos sinfonías, *La vie,* qué paradoja, y la última, la *Apocalyptique,* qué sarcasmo; sí, por favor, le gustaría oírlas, asintió el director general, y por una vez mostró aquella señal inequívoca en la mirada que debía de saber ocultar perfectamente porque nunca, ni en la noche, se la había logrado ver, o tal vez me inspirase con ella desde la distancia ese querido Babel al que, mal presentimiento, había acabado por parecer un homenaje aquella hora maldita de la tarde que prorrogué malvagando de calle en calle por la ciudad ya animada y afeada de navidades, recalando en el Gijón para tomarme unas croquetas pero en realidad por ver si llegaba aquel Juan del pelo blanco con el que últimamente andaba intentando coincidir, que no llegó, y durmiendo en mi apartamento de Doctor Esquerdo porque me apetecía estar solo.

Hijo, si hubiera sabido dónde estabas..., me recibió mi madre a la llegada a casa por la mañana. Llamó tu tío anoche, que se ha muerto su amigo el músico, el de la ópera de papá, y se me cayeron allí mismo los churros comprados al paso: Lo sabía, lo sabía, masculllé, ¡Babel!, ¡Babel!, seguí masculllando, y fui hasta la cocina ausente, sin reparar ni en Babel ni en Thérèse ni en TioPedro ni en mí ni en nadie, encefalograma plano, vista plana, voluntad plana hasta que el café me liberó de aquel malencantamiento y logré enfrentarme al teléfono: estaban en Villeneuve y el entierro era el día siguiente, me informó TioPedro, y para la una estaba yo ya en Barajas, para las dos y media a bordo de un primera clase de Air France, para las cuatro y cuarto en Orly y enseguida, en medio de una tarde de lluvia fina, montado en un taxi periferia de la ciudad adelante hasta la inconfundible campiña francesa suave como la lluvia que me envolvía con sus lágrimas sobre los cristales: primero el brie, luego el champagne, recordaba que había comentado TioPedro en el anterior viaje, uno de esos serenos paisajes invernales que siempre me llenaron y descansaron en su belleza, y que el agotado rostro de Thérèse pareció reproducir pleno de dignidad en aquel salón, la misma provocativa escalinata dominando, los mismos cuadros presidiendo, parte de la misma gente que casi doce años antes había vivido allí aquella fiesta de nochevieja, a mi lado TioPedro que había salido por mí a la puerta, el modisto el primero en toparme porque quién salvo él podía estar ejerciendo de maestro de ceremonias, viejo ya y más achinado que la otra vez por más estirado, supuse, de fondo la complicada y casi póstuma *Symphonie apocalyptique o Symphonie du chaos* que me entusiasmaba aunque no hubiese acabado yo de asimilar, pero no me hacía falta asimilar algo de Babel para amarlo, mi séptima fidelidad, Babel, Babel y su música, Maurice Babel né Lato, fidelidad de verdad en mi cerebro aunque le hubiese sido aquel verano de hacía año y medio impúdicamente infiel; luego Jacqueline la prima con su marido absurdo, dos manos estrechadas al paso; después el famoso Joe Aus del que tanto había oído hablar y sobre el que tanto suponía, el autor del cuadro *La vie* que había inspirado a Babel; y al fondo, por fin, ella, ella entre una señora que supe por fotos y habría sabido por el parecido su madre y un señor que supe por fotos y habría imaginado en el contexto su padre, ella levantándose al verme y deslizándose lentamente hacia mí.

Nada me dijo, sólo me sonrió, y me llevó de la mano hasta sus padres: yo era el sobrino de Pedró; su madre; su padre, nos presentó, y me invitó a tomar asiento visto que el padre se excusaba e iba hacia un grupito, supuse que familiar, a la izquierda: Galá estaba con sus primos en casa de los abuelos, la llevarían por la mañana para el entierro. Antes, ella había encargado un funeral a las nueve y media en la iglesia, pero sólo para ella, empezó a contarme. Babel no era creyente y ella no tenía derecho a nada más que a eso, a encargar por él una misa individual, ni a Galá iba a llevar, lo había pensado mucho en los días de la agonie de Maurice y le parecía lo único procedente para él y sus principios a la vez que para ella y sus creencias; había hecho muy bien, le comenté porque suponía que esperaba mi apoyo, y le pregunté cómo estaban: mejor, porque cuánto peor era estar muriendo que morir, y saberse muriendo a estar muriendo, y ver morir a alguien que la muerte misma: La mort n'a pas d'importance, Pedritó, le pire, c'est tout ce qu'il y a autour, lo peor no es la muerte, lo peor es todo lo que la rodea, convertí yo enseguida al español en voz muy baja y sin pensarlo, como si hubiese salido de lo más recóndito de mí.

Me resultó temerosa la soledad de mi cuarto y apenas dormí, de vuelta en vuelta sobre la cama hasta por la mañana, cuando el motor de un coche rompió el silencio del campo: Thérèse que se iría a su misa, pensé vistas luz y hora, las nueve y diez, y me activé para ducharme, vestirme y estar abajo cuando llegase de su soliloquio a tres con su dios que había sido también mi dios y con ese otro más global sí suyo pero para mí ajeno, y con la paz en el rostro que sólo los soliloquios saben dejar dibujada llegó, justo antes que Gala, ya algo más que una niña y definitivamente igual que su madre: alta, alargada, rubia, la melena chispeante, los ojos enormes y vivaces a la espera de que la vida los convirtiese en enloquecedores, y se giró en ese momento a abrazar a su madre y el contraluz me hizo advertir que su cabello tenía los dos rubios a la vez que en alguna ocasión había entrevisto, pero no retenido, de Thérèse, y se me agitó el corazón a esa mala nueva de la memoria, darme otro rasgo definitorio de aquella mujer de mi recuerdo que podía en efecto ser dos mujeres según de dónde le viniese la luz, mala porque lo último que podía querer yo esa mañana, allí en medio de tanto cuadro envidiable y al lado del autor de algunos de ellos, era que me atrapase la duda de si iba a almacenar en mi cabeza otro rostro perdido, el séptimo, de esa hipotética exposición que seguía anhelando y que me escocía cada vez que la recordaba, séptimo y doble, según de donde le viniese la luz.

Gracias por estar allí con Galá y con ella, y con nosotros mismos, porque no era un funeral aquél, sino una reunión de amistad, oí de pronto su voz, la última con alguien a quien no íbamos a poder olvidar nunca, decía Thérèse, y me parecía que no estaba hablando, sino cantando, cantando en seco: en martineté, habría dicho Babel porque él hablaba siempre en música y en músicas de todo el mundo, movimiento final, sonata última de Maurice Babel, sentí, y me giraron una y otra vez aquellas palabras en el desayuno que las siguió, y en el lento séquito hacia la puerta y los coches primero, y en la caravana hasta el portón después, y entre la campiña tímidamente soleada más tarde, y finalmente en el camino del camposanto y su sombra de piedra oscura, el círculo en torno a la tumba, la mujer contenida, la niña que lloraba, congoja en los rostros, el cortejo lento ante la sepultura, algunos santiguándose, otros balbuceando algo, TioPedro echando una rosa, yo otra que me alargó, el latigazo de la paletada y el resoplido de la arena, más latigazos, más resoplidos cada vez menos sonoros y más cortos, la vuelta despaciosa cargada de silencio, el camino de Thérèse, la niña de su mano y los padres detrás, hacia el coche, chófer a pie de puerta.

Me sacó del silencio Alice, la prima de Thérèse compañera de aquella lejana fiesta, que me ofreció su casa si la necesitaba, y sentí que sí, que no me encontraba yo con fuerzas para quedarme en Villeneuve otra noche, de forma que con ella me fui a París a atravesar la tarde paseando por sus calles en homenaje y canto a Maurice Babel né Lato: así lo ponía en su tarjeta, el hijo de judío polaco y judía francesa que le desaparecieron un día camino de un lugar ignoto que resultaría ser de Polonia y llamarse Auschwitz, el hijo de nadie que luego estudió arquitectura por imperativo familiar, pero con la cabeza puesta en la música y un día, por casualidad que no fue tal en cuanto su vida era perseguir todas las músicas de todo el mundo, por las que se ganó de sus amigos el bien merecido apodo de Babel o la confusión de las lenguas, abordó a un español para preguntarle por Tía Anica la Piriñaca, la lejana madrina de la mayor amistad que he tenido nunca, pensaba yo ante Le divan la de las fotos de escritores en su escaparate de la rue Bonaparte, la librería de aquel encuentro, mezclando memorias a la espera de acudir a la cita con Alice allí al lado, en la esquina de la magie, de la passion et de la raison, como llamaba el ausente Babel a la rotonda de Les deux magots por los magos del café, por su cliente más exagerado, Ernest Hemingway, y por su visión de la iglesia en la que estaba enterrado Descartes.

Tuvo su historia aquella cena en el restaurante armenio de Saint Germain esquina a rue de la Bievre cerrada por valla y gendarme porque allí estaba la vivienda particular del presidente de la República a la que, se decía, volvía a diario a dormir: por Alice me enteré de para qué se habían quedado Anastase, Joe Aus y TioPedro en la casa de Villeneuve, para seleccionar algo de Babel que regalar en recuerdo a sus amigos: Pour toi le tableau d'un chanteur de flamencó, lo seguía sabiendo todo aquella Alice, y sonreí al recuerdo del cuadro que lo había puesto celoso y al detalle, pero más aún al espíritu que lo movía, la búsqueda de un pliegue de alegría para mantener al muerto en lo posible vivo y darle a la muerte en lo posible la normalidad

222

que por desgracia tiene, comenté, y ella asintió: pues le había costado a Thérèse una fuerte discusión con sus padres hacerlo todo así, no llevar a Maurice al panteón familiar, no hacerle un gran funeral. Todo le había costado siempre a Thérèse más de lo debido e incluso de lo normal: primero convivir con un hombre sin haberse casado, nunca una Bellome había tenido amantes, decían, y añadía Alice que oficialmente; luego casarse, nunca una Bellome se había casado con un bohemio, decían, y corregía Alice que con un artista; finalmente no celebrar la boda por la Iglesia, se recordaría esa afrenta a la familia por generaciones, porque el Bellome que menos había sido casado por un canónigo de catedral, lo normal era un obispo, decían, y comentaba Alice que eso porque vivían lejos de Roma; y, el colmo, irse a Estados Unidos a engendrar y concebir una niña, las Bellome engendraban y concebían en suelo patrio aunque sus maridos fueran diplomáticos en misión de estado o generales en misión de guerra, y así todo, ella misma había sufrido el asedio familiar hacía unos meses porque su novio: sí, por fin tenía novio, era ¡diputado socialista! Y les quedaba todavía la boda: François no iba a casarse en ninguna catedral, ni en una capilla tampoco, ni en la iglesia de Le Vernet siquiera, el pueblo de donde era alcalde, en los montes de Provenza, en el sur; ah, era alcalde; sí, de un pueblecito, iba a ser la première dame de un pueblecito, rió.

Estaba dispuesta a emular a su prima, aunque no llegaría a tanto, era imposible emular a Thérèse, me sonrió, y se puso a hablar de Thérèse, habló y habló de ella, y en su incontinencia me reveló algo que, bien pensado, no era de extrañar: la complicación de la niña había sido innecesaria, una persona no podía estar años deshojando una margarita, me contaba con aire de estar hablándole a alguien que estuviese al tanto de la historia, en tono mucho más de comentario que de cotilleo o incluso de relato, Maurice, Pedró, Maurice, Pedró, Maurice, Pedró, lo que ella ignoraba era si Maurice había sabido que Thérèse le había ofrecido antes a Pedró ser el padre de esa criatura que al final había resultado Galá, y ni le dije a Alice que no lo sabía ni el día siguiente a TioPedro que lo sabía, ante todo porque no habría sido el momento pero también porque no iba yo a restregarle algo que, por lo que fuese y como otras tantas cosas suyas, no había querido contarme y probablemente estaría queriendo olvidar dado que nunca había tenido un amigo como Maurice Babel.

Fueron abrumadoras aquellas pocas horas con mi tío, el café que tomamos en Saint Michel, el trayecto hasta el aeropuerto y el rato a la espera de mi avión, abrumadoras en un silencio que me mantuvo todo el vuelo pensativo: qué verdad tenía que ser eso de que la vida acaba siendo una pelea constante por olvidar, como siempre decía Babel, sonreí a su memoria por un instante que me confortó, y ya fue mucho que lo hiciera, porque dejar la ciudad de Babel, mi amigo Babel, mi amor Babel el muerto por el sida y desmoronarse el tinglado de justificaciones que el miedo había levantado fue todo una, y llegué a Madrid decidido a hacerme la prueba y saber de una vez por todas, si había mala suerte, que iba a morir: fue una angustia ir, y mil angustias juntas el tiempo de la espera, aterrorizado por dentro y todo disimulo por fuera porque me habría perdido del mundo pero lo necesitaba más que nunca ese mundo para entretener mi cabeza aunque fuese a costa de un titánico esfuerzo por disimular mi situación, terror que la mañana del 9 de febrero se hizo por unos segundos taquicardia, los que la doctora Coves tardó en abrir el sobre del análisis, sacar el informe doblado en cuatro, desplegarlo y decirme: Enhorabuena, no hay nada, y se me aflojó de arriba abajo el cuerpo como si el sistema nervioso llevase una corriente eléctrica que alguien hubiera cortado.

El ser humano suele ser tan simple como para que le pesen más las apariencias que la realidad, e incluso cuando sabe perfectamente dónde empiezan y acaban unas y la otra parece por lo general inherente a él esa confusión que yo, desde luego, cultivé siempre y en especial a partir de sentirme nacido de nuevo tras mi análisis, presa de una euforia vital que encontró perfecto cauce en la fase final de la organización de las jornadas *El arte de la Perestroika,* título con gancho pero por definición absurdo al que el profesor Darias propuso agregar un paréntesis que nos salvara intelectualmente, *El deshielo de una forma,* la iniciativa que marcó definitivamente la otra frontera de mi vida, desde entonces desenvuelta si no en la arrogancia, sí en la suficiencia que, dominados los grandes códigos del momento: ya sabía yo distinguir perfectamente un ribera de un rioja, había aprendido la fácil referencia de que la del 82 fue excelente cosecha y no sólo iba apreciando cada vez más la carne poco hecha, sino que la pedía, con toda su precisión léxica, vuelta y vuelta, me permitía por una vez ser hombre de mi tiempo que iba con los tiempos.

A ver si me explico, Pedro Luna, que eres tú cerrado para algunas cosas y no sales del mundo ramplón y cutre de las utopías, ¿no sería mejor para ti que, en vez de prepararnos una exposición por tres millones, la cifra que al final me había atrevido a pedir, y que luego lo hagamos todo nosotros, nos presentaras junto al proyecto también su plan de ejecución?, vamos, que lo organizas todo tú y, por lo tanto, lo cobras todo tú, se empeñaba el asesor del ministerio de Cultura y amigo mío de la infancia Tomás Enríquez en aclararme lo que yo, aunque me estuviese haciendo el tonto, tenía ya más que asimilado, nuevo Pedro Luna Luna con un lugar por fin en el mundo que aquella misma noche les fue a Ernesto y Clara con la propuesta de que le echasen una mano que de buen grado aceptaron porque andaban ya hastiados de enseñanza y así tenían algo en lo que pensar además de en el instituto, que la tarde siguiente estaba con su amigo Ernesto en el despacho de su padre el abogado Ríos para que les fuese constituyendo una sociedad y al rato con la espabilada hermana pequeña de Clara, Paola Pastor, que era diplomada en Turismo y podía encargarse de las idas, venidas, estancias y organización técnica de los eventos, tan espabilada y de la nueva ola que en menos de una semana nos presentaba el presupuesto de las jornadas con un anexo, sugerido por Tomás, en el que se solicitaba el pago por adelantado del cincuenta por ciento de todos los conceptos, cifra que, según cálculos de la más que larga Paola, podía perfectamente cubrir el cien por cien del coste total de las jornadas, para eso estaba ella, para ajustar precios con todo quisqui, escandaloso cincuenta por ciento que multiplicaba para la sociedad por cuatro los tres millones que había pedido yo por el comisariado del evento, millones además incluidos en el montante y por lo tanto limpios para mí, Pedro Luna Luna el que por fin había encontrado lugar en el mundo y algo más, consciencia de ello.

Fui definitivamente otro en muy poco tiempo, lo que tardé en adquirir aquel aire de abstracción que me hacía sentir etéreo y en el que yo mismo me veía tan distinto, el período de mi vida en el que más me he gustado, más incluso que en aquellos minutos casi fugaces de mi llegada a Moscú, el otro momento de mi existencia en que me sentí alguien: alargado, grácil, distante, observador desde una cierta alta lejanía entrando a despachos, redacciones que empezaba a frecuentar, locales que me interesaran especialmente o incluso a veces al simple cruce con alguien por la calle, la imagen que me fui imponiendo: o impostura, por fin colmaba en mí la vocación tan humana de ser y sentirse alguien, y de parecerlo como sin duda lo supe parecer con el director de aquella revista trimestral de arte financiada por un banco y que tan bien me financió a mí: doscientas cincuenta mil pesetas por cada uno de los dos artículos que no fueron sino el relato de la futura exposición dividido en dos hábiles partes; o con el colega exeteriano de Clara que nos acogió, excepcional anfitrión, en una residencia de piedra y hiedra anclada en la calma y en el tiempo; o con Michael, el periodista inglés de aquel encuentro casual en el hotel Ukraina de Moscú, al que busqué a la vuelta de Exeter y con el que me quedé en su casita de Kensal Rise, divertida como un dibujo de Escher, semana de agosto que repetí en septiembre y luego en octubre porque me estaban gustando él y Londres, la ciudad que nos permitía ir de la mano entre foto y foto que él compulsivamente tomaba, la mejor de las cuales una de los dos ante la tumba de Marx en Highgate que lógicamente no hizo él, sino una fotógrafa rubia que andaba por allí y a la que conocía del Chocolate, un café por el Soho que frecuentaban; o, la antevíspera del gregoriano 7 de noviembre aniversario real de la revolución julianamente llamada de Octubre y fecha de la inauguración de la muestra, cruzando con mis compañeros de equipo: Ernesto, Clara, Paola y el profesor Darias, desde el Dómine Cabra a La Fídula para brindar con una copa por el buen trabajo cuyos últimos detalles acabábamos de repasar.

Etéreo, alargado, grácil, distante, observador desde esa cierta alta lejanía entraba yo a uno de esos pocos locales de Madrid donde se podía hablar sin poner en riesgo la propia garganta cuando me dio un vuelco el corazón al toparse mi vista con un hombre más o menos de mi edad, tal vez algo menor, alto y armonioso, bello, muy bello: el pelo azabache hasta el reflejo azul que también parecía dar su piel y una casaca azul claro ribeteada en dorados que le hacían parecer un príncipe andalusí, me dije, y me dio la noche aquel hombre solitario en su beber despacioso y su mirada profunda, tanto que perdí la perspectiva de mi propia reunión, pero no la del recuento de las muchas veces que él también me miró fijamente, quince.

Me costó zafarme de mis amigos a la puerta, convencerlos de que yo me iba andando porque vivía muy cerca y me apetecía aire, aire puro, y hasta simulé que lo hacía, pero apenas los perdí de vista volví sobre mis pasos hasta el bar y, sorpresa, allí delante mismo lo encontré, en la barra y pagando, al borde de irse, pues, pero andaba yo últimamente sobrado de confianza y lo abordé:

¿Te vas?;

Me iba;

Yo también me había ido, me envalentoné, y él recogió el guante pidiendo un mosto: bebida sin alcohol, reparé, y yo encargué un daiquiri y pasamos hacia aquel salón grande del fondo donde lo había visto por primera vez: se llamaba Omar Bensami, era marroquí de Asilah, la española Arcila, en la costa atlántica, muy cerca de Tánger, llevaba tres años en Madrid y trabajaba para su padre aunque no fuese lo suyo el comercio, pero tampoco tenía otro remedio; hablaba el español a la perfección, coqueteé, y sonriente quedó a la espera de que yo me presentara: empresario cultural, dije en vez de organizador cultural, como solía, madrileño con frecuentes incursiones parisinas, moscovitas y, últimamente, londinenses, saqué mis cartas; interesante, no me dijo nada más en esa elegante quietud que parecía impregnar todos sus actos, hasta el punto de que ni sugirió de palabra, actitud o gesto que nos fuéramos juntos ni me llamó a hacerlo a mí, y nos dejamos llevar por la noche calles adelante de local en local hasta su casa al final de Núñez de Balboa, ante la que nos despedimos con un intercambio de tarjetas, un sostenido apretón de manos y la entrega por mi parte de una invitación para la muestra.

Temí durante la vuelta que su recuerdo fuese a embargarme los dos cargados días siguientes como su imagen me había secuestrado durante la copa en La Fídula, pero me conjuré ante el portal de Embajadores: No, Pedro, si a estas alturas no sabes dominar la pasión es que has tirado por la borda lo mejor que habías aprendido, tienes que lograr olvidar aunque sea por dos días, que además lo atraerá esa actitud, y logré cumplir porque ni cometí la noche siguiente el error de llevar a La Fídula a los pintores, ni dos tardes después extenderme con él más de los dos minutos de saludarlo y pedirle su opinión sobre la muestra: Me han gustado las estrellas del pintor español, se refería a Infante-Arana, así veo yo el cielo desde la azotea sobre el mar de mi casa en Asilah, sin árboles pero así, cargado de estrellas, me metió esa azotea en las ganas porque los cuadros poseían el vertiginoso atractivo de su geometría y porque su palabra seguía siendo de auténtico príncipe andalusí, sólo eso porque así convenía y porque había que estar pendiente, como con precisión estuve junto a Tomás Enríquez y a mi gente, de que nada fallase primero a la llegada de los artistas, del embajador y del ministro, después en la copa de críticos y periodistas, y por un instante de mi padre, al que TioPedro llevó en volandas porque era demasiado artificioso todo aquello para él, Juan Luna allí en medio casi perdido con su corbata del juicio, de la recepción del Comité Central y de las veintidós representaciones de la ópera *Luna*, Juan Luna que no se separaba de mi tío el que había vuelto a Madrid para unas semanas y que aprovechó el alto junto a ellos para extenderme la inconfundible cuartilla de un telegrama: *Félicitations. Je t'embrasse, Thérèse,* leí, y tuve que cerrar los ojos para no llorar porque nadie podía verme allí una lágrima, no fuera a pensarse que me había emocionado un éxito que había que vender como la normalidad más absoluta.

Enhorabuena, Luna. Es una gran exposición, muy procedente, se nota que conoces bien la terrible y triste prehistoria de todo esto. Llámame un día y hablamos, pero ahora voy a ir a saludar a tu padre antes de irme, se despidió de mí el ministro, y seguí con la mirada su noble e inquietante pelo blanco hasta que llegó en efecto a mi padre y lo abrazó con fuerza, de buena gana y lleno de cariño, supe distinguir, habría pasado por sus manos en los tiempos de dirigente comunista clandestino venido de donde fuese a lo que otros de parecido, pero innoble, pelo blanco ni habían osado, hacerse cargo del partido en medio de aquel infierno en el que algo, a saber qué, le habría procurado el camarada Juan Luna, y ya no pude contener las dos lágrimas, pero ésas daban igual, porque eran al fin y al cabo por el ministro, de forma que las solté, y bien que hice:

¿A quién abrazó el ministro que te emocionó?, me preguntó mi príncipe tres noches después en La Fídula, donde habíamos quedado;

A mi padre, respondí, y él suspiró: estaba preocupado por el suyo. Los médicos no le encontraban nada, pero creía que tenía razón el aya Nabila, que si cambiaba todos los días de alimentación era porque no estaba bien, y me contó por encima de su familia y de ese lugar llamado Asilah que empezaba ya a sonarme a mío.

Esa noche sí acabamos en mi apartamento de Doctor Esquerdo, él metiéndome más en las ganas su azotea al cantil sobre el Atlántico, yo abrasado por el tiempo que pasaba sin que él proyectase más que palabra; él atractivamente ajeno a ese discurrir del tiempo como si no fuese a

agotarse nunca, yo agotado al final: Tienes muchas preo-
cupaciones, me miró fijo de pronto, y se puso en pie, alcanzó la larga mesa y la vació con toda la parsimonia del
mundo de la media docena de carpetas apiladas, de los dos
ceniceros y del polvillo por doquier que arrastró con su
manga hasta el abismo del aire: Túmbate, ya verás que mañana trabajas mejor, y me levanté para alcanzar esa mesa
de pronto limpia, sentarme sobre ella y deslizarme agitado, y más fui agitándome a medida que me desabrochó
uno, dos, los tres botones del chaleco y luego uno, dos,
tres, cuatro, cinco, los seis de la camisa, y más aún cuando
me mantuvo medio incorporado sobre su brazo fuerte
mientras me sacaba, una tira primero y luego la otra, el
chaleco y, una manga primero y luego la otra, la camisa,
echaba de un manotazo los dos al suelo, me pedía que me
pusiera boca abajo, clavaba los pulgares en mi espalda justo bajo el cuello y empezaba a moverlos con unos giros
como volutas que provocaban hacia un lado una oleada de
fuego y enseguida hacia el contrario una de helor que se
convertía de nuevo en fuego y otra vez en helor.

Mareas se me antojaron, mareas en ida y vuelta todo
sensualidad, vertiginosas mareas de felicidad que, nueve
meses después de sentirme nacido de nuevo: siempre esos
nueve meses como los de la tardía infancia entre mis dos
inicios del colegio, o los de la tardía adolescencia en la
guarida, o los de la tardía madurez amatoria con Robbè,
siempre esos nueve tardíos meses, se fueron estirando en
las semanas siguientes a masajes y ternura, o a conversación telefónica y ensueño desde la distancia durante mis
visitas a Barcelona, Sevilla, Valencia, Gijón y Córdoba

para abrir las secciones de la muestra y cobrar mis sustanciosas dietas, una salida por mes que jugaba en la distancia con la pasión a templarla y encenderla, la pasión por mi príncipe el que a cada vuelta relajaba mis músculos y me hacía sentir de nuevo vulnerable porque por primera vez en mi vida era consciente de que empezaba a tener algo que perder, una sensación que fue creciendo a lo largo del verano y que me fue cargando de ese amor profundo que acaba por conducir al fatalismo, el que me embargó desde que me confesó el temor por la situación de su padre e indirectamente de él, que tendría que hacerse cargo del negocio familiar, y por lo tanto irse, cuando el hombre ya no pudiera llevarlo, y mis instantes se convirtieron desde entonces en la búsqueda de cómo retenerlo, que era en el fondo de cómo trasladar a Madrid el peso de su negocio, de forma que no tuve más remedio que pergeñar unas cuantas ideas en nueva muestra de que yo era ya un Pedro Luna pragmático y distinto, igual al de siempre ya sólo en una cosa, que siempre que me enamoraba acababa entregado a un ente superior, como si el amor fuese pura idea.

Y anhelante esperé septiembre y la llamada a mi amigo Tomás Enríquez, que tampoco esa vez me falló: estaba seguro de que la gran exposición sobre artesanía marroquí que le llevaba como primera propuesta iba a ser un éxito total, en la calle porque estaban de moda esas cosas y allí adentro en el ministerio porque todo lo que fuese cooperación con Marruecos era prioridad del Gobierno, y en cuanto a lo de introducir en el inventario de los regalos de protocolo algunas de las piezas del catálogo de Omar que le llevé, seguro que sí, aunque eso lo iba a hablar con Gastón porque le gustaba a él tocar bola en todas esas pijadas, me dijo textualmente, aunque seguro que decía que sí, y más viniendo de mí: me estimaba mucho, ¿lo sabía?, me preguntó, y asentí y se levantó casi de un salto: Pues te invito a comer, que yo también tengo propuestas que hacerte, y salimos y subió Barquillo hasta Prim hablándome de la situación del país, de lo cambiado que estaba, de lo activo que por primera vez en su historia se lo veía, ¿o no?, y le di la razón no sólo porque fuese a dársela de todos modos, sino también porque creía que así era:

Cierto. Lo que hasta ahora no ha sido más que ruido de sables en los cuarteles, de sotanas en las sacristías y de papeles rasgados en las trastiendas, que ésa es nuestra historia, es ahora el ruido de las apisonadoras, Tomás, por fin hay más apisonadoras que guardias civiles por los caminos, le comenté sin sospechar lo al pelo que venía;

Joder, Luna, me ha gustado la frase, ¿me la prestas?, y se la presté y hasta se la di sin revelarle que no era mía, que era de TioPedro, y le puse de paso fácil lo que quería plantearme, que veía que estaba yo muy próximo a sus posiciones, y me miró fijamente en medio de una sonrisa que ya me vi por dónde venía: podía aportarle yo mucho al partido: no le pregunté a cuál, claro, conocía yo muy bien lo que suponía el funcionamiento burocrático de un aparato y eso los podía ayudar a barrer a los aparatistas, dio por hecho que iba a afiliarme y me anticipó de paso mi futura posición, y aunque yo había decidido en su momento no volver a la política nunca más, votar a los socialistas de por vida en cuanto ya convicto socialdemócrata yo también, pero apenas eso, pensé a la velocidad del rayo que, dado que nunca iba a ser pintor, que lo más cerca que iba a poder estar de mi aspiración de siempre era organizando muestras y conviviendo con artistas como ya estaba haciendo y que ese Tomás Enríquez, viejo amigo, me estaba dando de ganar para muy bien vivir y, lo que era más importante, para hacerme de un lugar en el mundo, era absurdo decir que no: Vale, Tomás, e hice una pausa en la que me dije para mí lo que de buena gana le habría dicho a él, que iría cuantas veces hiciese falta a las reuniones por estúpidas que pudieran ser, que estaría bien atento a su mano para no equivocarme de voto y que, si fuera necesario, hasta tiraría de pureza de sangre proletaria para fumigar a quien se atreviese a decirles, a decirnos, que hacían, hacíamos, una política de derechas y que se planteaban, nos planteábamos, un partido a la americana, que era el argumento de los aparatistas, ¿no?, lo que hiciese falta si hacía falta, pero me quedé en un simple Vale, Tomás, sincero y sobre todo agradecido, además de deseoso de que acabara de una vez la larga comida para poder correr hasta Omar a darle las buenas nuevas sobre su negocio, lo que le dije según lo vi, animado por una fuerza extraña que fue envalentonándome:

Omar, ¿y si organizásemos un poco nuestra vida?;

Lo que tú quieras, y así me trasladé a su piso de Núñez de Balboa 115 grande y soleado, y me llevé el despacho y la dirección profesional a Embajadores, de manera que permanecería allí de diez de la mañana a seis de la tarde, la mejor manera de seguir estando para no estar y no tener que seguir dando explicaciones que, de todas formas, nadie me había pedido y nadie me iba a pedir porque en mi casa silenciosa ya ni se atrevían a hacerme las más tontas preguntas, simplemente me habían asimilado tal cual vivía.

Me gustó la vida en pareja que nunca había tenido: el despertar en compañía, el desayuno tranquilo, las horas lentas a la vuelta del despacho porque la estabilidad de la relación permitía no estar en la permanente ansiedad de sexo y las tardes podían alargarse entre cintas de raí, de etnagua o de andalusí, ya iba yo conociendo y hasta distinguiendo esas músicas que siempre me llevaban a la mente a mi Babel, apenas entre medias alguna caricia, un poco de lectura y el seguimiento de los proyectos en los que andábamos trabajando: la muestra ya entera planeada y el montaje de los regalos aceptado y ya en marcha, y de otro al que, visto el éxito, andaba yo dándole vueltas:

Omar, tengo un plan, le dije una tarde;

Dime, Qamar: Qamar me llamaba a menudo, Luna, y Qamar se incorporó: había pensado que podíamos abrir sucursal en Francia a través de esa amiga mía que producía joyas y tenía una joyería, porque lo mismo que sus proveedores fabricaban cajas perfectas, escribanías perfectas, bolas más perfectas que el mundo pulidas a mano hasta la redondez y el brillo, podrían hacer lo que se les pidiese, ¿no, Bahr?; claro, Badr: solía responderme así, Badr, Luna llena, cuando yo lo llamaba Bahr, Mar, y por fin sonrió como esa bola redonda y pulida más perfecta que el mundo que nos dominaba desde lo alto de la estantería, y le mandé un beso casi silencioso: Mañana llamo a mi amiga Alice. Vas a abrir mercado en París, y se levantó, me alzó con fuerza sólo paralela a mi ingravidez y me transportó a la cama y su sueño de caricias, feliz Pedro Luna, Qamar, Badr en los momentos más profundos de la noche, que sólo tras despertar, en el baño y frente al espejo, recién duchado y tal vez porque se preparaba para ir a su casa de siempre a reemprender el trabajo, recapacitó sobre cuanto estaba últimamente haciendo y sintió extrañeza más que vergüenza, aunque decidió por si acaso cerrar viejas ideas que o eran viejos prejuicios o más valía convencerse de que lo eran:

> *Mi padre fue peón de hacienda*
> *y yo un revolucionario,*
> *mis hijos pusieron tienda*
> *y mi nieto es empresario,*

canturreé, cambiando la letra, como en una consigna, más o menos mi biografía si reducíamos generaciones porque el mundo iba ya mucho más deprisa, y me forcé una sonrisa henchida de satisfacción que era acuerdo de fondo conmigo mismo, ese Hay que vivir con el que mi amigo Sergei se encogía de hombros mientras se le descolgaba el bigote, y si ello implicaba olvidar raíces y sombras, olvidáranse, como significativamente olvidé yo en aquel momento la noche en que TioPedro había sacado a colación aquel corrido en una terraza del portillo de Embajadores.

Conociéndome ella a mí y conociéndola yo a ella, no me extrañó que le entrase a Alice la risa que le entró cuando le dije de lo que quería hablar: ¿hablar de negocios yo, le communiste Pedritó?; sí, un buen negocio, creía, y se lo conté por encima; no sonaba mal, no sonaba nada mal ni lo de incorporar piezas de artesanía a sus diseños ni lo de buscar a través de su diputado la entrada en el pingüe negocio del abastecimiento de regalos de lujoso protocolo, no, así que ¿iba yo a París o bajaba ella a Madrid?; ¿y si bajábamos a Marruecos a ver el asunto sobre el terreno?; ufff, como andaba ella de tiempo, pero encontró hueco en su agenda y una madrugada salimos mi príncipe y yo para Tánger en su mastodóntico coche el que jamás sacaba por la ciudad, porque mi amor no montaba en avión y habíamos quedado con Alice directamente allí, el Mercedes en el que iba yo casi hecho un ovillo cuando oí de pronto a Omar el que nunca hablaba nada al volante: Marruecos, y abrí los ojos y se veía enfrente costa que daba la sensación de poderse tocar con las manos y se notaba frescor y olía a mar por la ventanilla que acababa de abrir mi amor para que me llegase el aire de otro mundo:

África, dije yo;

Al Magreb, me respondió él, pero a mí me resonaba África en la cabeza desde el viaje con doce escasos años a Almería y África para mí era, África la que tardó sólo minutos en engullirme con su colorido y su calidez, apenas salidos del puerto ante el frontal de bares abarrotados, hoteles, pensiones y tiendas abiertas a la calle de par en par en medio de un trasiego que se antojaba hormiguero y redoblaba el caos reinante, de un paisaje humano de túnicas que se llamaban chilabas, extraños ponchos que se llamaban hendiras, cabezas femeninas cubiertas por pañuelos que se llamaban chadores y masculinas por gorritos que se llamaban tarbuches, fue informándome Omar callejas arriba hacia el hotel donde nos esperaba Alice.

Salimos después de cenar y me fascinó la ciudad vieja desde la misma muralla por la que se accedía, el enjambre de diminutos bares atestados y negocios oferentes que cerraba la plaza abanderada, destartalada y enorme, una muralla animada que atravesamos bajo el arco que abocaba a una callecita estrechada de cafés y tiendas mínimas que se ensanchaba más abajo y añadía a la algarabía de personas subiendo y bajando una de grandes taxis aparcados y algún coche, alguna furgoneta y algún carro entrecruzándose sin norma visible: No tengas miedo. Aquí no hay pasos ni semáforos, pero nadie atropella a nadie, esto es el zoco, tranquilizó Omar a Alice, que iba en medio, colgada del brazo de los dos y con un pañuelo a la cabeza que le daba un aire misterioso y la embellecía casi tanto como la inquietud de sus ojos por no perder detalle de las travesías que se iban angostando a medida que avanzábamos y que de pronto empezaron a precipitarse en escalera abajo hasta el frontal del puerto y la terraza abarrotada de hombres que fumaban y bebían té, centro Alice de todas las miradas por un instante que tampoco se prolongó más allá porque cada cual siguió a lo suyo en su aire de permanente inacción.

La última mujer que había estado allí debió de ser Simone de Beauvoir, ni su prima Thérèse se habría atrevido, comentó exultante Alice tras los chupetones a la pipa de Omar entre aquel enjambre de hombres maduros por lo general severamente desdentados que fumaban por lo general en sus pipas alargadas y que se mantenían por lo general en silencio o conversando con los vecinos en voz muy baja, y de chicos jóvenes entre los que abundaban los pitillos americanos y los porros y que se amontonaban, enhebraban o hasta tocaban sin prejuicio alguno y se mostraban a mi lógica occidental cargados de sensualidad que me iba cargando de abstracto deseo, pero veía de reojo a Omar hablando con sus vecinos y supe que habría que esperar antes de volver al hotel y la soledad cómplice de nuestros cuerpos, porque se advertía a simple vista que el tiempo tenía allí otros ritmos y otras coordenadas, y me perdí en la visión del Estrecho mientras también se eternizaba, abrasador, el té a la menta.

Se parecía a Omar el pulso de Tánger, tal vez por ello me había gustado tanto, pensaba el día siguiente al sol postrero de la media tarde en la terraza de un hotel encaramado sobre media ciudad donde descansábamos de un día agotador, ciudad cuya mirada desde allí, o desde el café sobre el puerto de la noche anterior, o desde el hotel Minzar donde habíamos amado más que dormido, o desde el mirador de los cañones, o desde la salida del zoco que acabábamos de recorrer por enésima vez, estaba cargada de profundidad que acariciaba otras tierras; ciudad alegre por momentos que eran rincones y adusta por momentos que eran otros rincones; ciudad lenta como el tiempo y fugaz como la vida; ciudad de jóvenes que exteriorizaban cuerpo con cuerpo su juventud o de hombres que interiorizaban a solas y en silencio su marchita madurez; ciudad que envolvía y que a la vez fugaba, todo como él, que rompió de pronto el tiempo inmóvil con una súbita prisa por ir a Asilah, y nos levantamos y me embargó una cierta feliz tristeza, primero ante la gran balsa plateada y quieta que se abría enfrente infinita y a la vez diminuta, y luego, apenas en marcha hacia la escalera vertiginosa, ante el amasijo urbano de muros, azoteas y jardines que parecía contorcerse para alcanzarnos, habría querido detener aquel instante llamado Tánger para siempre.

A gusto por fin conmigo mismo, entusiasmado con un amor que sentía para largo, excitado por una ciudad que me había fascinado, hice el corto trayecto hasta Asilah con ansiedad creciente por un lugar que había hecho ya mío desde Madrid y desde hacía ya mucho, Asilah la que ya sabía bella desde mucho antes de alcanzar la avenida de árboles frondosos y terrazas de cafés a un lado, bajo una muralla maciza y terrosa que se abría de pronto en puerta y donde se advertía clamor de zoco, y bajamos del coche y Omar empezó a saludar a diestro y a siniestro y chiquillos a ir cogiendo los bultos, así que ligero de equipaje atravesé la puerta de esa ciudad vieja que engullía en su aire de salitre como si las murallas guardasen dentro también el mar, mi príncipe a su buena zancada saludando distante a quien se le cruzaba, Alice y yo unos pasos por detrás, hasta la esquina en escuadra tras la que se había parado Omar: Bab el bahr, me sonrió, la Puerta del mar, redobló la sonrisa, señalando la puerta a la derecha del torreón blanco ribeteado en piedra que nos dominaba, y reemprendió camino, un esquinazo, una plazuela encantadora a la izquierda y el mar que entraba a cañón de cara aunque pareciese estar por todas partes, pero no pudimos asomarnos a él desde la baranda almenada, porque nos reclamó la voz de Omar: Dar diali; Ma maison; Mi casa, dijo a tres voces, un caserón de dos plantas que ocupaba más de media manzana, la de abajo dos puertas a los lados y cinco ventanas de postigos echados en medio, la de arriba seis ventanales muy verticalizados, enormes los de los extremos, una casa que se advertía tan bella como mi príncipe me la había hecho imaginar.

¡Omar! ¡Omar, ualadi!, salió alborozada y gozosa una señora, su madre doña Nahim, de grandes ojos redondos, bajita, ancha de caderas, rellena, azulado reflejo sobre los labios y palabra endiablada que se hizo de pronto para mí español comprensible: Mi hijo nunca llama a decir la hora de llegada y yo sufro, señor; después su padre el señor Bensami, alto pese a estar algo encorvado, delgado, cano de cabello medio revuelto y bigote descuidado, amarillo oscuro de tez y cansino de expresión, cariñoso, embaucador y retórico en su más que aceptable español: Los amigos de mis hijos son como mis propios hijos, manos al pecho que irradiaron al instante la bendición a esa filial amistad; y su abuela doña Malika, muy encorvada y parecida a su hija aunque en más delgada; y el aya Nabila de cara muy rugosa y bajita, pañuelo anudado bajo la barbilla, los ojos dos chispas hirientes; y su hermana Nasma: Nasma, Étoile, Estrella, su hermana, al yamala, la belle, la bella, la definió Omar, claro resultado de lo mejor de la estirpe paterna, la delgadez, y de la materna, la belleza de cara, o sea, Omar reducida de tamaño y en mujer, Omar que se había dicho en el fondo al yamal, le beau, el bello, y me echó la chica sus ojos de veinticinco años, cinco menos que mi Bahr, y se los clavó a Alice, a mí hasta que monté en el coche para volver a Madrid, a ella hasta que le quedó claro que nada especial tenía que ver conmigo, pero no fueron los suyos los únicos ojos pendientes en todo momento de mí, porque todos lo estuvieron, hasta los animosos de Alice, que no perdían comba: me querían casar con la niña, me dijo

242

al oído en un descuido general; qué bien, con las ganas que tenía de ir a una boda extraña, aprovechó otro; no me soltaban, encontró un último resquicio que yo apuré: no me veía casado con ninguna mujer, pero si alguna vez me daba esa locura, sería con ella, le dije nunca he sabido por qué, y le di tres golpecitos en el antebrazo:

Avec moi?;

Avec toi, y ni rió ni habló más porque eran comentarios clandestinos hechos del soslayo que exigía la prudencia que allí se imponía y que hasta Omar se había impuesto desde el primer momento, la que me impuso, ya de noche y solos los dos porque hasta Alice se había acostado y hasta se había oído la intempestiva llamada a la oración, en la azotea donde él había aprendido que la qamar o luna era badr si llenaba como yo, me dijo y fui a besarlo, pero me paró: Aquí, sólo negocios, que en las casas de Marruecos las mujeres tejen una tela de araña y ponen en su red ojos y oídos, lo que pude perfectamente comprobar en unas horas, mientras desayunábamos con el señor Bensami en el salón, enorme y casi vacío, de abajo en medio de las miradas que, cada una a su manera, nos clavaban las cuatro mujeres: inquisitorial como la de la víspera la del aya, expectante con una sonrisa mínimamente dibujada la de Nasma, pendientes de todo las de la madre y la abuela. Me impresionaron aquellas mujeres, la red que había dicho Omar, y estuve bastante más atento a ellas y su curioso mundo que a la explicación pausada que el señor Bensami empezó a darnos en su más que aceptable francés sobre cómo iba a ser la jornada con los dos artesanos de Essaouira capaces de hacer cualquier cosa en tuyá, ébano, naranjo o limoncillo, enumeró materiales y piezas como una letanía que yo oía de fondo y que ellos confirmaron después repasando pieza a pieza la decena de cajas de miniaturas que llevaron, prólogo a una comida, sólo de los hombres más Alice, llena de preguntas y respuestas y de una larga sobremesa cargada de cifras, dos horas de negociación entre la impaciente europea y los parsimoniosos orientales que no eran tales orientales en el mapa pero sí en la paciencia, pensaba cuando, de pronto, el señor Bensami se levantó, significativo pacientero entre los dedos, y pareció darnos su bendición desde las alturas: la amistad valía más que un puñado de monedas, trato cerrado, y se iluminó la mesita de sonrisas: si la dejaban invitar, le gustaría sellar el acuerdo con un té en algún café de la ciudad, pidió Alice; por favor, invitaba él, se echó puños al pecho el señor Bensami, y los artesanos que ellos eran quienes invitaban, y el señor Bensami que no, y la discusión parecía camino de eternizarse cuando aparecieron, salvadoras, las mujeres en procesión de bandejas, todas para la mesa menos una, pequeña y con un tarrito diminuto: el philtre d'amour, diría Alice más tarde, que me acercó, sólo a mí, el aya Nabila con la única sonrisa que le vi en los dos días y medio que permanecimos en Asilah.

Siempre puede estar la vida esperándonos a la vuelta de una esquina, e incluso parece que sea su primordial función la de recordarnos de tanto en tanto que nada somos y que, si no hemos querido enterarnos, allí está ella para bajarnos a tierra y demostrarnos, insistente hasta la crueldad en su dureza si hace falta, que somos apenas una cerilla recién encendida a merced de cualquier soplido, o de un telefonazo como el de aquella mañana hacia las once, cuando ya debía de estar yo en mi despacho de Embajadores pero estaba aún en la casa de Omar que ya era también mi casa porque él había salido hacia Asilah hacía un rato y me gustaba despedirlo allí cuando se iba, desayunando juntos:

¿Vas a tardar mucho en venir, Pedro?, oí apurada a mi madre;

¿Pasa algo, mamá?, pensé en mi padre;

Que no veo bien al tío. Está como mareado y muy agitado, y tu padre ha bajado a hacer la compra, y ya sabes que tarda porque se da su paseo, me dijo de corrido y nerviosa.

La escasa media hora que tardé en llegar fue insuficiente. Había muerto, supe apenas la vi quieta y desubicada en medio de la entrada estrecha, llorosa sin lágrima alguna sobre la piel y apenas brillo en los ojos idos: el octavo rostro que grabé para la exposición que seguía creciendo en mi cabeza a la vez que alejándose de mí, a golpes la respiración y el habla como hipidos: ¿Dónde... habrá ido... tu padre, ... dónde?, era lo único que decía, e hice un esfuerzo sobrehumano para mostrarme fuerte y cogerla por el hombro para empujarla hacia la sala, pero no se dejó, estaba agarrada a mí con nervio, las manos dos ventosas y la voz en otro lado: la vida, ¡ay la vida!, nada más que golpes daba, cuántos golpes, cuántos disgustos, cuántos bocados, cuántos bocados, y me desfondé, rompí a llorar, no en seco como ella estaba haciendo, sino a lágrima viva en la que tal vez la mujer no reparase, como yo empezaba a no reparar en cuanto ella estaba diciendo; ni en cuanto yo mismo podía estar recordando: por ejemplo, que dos tardes antes había estado TioPedro enseñándome página a página la traducción imposible, me dijo, que había venido a traer, aquel texto diabólico de Roubaud que lo había llenado como hacía mucho ningún otro lo había llenado, me dijo, aquel artificio más real que la realidad, me dijo; ni en cuanto en esos precisos momentos debería haber oído porque había adquirido yo ya de bien pequeño, y precisamente por tanta espera de él desde sus enloquecidos timbrazos del portal, la extraña habilidad de saber por qué piso subía el ascensor, pero esa mañana de diciembre de 1990 ni escuchaba a mi madre, ni a mí mismo, ni el ascensor, sólo, de pronto, una llave que rascaba diente a diente la cerradura, y se me congeló hasta el llanto:

¿Qué ha pasado?, preguntó mi padre al vernos;

Que... Pedro..., empezó a gemir mi madre;

Papá..., me rebrotó el llanto, y mi padre posó parsimonioso la bolsa de la compra en el suelo y ni nos miró, sólo preguntó dónde estaba su hermano: En la cama, Juan, fue a agarrarlo mi madre, pero no se dejó y se encaminó con cierta gravidez en el paso a mi antiguo cuarto ya de TioPedro cuando venía porque yo había hecho mío el suyo de siempre y abrió la puerta por la que yo ni me había atrevido a preguntar y salió casi al instante, con una cara que parecía a punto de saltar en mil pedazos, los ojos desorbitados, la boca descerrajada al borde de un grito que no le brotaba, sólo jadeos y saliva expulsaba mientras, con la fuerza de un toro y resoplando a golpes que parecían des-

anudar una respiración contenida entre bocanada y bocanada, echaba pasillo adelante:

Papá, papá;

¡Juan, Juan, por favor!, salimos detrás los dos, mi madre desgarrada, la voz raspándole la garganta como si una
y otra fuesen dos metales rozando chirriantes, y creí por
un momento que aquel hombre enfurecido abría la ventana y se arrojaba al patio, pero no, corrió hasta la cocina y
ahí giró de vuelta y nos tuvimos que pegar a la pared porque
Juan Luna no veía, toro acorralado y ciego que, llegado a la
sala, se dejó caer al sillón con estrépito sólo comparable al
grito enorme que le hinchó las venas del cuello hasta dar
la sensación de que iban a estallar, eterno ¡Aaaaaaaah! que
se fue ahogando en un jadeo y luego en rítmica, penosa fa-
tiga.

Juan, ¿estás bien?, Juan, por favor, suspiraba mi madre
más que hablaba y no sabía en quién centrar la mirada, si
en su marido desaforado o en su hijo desarbolado, y se
echó el hombre a llorar con el dolor más metido en el rostro que he visto nunca en vivo, expresión final y última de
unos minutos críticos que me mostraron por segunda y
última vez a un Juan Luna distinto a sí mismo o a como
siempre nos quiso hacer creer que era y que desplegaron
todos los infinitos posibles matices del dolor, una serie en
sí misma de esa hipotética exposición sobre el gesto humano, un retablo tal vez de tres por tres gestos, un cuadro de
cuadros, pensaría dos días después, porque en aquella mañana de diciembre no se podía ni pensar en mi ático de
Embajadores, todo desesperación e impotencia:

Juan, ¿no hablas?, mi madre casi sin poder sacar voz;

Papá, papá, papá, yo transido acariciándole la mano inmóvil y él rígido pero bien, la respiración ya aplacándose, los ojos de nuevo en su sitio, el pulso casi normal, notaban mis dedos, pero la mirada perdida en el silencio hasta que dijo mi madre que iba a llamar a un médico: ¡No!, se le oyó muy bajo aunque con la contundencia de un berrido, la ene estirándose como un muelle hasta salir despedida contra la o, un ¡No! tan herido e hiriente que me sacudió y me devolvió a aquel escenario del absurdo tan real como la vida, tan desesperante como para que la misma muerte de alguien muy querido hubiese pasado a un segundo plano, aquel La mort n'a pas d'importance, Pedritó, le pire, c'est tout ce qu'il y a autour, que Thérèse había remarcado en el velatorio de Babel.

No sé cuánto tardé en abandonar mi postura inmóvil como toda aquella casa en su sepulcral silencio: ¿una hora, hora y media, dos?, nunca supe medir el tiempo, para ejercer de mensajero de la muerte:

Thérèse, Pedró... est mort, no dije más, y tampoco ella, un silencio total y prolongado también en los hilos del teléfono: Thérèse, ¿estás?;

Oui, acertó al fin a decir, balbuceó un beso y colgó, un beso que me dejó más triste aún, redoblada la dentellada de la memoria y embargado por esa sensación de plúmbeo vacío que genera la melancolía, y empezó a correr lenta aquella horrible tarde de recuerdos encadenados en la que cometí el error de no querer hablar con nadie, apenas con Tomás Enríquez para que alguna de sus secretarias arreglase lo del entierro: Con discreción, por favor, que no quiero ver a nadie, ven tú a última hora si quieres, le pedí y respetó, ni siquiera llamé a Asilah para dejarle recado a Omar, capaz como lo sabía de cogerse el coche de vuelta para estar conmigo y hacerse sin descansar otros mil quilómetros.

¿Pedro, es que no vas a avisar a los Zamora y a su amigo el editor?, me recordó mi madre ya a media tarde, a esa luz que siempre me había parecido maldita, y me convertí por unos minutos en arcángel del dolor que al rato se había transformado de llamada en llamada en destinatario de pesar, amigos a los que tenía que pedir por favor que no fuesen a visitarnos porque estaba muy afectado mi padre y periodistas de las redacciones de Cultura que se disculpaban por no poder introducir ya a esa hora más que la noticia y me emplazaban para el día siguiente por datos y detalles, una infernal cadena telefónica que me mantuvo lejos de los pocos que fueron llegando: Jacinto, Concha, el editor Navarro, Ernesto, Clara, Paola, Tomás Enríquez con todo ya arreglado, y junto a mi padre el que se había ido al comedor para no estar con nadie, así que allí delante lo tenía, inmóvil a la mesa y en el mismo silencio: los ojos hinchados, la mirada perdida, la boca medio abierta ennegrecida por el vacío de su diente saltado, el silencio que ni en la rápida pero aparatosa operación de la funeraria ni en la despedida de los Zamora rompió, una visión que resultaba más, mucho más terrible que la misma muerte, tan patética que ahuyentó a todos los demás: Navarro que no me preocupase por nada, que ya atendería él a la prensa por la mañana; Paola que la llamara si queríamos algo; Tomás, lo mismo; Ernesto y Clara, igual, y solo me quedé entre dos silencios y con la mente en Omar el que

249

estaba a mil quilómetros: ¿buena o mala suerte ese viaje de dos semanas a Asilah para arreglar unas cosas?, ¿me habría atrevido o no a llevarlo a las entrañas de mi casa para no estar solo?, no lo supe entonces ni lo sabré nunca, un doble silencio que se hizo triple de pronto, cuando sonó el teléfono y nadie hubo por instantes al otro lado, Thérèse, imaginé, y Thérèse era, porque oí de pronto la voz de Alice: Thérèse no podía ni hablar, a las nueve llegaba ella en su representación, ¿daba tiempo?; sí, el entierro era a las once, irían a buscarla unos amigos, y le describí a Ernesto porque su pinta de pájaro loco no tenía pérdida.

Jacinto y Concha nos recogieron a las diez: mi padre, los ojos hinchados, la mirada perdida, la boca medio abierta y ennegrecida por el vacío de su diente saltado, con la corbata del juicio, de la recepción del Comité Central, de las veintidós representaciones de la ópera *Luna* y de la exposición de los pintores soviéticos; mi madre sin gesto y con el camafeo que en una ocasión le había llevado TioPedro de París y nunca había estrenado; yo, con una rosa en la mano que saqué del ramo que los Zamora llevaban en el coche e imagino que también sin gesto, un rostro de subsistencia que apenas me permitió arquear los labios por saludo a los muchos presentes hasta que, de pronto, vi el Fiesta negro de Ernesto girando en redondo para entrar al anchurón donde estábamos, y, sorpresa que pudo haberme fulminado, distinguí el perfil de Thérèse recortado sobre la ventanilla.

¡Thérèse!, llegué de unas cuantas zancadas hasta el coche;

Tenía que estar contigo, Pedritó, y eché hacia el grupo que nos esperaba para entrar porque alguien, creo que

Clara, tiró de mí, me sentía yo tan ausente como mi padre, él con su cabeza no se sabía dónde, yo en el aire de Thérèse cuya presencia lo impregnaba todo, hasta la pena porque distinta, pena compartida en complicidades y sombras, y apenas capté de las sentidas palabras del editor Navarro que se ponía desde esa misma tarde a trabajar en las poesías completas de Pedro Luna que, reconocía, habría tenido que editar ya; y del sepelio en sí que fueron muchos quienes echaron su mano de tierra al foso; y del lento retorno calle central abajo que mi padre dejó al paso ante la tumba de Dolores la rosa que había cogido de mi mano; y de la despedida a la puerta que pesaba más el silencio de plomo de Juan Luna que las lágrimas dolientes de Carmen Luna, penosos los dos, tan desactivados que ni opusieron resistencia a irse con los Zamora, la primera vez que, salvo por imperativo carcelario o su paralelo de visita, iban a dejar su casa.

Mi tarde fue la de un silencio a dos voces con Thérèse, paseando por el Madrid más elegante que encierran en su burbuja exquisita el Retiro, el Botánico, el museo del Prado y el Ritz de mi mal recuerdo, esas calles extrañamente armónicas y silenciosas que descansan de la ciudad enloquecida y permiten ese paso tardo, incluso ausente, al que, dejada Alice con Paola para que trabajasen un rato en tanto proyecto que nos traíamos, íbamos Thérèse y yo sin rumbo fijo porque temíamos probablemente salirnos de aquel Madrid parisienne, dijo y fue lo único que dijo en el ovillo de vueltas y revueltas, ella de mi brazo esa vez no sostenido entre sus dedos sino agarrado por ellos como si quisieran aferrarse desesperadamente a algo, o simplemente retener el tiempo hasta la media tarde, cuando tenía ya que irse, y al soltarme a la puerta misma del Palace donde nos estaban esperando se le alargó por un instante fugaz entre parpadeo y parpadeo el gesto hasta dibujar la definición exacta del miedo que tendría que ser el noveno rostro, en realidad décimo si hubiese concebido ya el retablo de mi padre aún escondido por la memoria, de esa exposición cuya pulsión parecía no querer abandonarme nunca.

Casi un día tardó aún en asomar a mi cabeza esa décima obra de tres por tres cuadros que debería haber sido la novena, lo que tardaron mis padres en volver de casa de los Zamora, cuando lo vi a él con el mismo rostro de la mañana antes, perdido, triste, inerte en su casi constante disimular una voz incomprensible y muy baja, como si estuviese rezando o no sabíamos qué, prólogo a unos días siguientes que fueron como una agonía, sólo que mi padre no agonizaba de cuerpo, seguidor de su vida rutinaria de siempre sin variación alguna sobre ella aparte el escandaloso silencio absoluto con los demás y la permanente conversación consigo mismo, una angustia que me sentí obligado a aguantar allí incluso a la vuelta de Omar porque necesitaba mi madre la cercanía de su hijo, creía yo, aunque no tanto ella, que me dijo una tarde en la cocina: ¿Es que ha cambiado algo, hijo mío? Tampoco es que hablase tanto antes, y movió la mano abajo y arriba como una marioneta a ver si espantaba la enorme mosca del aburrimiento profundo que arrastraba.

Hasta las tragedias, para ser totales, necesitan de su puesta en escena, de esa consagración a no se sabe qué fuerza superior que, a través del recuerdo, las hace al menos por un instante belleza, y fue muy bella la ceremonia del adiós al poeta Pedro Luna la noche de asfixiante luna llena del 14 de junio de 1992 en Sevilla, año y medio después de su muerte, en el patio del pabellón de Andalucía de la Expo porque mi amigo Tomás Enríquez había financiado para la ocasión la edición de las *Obras Completas* de Pedro Luna Luna con el anexo, en disco compacto, de la ópera *Luna:* una idea de Clara la cada día más activa, y porque Andalucía había decidido homenajear a un *poeta universal nacido andaluz,* decía la invitación oficial, muy bella y aún más emotiva para la docena de familiares y amigos llegados desde Madrid y la media desde París al mando de Thérèse pensativa ante semejante mystique de la parole et de la lune, dijo, el reencuentro con una cierta armonía que necesitábamos ella y yo, me dijo, armonía a la que agregué la satisfacción de la escueta pero brillante presentación de la obra, que me devolvió al Ernesto Ríos de sus grandes momentos:

Me has emocionado, Ernesto. Y déjame que te diga algo: No tienes perdón. Espero que de ésta...;

Luna, he escrito este texto, se golpeó en el bolsillo de la chaqueta arrugadísima que llevaba, porque se lo debía al poeta desde aquel comentario que ojalá nunca hubiera hecho, y además... Nada, paró enigmático y con cara de No me preguntes nada, No comentes nada y Cambia de tema, por favor, a la puerta del restaurante que tenía en su terraza aquel impresionante pabellón de Marruecos que dejaba chicas las artesanías con las que seguíamos traficando nosotros.

Fue una cena distendida y por fin feliz de recuerdo bueno, o sea, de alguna manera de olvido, fui pensando a medida que iba desarrollándose entre explicaciones de platos por Omar y recordatorios de los últimos flecos para la siguiente etapa del viaje, Asilah, una propuesta de Thérèse que había entusiasmado a Omar y a la que se habían enganchado inmediatamente Paola, Alice y Ernesto, no así Clara, que no podía faltar del instituto, se excusó, una cena en la que media mesa anduvo haciendo planes cruzados hasta que el editor Navarro pidió la cuenta y la voz de Thérèse volvió a crear a su alrededor el vacío que siempre había creado: No, Navarró, por favor. Pago yo, y me decía la experiencia que era inútil discutir algo así con Thérèse, pero la experiencia, ya se sabe, a veces engaña y, en todo caso, es más limitada, por individual, que la historia, que no tuvo ni que levantar la voz para que su ¡No! se oyese desde el fondo de aquella mesa tan rotundo que el camarero se encaminó sin dudar hacia Juan Luna Guzmán el que llevaba su corbata del juicio, de la recepción del Comité Central, de las veintidós representaciones de la ópera *Luna,* de la inauguración de la muestra de los pintores soviéticos y del entierro de su hermano el poeta Pedro Luna, Juan Luna el que no había dicho palabra alguna ni en toda la cena ni antes en toda la presentación hasta aquel ¡No! tan cargado de orgullo, del orgullo bueno, que no necesitaba explicaciones en su ene estirándose como un muelle hasta salir despedida contra la o.

Que a esas alturas de la noche la ceremonia por el poeta Pedro Luna se había transformado ya en impulso vital para quienes lo habíamos sobrevivido estaba más que claro, y más lo estuvo la mañana siguiente entre compras y definitivamente, en medio del mar, atravesando el Estrecho, eufóricos todos y en especial yo porque así se manifiesta la liberación de las redes sutiles de la melancolía, con la euforia que me hacía intuir que una pésima racha iba a quedar atrás camino del olvido en cuanto nos perdiésemos tras la muralla animada de esa Tánger vieja que tanto me había gustado en los anteriores viajes y en cuya visión desde el mar recreaba mi silencio, sentía, y aunque aplazamos ese paseo por su zoco, igualmente eufórico seguí hacia esa Asilah blanca, azul y ocre que vivía entre murallas sobre el mar, que me había apasionado antes ya de conocerla y que me había conquistado definitivamente en mis dos visitas anteriores, la de dos días y medio con Alice para ver a los artesanos y la del mes de julio último, cuando me llevó Omar a ver si salía de una vez por todas de la tristeza en la que me había dejado sumido la muerte de TioPedro.

¿Cómo habíamos tardado tanto, y sin avisar?, era siempre idéntico el recibimiento de doña Nahim, sólo que un matiz le silbó esa vez a mis oídos, que no se había dirigido sólo a Omar su hijo del alma, sino también a mí; el señor Bensami a la puerta en una mecedora, más deteriorado y fatigoso que la última vez apenas un año antes; la abuela mascullando no entendía qué; el aya mirando con severidad a Omar, que se defendió apenas introducido el equipaje: habíamos llevado a nuestros amigos al hotel y habíamos estado por la mañana de compras en Sevilla, les llevábamos regalos, muchos regalos bonitos, lo que hizo sonreír a su ojt o hermana Nasma la del rostro hasta entonces digno, y empezó Omar a ir pasándomelos y yo a distribuirlos, la mayoría para Nasma a la que se le iban achicando los ojos de presente en presente, achicando pero al tiempo encendiendo, fuego echaban y fuego echaron cada vez que se cruzaron con los míos, por suerte no muchas porque Thérèse tiró todos los días de mí para su particular segunda ceremonia de aquel viaje, el recuerdo de Chefchauen en la que había pasado una semana con Babel; de Tetuán en cuya medina vieja Babel la había dejado sola y le había hecho buscarlo, sádico que era a veces; de Tánger en la que me regaló una cartera negra: mi cartera, pero que en esa ocasión no me envolvió porque era el recuerdo de Babel el que envolvía aquellas pequeñas excursiones diarias de las que volvíamos extenuados para incorporarnos a la cena en el restaurante del mar y a la tertulia colectiva bajo la muralla.

El penúltimo día tocó Larache la destartalada, para visitar la tumba de Genet. Estaba cerrado el cementerio, pero no problema, afirmó el conductor de la chilaba que nos daba envidia porque debía de ser fresca, nos lamentábamos Thérèse y yo de aquel día de calor mucho más insoportable en que había cambiado el viento al temible shergui del sudeste que hacía absurdo el abanico: Thérèse el 7, de tonos amarillentos y letras en negro muy estilizadas; yo el 33 que me había prestado, de tonos terrosos manchados por puntos morados y letras también en morado e invertidas, dos de los abanicos de aquel regalo mío por su cuarenta cumpleaños que había llevado al viaje, y entramos por la casa lateral de los guardeses, desde la que salía un caminito en curva que moría justo en la tumba, sencilla hasta lo imposible y con una vista impresionante

256

desde el cantil: parecía un paisaje hecho para él, dijo Thérèse, lento ese día de mar tranquila como rápido sería uno de mar agitada, así eran las miradas, lentas o rápidas según lo contemplado, ¿lo había leído?, me preguntó; no; era un texto de Genet sobre Rembrandt. Tenía textos muy interesantes sobre Rembrandt. Los había recogido un primo de Babel, Jerome Neutres, y la sonrisa se le fue cargando de pesar: Genet había elegido un cementerio alegre e ilimitado, uno así les habría gustado a ellos, dijo, y calló por unos instantes; ¿no creía yo que le iba más a Babel un lugar así, limpio de viento, luminoso de sol, alegre, ¡sin límites para la vista!, que el cimetière húmedo de un pueblecito cisterciense?, ¿o a Pedró que su cimetière encerrado en una gran ciudad y rodeado de próceres?; sí, y siempre desde entonces he hecho un poco a TioPedro y a Babel en esa tumba, junto a Genet al que admiraron.

Fue apesadumbrante en su asfixia la tarde de aquella última excursión y apesadumbrados volvimos a Asilah, sin grandes ganas de una cena como la que nos había preparado a todos por despedida la familia de Omar, una cena y un gran montaje, advertí apenas llegado a la casa, cuando me encontré el salón de abajo desplegado en todo su esplendor y a toda la familia revolucionada: ¿me gustaba?, me preguntó doña Nahim. Lo había dirigido todo Nasma, y Nasma, a su lado, elevó en un grado su sonrisa mientras el aya escrutaba mis reacciones con la máxima atención; había sido idea de Nasma bajar la gran mesa, me informó el señor Bensami al advertir que estaba yo admirando aquella mesa maciza, enorme, hexagonal. Tenía razón su hija, porque era mesa cómoda y grande para cenas como la de aquella noche, asentía sin parar. Su hija era inteligente y trabajadora, no sólo guapa, que era maestra, y Nasma, enfrente, amplió otro grado su sonrisa mientras la vieja seguía pendiente de la mía; iba a ser una buena cena, su hija conocía bien la cocina, metió baza la madre. Nasma había dirigido a todas las mujeres, a ellas y a sus cuatro sobrinas, levantó de redicha satisfacción las cejas y Nasma otro poco su sonrisa antes de desaparecer con el aya, la abuela, la madre y, a lo que oí, al menos otras dos primas que preguntaban y preguntaban a la carrera no entendía qué, y atravesé con el lento señor Bensami el salón enorme hasta los asientos que había bajo las ventanas al mar, que ocupaba casi entero la pared como la luz seguía ocupando el horizonte porque en Asilah se resisten a morir los días.

Todos vinieron aquí para ver qué había al otro lado del mar pero todos se quedaron, me explicó el señor Bensami asintiéndole a la historia, los fenicios, los cartagineses, los árabes, los portugueses, los españoles, todos, señor Luna. Ésta es tierra que siempre ha recibido al mundo, y eso le ha dado sabiduría y realismo, somos realistas los de aquí, señor Luna, no somos nosotros, en estos puertos del norte, africanos ni marroquíes ni magrebíes siquiera, señor Luna, somos universales aquí, señor Luna, hablaba despacio por su cansancio pero también porque quería medir bien las palabras. Yo sé ya que la muerte, señor Luna, va a venir pronto por mí, pero intento pensar con sabiduría de historia y no soy infeliz. ¿Y sabe por qué no soy infeliz?, porque mi hijo ya sabe llevar la empresa mejor que yo y porque mi hija sabe lo que quiere, señor Luna, yo he aprendido de todos los que han pasado por aquí que a las personas hay que dejarlas saber lo que quieren para sí, estaba el señor Bensami tan concentrado en lo que decía que había desempolvado el magnífico español de sus años en Sevilla primero y en Ceuta, en Tetuán y en Tánger después, cuando había sabido aprovechar las relaciones de la Guerra para empezar a dedicarse a la exportación de artesanía, y empezó a hablar del futuro: el futuro de Marruecos y el de España eran el mismo futuro, él siempre lo había creído y por fin lo creía ya más gente, y sentí que todo cuanto estaba diciendo era una gran metáfora probablemente bien ensayada que me entristecía en cuanto estaba jugando con la ilusión de esa chica de veinticinco años que bajó al poco hecha mujer muy bella, el pelo recogido en moño que parecía cucurucho o cúpula qubba, una especie de caftán a media manga y media pierna de un precioso azul claro ribeteado en oro, maquillada con fuerza que, sin embargo, no anulaba la fuerza, aún mayor, de sus rasgos, unos zuecos abiertos tipo quaqeb pero con alza y la traba de tela en blanco y dorado, todo más reluciente sobre su piel morena.

Está guapa mi hija, es una mujer ya, señor Luna, susurró casi en complicidad masculina el señor Bensami, y no tuve más remedio que decir: Muchísimo, porque eso estaba el hombre esperando oír y porque era, además, verdad que fueron corroborando uno tras otro los demás invitados: ¡Qué bella!; ¡Qué guapa!; ¡Qué guapísima!; Quelle beauté du sud!, Thérèse la que buscó enseguida mis ojos: Cuidado, que te casan, le leí en la mirada enorme; y todos la felicitaron cuando la madre explicó que ella había dirigido la decoración más bien decorado, y Thérèse volvió a buscar mis ojos: Cuidado, que te casan, le leí en la mirada enorme; y todos la felicitamos cuando el señor Bensami informó a la salida de la bastela, bastela de pichón, subrayaban: Mi hija Nasma ha dirigido la elaboración de la cena, Ma fille Nasma a dirigé l'élaboration du dîner, redobló en su francés suficiente, y el aya siguió observando inquisidora y Thérèse buscó de nuevo mis ojos: Cuidado, que te casan, le leí en la mirada enorme; y todo fueron halagos a la pantagruélica cena, cuyo broche de oro imaginé a los postres apenas vi a la vieja Nabila levantarse hacia la cocina, el brebaje de leche, limón, miel, almendra, canela y lo que además llevase que me presentó sobre la bandejita de siempre, más acanelado que la vez anterior, cuando ya estaba más acanelado que la primera, la pócima que era según Alice y ya según yo mismo un filtro de amor, volvió a decirme Alice con su sonrisa y me dijo Thérèse, buscados de nuevo mis ojos: ¡Te casan!, le leí en la mirada enorme, y empezó tras el conjuro la noche, larga noche de la que fueron retirándose los mayores y que empezamos en el patio y acabamos en el nido de m'hadas y stormiyas bajo las ventanas al mar con un buen rato en la azotea húmeda entre medias, noche de té con maayum todos menos Gala, Thérèse, Nasma y yo: la chiquilla y mi aspirante horchata de almendras, nosotros ron con zumos de los muchos que había, vasitos pequeños y poco cargados, una larga y placentera noche en la que todas las estrellas del infinito sobre el mar se juntaron para que el sur me pareciese más sur que nunca.

Alice reía ese maayum que se le activaba a cada sorbo del té que cogía provocadora no del propio vaso, sino del de su vecino Ernesto el que iba activando en ella la mirada:

¿por qué no se iba una semana a París?, acaramelaba Alice. Era bonito el verano en París, y sus noches alegres, y si quería lo llevaba el fin de semana a Cabourg a la sombra de Proust, o a Sète a la de Valéry, o a la isla del bosque de Ermenonville a la de Rousseau, o a Córcega a la de Napoleón, rió; que no podía, que no podía, movía Ernesto los dedos nervioso como aquella tarde lejana en que leyó con Alejandro Mateos sus poemas en la guarida ante el poeta Pedro Luna; que sí, que sí, que sí, que no sabía él lo que era un cuerpo juguetón, y se veía en el bombeo de su pecho que no iba Ernesto a tardar en saberlo: Sí, cerró finalmente los ojos mi amigo, y se abandonó al respiro hondo de un descanso que no acabé de entender y que me aclaró Thérèse: estaba separándose de Clara, bueno, ella de él. Tenía un amante, por eso no había venido con nosotros; ¿un amante Clara?, no me pegaba; pues sí, y además era amigo mío; ¡no!, me salió del alma cuando el imaginario de mi vista fijó el rostro de Tomás Enríquez; mi amigo el socialista, oui, leyó mi sorpresa, sorpresa que no se veía en el rostro de Paola en prueba de que también en Occidente había un submundo femenino que lo veía todo e igualmente conspiraba en su interior, y Alice y Ernesto se perdieron a bombear sus pechos y los demás nos quedamos a resistir la noche y esperar, como había propuesto Omar y apoyado entusiástica Gala, el amanecer que tanto tardó porque el mar a poniente prolonga no sólo las luces sino también las tinieblas, pero que al fin llegó en medio de los bostezos de Thérèse, del gesto triste de Paola, de los ojos y la sonrisa de Nasma que permanentemente sentí encima, de la excitación de Gala y de la calma principesca de mi

261

Bahr: Así nace aquí el día para llegar al otro mundo y después a los demás mundos, le explicó a Gala, y Omar y yo las acompañamos al hotel y volvimos en silencio, jugando con nuestras miradas de deseo a lo largo de una muralla y en medio de unas callejas húmedas y salinosas de mar que más parecían de cuento que de verdad.

Existe un estadio de la mente humana que es todo limbo, un oscuro no ser del que se sale con perplejidad y lentitud cuando se va haciendo consciencia y, aquella madrugada de junio de 1992, sobre todo dolor apenas hube recompuesto la cara de Paola a bocajarro sobre mí, velada en mis ojos imprecisos y recortada sobre la luz tenue y el blanco del techo, yo en una cama, y se me nubló la vista aún más y se representó de pronto ante mí el rostro sangrante de Omar, mi Bahr, la cabeza sobre el volante con sus pupilas ocultas tras los párpados, como si hubiese querido morir mirándose para adentro: Omar, Omar, gemí porque no tenía fuerza para más, y vi con toda nitidez lo que había llegado a ver antes de que sucediese y que sin embargo en tiempo real no pude ver porque el terror y los gritos de Paola me cegaron, que, en pleno trompo, el todoterreno que venía desde atrás agrandándose tras sus dos fogonazos inútiles, porque a esa hora de la tarde la luz que irradia el sol bajo y postrero y la que alumbran los faros sólo sirven para velarse la una a la otra, frenó lo suficiente como para que al Mercedes de Omar le diera tiempo a otra media peonza y yo notase como si me descoyuntara un golpe, reconstruí al tirón con la nitidez que mi vista real no tenía, pero nada más hasta esa cara de Paola y, de pronto, la de Clara:

Omar, Omar, Omar, seguía susurrando yo;

Estate tranquilo, Pedro;

Omar, Omar, Omar;

Clara, avisa al médico, y la llegada del médico ayudó a centrarme: que estaba bien, que había tenido mucha suerte, que había vuelto a nacer, oía como de lejos aunque con total claridad, y volví a llamar a Omar: Su amigo no está bien, no voy a engañarle, me dijo entonces el doctor, y rompí en sollozos y apenas oí de fondo: Déjenlo, es bueno que desfogue, y más silencio porque ni Paola ni Clara se atrevían a decir nada. Me dio entonces la sensación de que estaba amaneciendo y debí de preguntar dónde estábamos, en Bailén en un hospital, se aprestó a responder el médico, y me dijo que yo estaba perfectamente; y que me notaría raro y confuso, pero que era por un sedante; y que no me preocupase, y yo no me preocupaba, yo sólo sentía un dolor muy profundo por Omar, mi Bahr, mi amor al que sabía muerto porque muerto lo había visto.

Incluso hoy veo aquellas primeras horas de la vuelta desde mi limbo clínico de medio día en retazos que interrumpían esa escena maldita que recreaba una y otra vez con la mayor de las nitideces, un estado de confusión que iba deconstruyendo: la salida, en grupo, de Asilah; la parada en el aeropuerto de Tánger, donde Thérèse, Gala, Alice y por fin Ernesto habían cogido vuelo a París; el embarque de Omar, mi Omar, Paola y yo; el desembarco en Algeciras; todas esas confusas imágenes en plena carretera, una confusa sucesión de hechos hasta que, de pronto, vi al señor Bensami tras la puerta que se abría, el paso arrastrado pero la cara paradójicamente mejor que un día antes en Asilah, completamente plana de dolor, ni el más mínimo gesto, apenas una levísima sonrisa al llegar a mí y cogerme de la mano:

¿Cómo está, señor Luna?, y no le respondí porque no pude ni hablar. Nos vamos para Asilah con... mi hijo. Mis sobrinos lo han arreglado ya todo, me apretó la mano, y noté que la suya sudaba;

Me voy con usted, me costaba hablar más que pensar y pensar más que sentir;

No, ni se te ocurra, oí a Paola, ¿o fue a Clara?;

Ha dicho el médico que tendrás que estar aquí en observación hasta mañana, oí a Clara, ¿o fue a Paola?;

Pero si estoy bien, saqué voz de rabia porque no tenía fuerza para levantarla mucho, y el señor Bensami me cogió por la barbilla con su mano sudorosa: No, señor Luna. Usted descanse y se ponga bien. Los importantes son siempre los vivos, me emocionó aquel hombre en la generosidad de quedarse un rato más conmigo antes de reemprender viaje para transportar a su tierra el cuerpo de su hijo: Iré a Madrid, señor Luna. Siempre quise conocer Madrid, se despidió.

Clara, Paola y yo volvimos a Madrid a los dos días, cuando nos hicieron la segunda prueba a Paola y a mí, y el señor Bensami cumplió su promesa de visitarme dos semanas después, y lo que me encontré en Barajas cuando fui a recogerlo no era ya a un ser muy deteriorado, sino a un cadáver viviente que caminaba con dificultad y respiraba aún peor, pero que se mantenía en pie con una dignidad encomiable: con entereza sorprendente entró en la última casa de su hijo, mientras yo anduve por unos minutos disociado de la situación y hasta de mí mismo, como si el dolor se hubiese hecho de pronto confusión. Me costó descender a la vida y poder empezar a conversar más que a él descender a la realidad de aquello que lo había llevado a Madrid: la boda, empezó, podía ser para el otoño porque su mujer quería respetar tres meses de luto, y habló y habló de detalles y planes sin que yo me atreviese ni por un segundo a cortarlo. Yo era el continuador natural del negocio que con tanto esfuerzo llevaba él levantando durante casi toda su vida, los últimos años con la ayuda inestimable de sus hijos. Lo había intuido desde el primer momento en que me vio. Yo era una suerte para su familia, una gran suerte que había colmado a la vez la confianza de su hijo y de él mismo para el negocio y la de su hija, la de su esposa y la de él mismo para el matrimonio que su hija deseaba.

Estábamos solos, allí en medio de la sala donde tanto me había amado con Omar, pero nunca habría osado utilizarlo para demostrarle lo equivocado de su absurda pretensión, ni siquiera me atrevía a decirle aquel Vamos a no precipitarnos, señor Bensami. Vamos a darnos un tiempo, señor Bensami que varias veces tuve en los labios, no fui capaz y, además, habría dado igual porque hablaba aquel hombre desde el limbo de una convicción mesiánica, como si estuviese revelándome una verdad escrita e inmutable cargada de esencias, de derechos y obligaciones naturales por encima de los hombres y su libre decisión, y además de categorías naturales que parecían hacerse cábala: un negocio era orden, un buen negocio fantasía más orden, me explicaba con la tranquilidad de lo meditado a fondo. Él era orden y había salido adelante con mucho más esfuerzo porque había tenido que buscar día a día las ideas. Eran tan importantes las ideas... Por eso no estaba preocupado cuando se supo enfermo, porque sabía también otra cosa, que sus dos hijos podían hacer grande ese tercer hijo que era su negocio: Omar tenía desde pequeño don de artes, Nasma don de números. ¿Sabía una cosa?, se le vidriaron sus ojos enfermos de brillo luminoso, no del apagado que siempre le había entrevisto, que Nasma llevaba años ayudándolo con las cuentas, y llevándolas del todo desde que él estaba tan cansado y tan enfermo. Valía tanto su hija... Por eso sentía que habían tenido, pese a todo, suerte, porque yo, como Omar, tenía don de artes, yo era fantasía, como si Alá: o Dios, qué más daba, era lo mismo, hubiese querido cambiarnos al uno por el otro.

No hizo, ni aquella tarde ni la mañana siguiente, ademán alguno de retirar lo más mínimo de la casa por la que deambuló cuarto a cuarto tantas veces como se lo permitió el cansancio a la búsqueda del último aire de su hijo, advertía yo perfectamente, apenas si se paraba ante el gato negro de barro enroscado con cara de plácido sueño, y cerraba los ojos: Se lo regalé cuando era pequeño. Lo compré en Casablanca, señor Luna, me explicó en la última de aquellas vueltas antes de salir para el aeropuerto, y lo cogió y lo contempló de cerca y me miró para que yo comprendiese por qué se lo llevaba.

Y se fue sin hablar ni lo más mínimo de aspectos concretos del negocio pero con la fecha de la boda en la inquietud, lo cual era para él la doble cara de una misma moneda: en septiembre la fijábamos en Asilah cuando fuese con mi familia, debió en algún momento de haber sacado a colación el viaje sin que yo me enterase en medio de tanta palabra y lo daba por acordado, y en la puerta del embarque me dejó, sumido en una confusión que me empujó a perderme por Madrid y desahogarme con mi único paño de lágrimas posible, Ernesto el que andaba ya separándose y tenía todo el tiempo del mundo:

Luna, diles que sí, qué más te da, hombre. Te dejan la vida resuelta, una casa que es una envidia y una mujer que está... pero que muy bien, por si un día te arreglas, puñetero;

Déjate de coñas, Ernesto, que esto no es broma;

¿Y qué quieres que haga, Luna, que me lo tome en serio? Si es que eres de traca, jodío. Es que lo que te pasa a ti no lo encuentras ni sumando la más disparatada de las comedias y la más apesadumbrada de las tragedias. Eres una tragicomedia tú solo, Calixto Luna, y algo de eso debía de haber porque no supe en esas semanas si reír o llorar, llorar por ese entorno de casa que se deterioraba por momentos: mi madre cansada y desanimada; mi padre mascullante y ya del todo enclaustrado, o reír por mí y de mí: Esto es una señal, Luna, comentó Ernesto la oferta de un amigo de Gastón que me propuso el montaje de una exposición sobre las sedas de Al Andalus, la señal de que todos tus caminos conducen a la media luna, Luna entero y verdadero, una señal según él que para mí era otra, la de los ojos como aguamarinas y el aspecto natural de James Dean que había descubierto en ese amigo de Gastón, ojos que además entendían, supe desde el principio.

Parecía un ovillo de enredos mi vida cuando, una mañana, me llamó el señor Bensami para interesarse por la
fecha de la visita con mis padres a Asilah:

Igual tenemos que aplazar el viaje una o dos semanas,
señor Bensami, porque no veo bien a mi madre y no sé por
qué, pero veo raro a mi padre, lo que no por excusa dejaba
de ser cierto;

Esperamos, señor Luna, yo sé que tengo las fuerzas
para llegar a ese día que sueño desde que Nasma era una
niña, y comprendí en aquel momento que la paciencia es
perfectamente capaz de alargar el tiempo, hasta el punto
de que llegué a pensar en montar de una maldita vez el
viaje: por pena, creía yo; por morbo, creía Ernesto; por
aburrimiento ya, creo ahora, pero, en todo caso, no habría
sido posible porque empezó mi padre una tarde a mostrar
síntomas de desubicación al despertar de la siesta que últimamente dormía: ¿Qué haces así Juan? ¿Dónde vas?, le
preguntó mi madre atónita al verlo con su traje y con su
corbata del juicio, de la recepción del Comité Central, de
las veintidós representaciones de la ópera *Luna,* de la exposición de los pintores soviéticos, del entierro de su hermano Pedro Luna y del homenaje en Sevilla al poeta Pedro
Luna, y él sonrió, sólo sonrió porque seguía sin decir nada
aparte aquel ¡No! muy bajo que sonaba con la contundencia de un berrido, la ene estirándose como un muelle hasta salir despedida contra la o, y esa vez ni negó porque algún oculto motivo tendría, y cada día desde entonces
repitió la operación, pero fue inútil querer llevarlo al médico, de forma que convinimos mi madre y yo que lo único posible era dejarlo sin más a su caprichosa indumenta-

ria y cuanto le anduviese pasando a saber por dónde de ese limbo de la memoria pura en el que estaba empezando a entrar su cerebro y que llevaba en el fondo fraguando desde que había muerto su hermano y se enajenó su mente, memoria en estado puro que le alimentaba esas salmodias silenciosas sólo remarcadas por sus labios últimamente un poco morados, hasta que una tarde de semanas después, a mi llegada al despacho de Tomás, su secretaria lo sacó inmediatamente de la reunión en la que estaba: había llamado mi madre hacía una hora, que se habían llevado a mi padre al Clínico, y él se había permitido avisar a los Zamora para que la acompañaran, y al Clínico me llevó uno de los chóferes del ministerio.

Cuando lo vi desde la puerta, parecía un muerto, y mi madre rota, rajada de gesto, penosa: Ha tenido un infarto cerebral, Pedro, me dijo Jacinto Zamora mientras yo me agachaba a besar largo a mi madre, y se echó la mujer a llorar pese a mi beso y a las caricias de Concha, que estaba de pie tras el sillón de plástico ya más gris que amarillo: Vamos a la cafetería y así te tomas la pastilla que te ha dado la doctora, Carmen, dijo entonces Concha. Se queda tu hijo con Juan, y dio lástima ver cómo se levantaba Carmen Luna con ese gesto de noluntad que, de patético que resultaba, hice por olvidar; Me voy con ellas, ahora subo, me palmeó Jacinto en la espalda, y me alegré de poderme quedar solo aunque me acercase con todo el miedo del mundo a aquel cuerpo inerte que parecía muerto, pero que, apenas me hube sentado al borde de la cama y cogido su mano, pareció revivir en un intento débil de apretármela, y volví la vista a su rostro.

Hijo, supe que había dicho no porque lo oyese o pudiera leerlo en sus labios casi inmóviles, sino porque no otra cosa podrían estar queriendo decir aquella mirada y aquella sonrisa que no era sino el ensancharse de las arrugas que le nacían de la comisura de los labios, y acerqué el oído a su boca:

aquellas pobres bestias rascaban camino de la nada hasta enloquecer y reventar por dentro,

o hasta que se les quebraba una pata y las mataban de dos descargas secas para vender su carne,

¡pobres bestias!,

pobres bestias que luchaban unas veces contra el frío y el hielo,

otras contra el sol cegador y la arena deslizante,

y siempre contra el miedo a los barrancos;

¡pobres bestias!,

daban pena:

era cruel conducirlas;

cruel escuchar sus mugidos;

cruel espolearlas a varazos,

pero si no

el tío Abelardo te daba con su vergajo en las piernas,

siempre el vergajo del tío Abelardo:

si no azotabas a las bestias;

si se te partía la pértiga;

si soltabas las manos de los correajes porque te quemaban;

o si te distraías con el salto de un conejo espantado,

o con el desliz de una culebra,

o con el ladrido de un perro,

y cómo no iba a distraerse de cuando en cuando un niño
   por más que fuese un niño pobre
   y los niños pobres no tuvieran el derecho a distraerse
   en las canteras de Filabres al cuidado de carros y de bueyes,
      dos bueyes para marcar el camino y otros dos bueyes,
      o cuatro,
      o hasta seis,
      enganchados en cordada detrás como sostén:
      pobres bestias que echaban patas a tierra
      para no ser arrastrados;
      y pobres zagales,
      los más fuertes peleando con garrochas y ruedas,
      los más débiles cambiando la cuerda de animales
      mientras los capataces daban gritos
      y zurriagazos,
      así que enloquecían aquellas pobres bestias,
      pero no había otra
      si no se quería que los quintales de mármol arramblasen
      con pértigas,
      bueyes,
      mozos,
      cuanto se opusiera al cumplimiento de la ley de la sierra,
      la ley de la gravedad que aquel niño aprendía pero no estudiaba
      porque no se había hecho la escuela para él,
      carne pobre de cantera y de caminos de sierra,

salvo que un día lo iluminase un rayo de conciencia,
de conciencia de clase,
y se revolviera entonces a un latigazo,
y reventase entonces la nariz del capataz
y echara entonces a correr sin saber adónde,
lo más lejos posible de la pavorosa respuesta que lo esperaba,
tras un futuro lejano donde hubiese una esperanza,
donde encontrase algo de dignidad, me contó con voz muy débil, el tono apagado y convirtiendo en jadeos las comas pero increíblemente al tirón como si de una plegaria se tratase, y supe entonces que iba a morir porque no otra cosa sino la mejoría de antes de la muerte podían anunciar esos labios morados casi transparentes que lograban a duras penas despegarse y esa mano gélida que se aplicaba inútilmente en dibujar el subibaja del que siempre había acompañado el ritmo lento de sus discursos, unas cuantas escenas de su vida relatadas desde el más escrupuloso anonimato con emocionada y lírica precisión y un par de monólogos grandilocuentes por muy adjetivados con los que aclaraba cualquier duda ajena sobre la historia, buena historia llamada a ese buen final que siempre acababa por cuadrar el mundo en su cabeza, hasta que un mal día no cuadró y lo embargó la melancolía en su variante más aguda, la del silencio que acababa de romper al emerger del sueño inconsciente de las últimas horas y sentir mi mano en la suya, mi mano de compañero, tal vez hasta verme con la última luz del día, solo allí con él: Venga, papá, que peor fue en la DGS con aquellos cabrones y saliste, le decía sin decirle, pero ni Juan Luna era inmortal

y reparé de pronto en que ya no sentía el intento de fuerza en sus dedos, sólo un peso liviano y sólo huesos, ni oía palabras de sus labios morados, sólo leves jadeos que hacían de comas del silencio.

Papá, me salió de muy adentro, pero no lo oyó y cerré los ojos para no verlo, y cuando los abrí porque me escocían ni hacía ya el hombre que hablaba: ¿acababa en verdad de escuchar de sus labios el relato de su infancia o me lo había repetido yo mismo sobre lo tantas veces oído?, me asaltó la duda, ¿habría soltado él tres palabras inconexas y montado yo después en mi cabeza lo demás?, y me levanté al ventanal contiguo para perder mi mirada brumosa en aquel plácido anochecer de otoño que hacía lo posible por endulzar esa hora maldita disipando mi niebla interior en el manto de luces que subía hasta la sierra, su otra sierra, la de los montes donde un día defendieron Madrid al grito de ¡No pasarán! aquellos centenares de chavales chillones de euforia y valentía, de ese valor que da la conciencia de clase, de esa fuerza sobrenatural que lleva moviendo a lo mejor del mundo desde Espartaco, hijo, me pareció oírlo de nuevo y me pareció ver que me estaba viendo, pero no era así, no sonaba ya en aquella habitación de hospital más que el gangoso sistema de ventilación y me perdí, extravié por unos segundos o unos minutos: es un decir, nunca supe medir el tiempo, mi mente en una extraña sensación de calma interior que me llenaba de repentina paz conmigo mismo y con los míos, y me eché a llorar de felicidad o de extrañeza, más bien de extrañeza, supongo, porque reparé de pronto en que no estaba llorando a Juan Luna el que se encontraba ya en los primeros minutos de la nada, sino por Carmen Luna a la que tendría que bajar a avisar de que ya, de que ya había muerto su marido, y hasta por mí, que tendría que decidir qué hacer, porque cambiaba mucho la realidad y mi madre era a partir de aquel momento alguien en quien pensar, tanto que la visión fugaz que me monté de ella en Asilah con las mujeres de aquel caserón me hizo pensar que acabaría contentando al señor Bensami e instalándome allí como en un limbo cotidiano, doméstico, que no me evitaría el infierno de la soledad más profunda, pero sí el de la superficial y sus dependencias.

De que la vida guarda siempre alguna sorpresa y alguna burla en la recámara nunca me cupo la más mínima duda, y estaba seguro de que una u otra, algo inesperado, inimaginable o que no alcanzaba yo a imaginar iba a depararme el encuentro con Thérèse porque se lo había notado en el tono, le insistía a Ernesto Ríos aquella tarde de sábado en una de las cafeterías de esa estación de Chamartín que nunca me pareció una auténtica estación: Preocupado no estoy, Ernesto, pero sí expectante. Conozco a esa mujer y tenía una voz muy especial, hablaba yo despacio, acariciándome la barbilla como en un pensamiento, y vi que su boca empezó a dibujar el pliegue de la risa interior y sus ojos a centrarme como la presa sobre la que caer con cuanto se le estuviese ocurriendo:

Ya sé, Luna. Te nombra heredero. Te va a pedir que prohíjes a su Galita y, a cambio, te prohíja ella a ti y te casa con Alice en vez de con la mora. Ya verás a las tres con un ramo de flores a pie de andén;

¿Ponerte yo a ti los cuernos, compañero del alma, compañero?, no sé por qué le seguí la broma;   .

Bueno, de aquello ni hablemos, que flor de un día realmente semana y media fue la bella francesita. Claro, que bien pensado hasta me quedo yo con la mora guapa y te resuelvo de paso un problema, y siguió desplegando su ingenio hasta el mismo tren: Avisa de tu llegada del viaje de novios, que venga a recogeros con una limusina.

Hice bien el viaje, por fin entonado tras esas aplastantes semanas que habían seguido a la muerte de mi padre, más animado desde la extraña llamada de Thérèse unas tardes antes pidiéndome que la fuese a ver, espoleado por su proximidad como siempre me había sucedido, sentía en el restaurante casi vacío entre luces esparcidas y fugaces que atravesaban la ventanilla oscura, a gusto ante la perspectiva de verla en unas horas, y hasta satisfecho por el dossier que andaba hojeando de la exposición sobre las sedas de Al Andalus que me había enviado aquel profesor de Sevilla amigo de Gastón con ojos como aguamarinas, tan a gusto que, cansado como además estaba, sabía perfectamente que no iba a necesitar la pastilla a la que últimamente encomendaba mi descanso, y así fue, no me hizo falta esa noche para deslizarme a aquello a lo que el mismo traqueteo me condujo rápido, el sueño profundo que me permitió levantarme como no recordaba desde hacía ya cuánto y gozar en el desayuno con esos pueblos grises que se antojaban bellos en medio de un campo uniforme pero rico en su planez.

Me animaba de oficio verla, como si el tiempo lo hubiese cambiado todo pero hubiera dejado inalterable ese hilo conductor de ella, referencia y apoyo en la alegría y la tristeza, en la fascinación de nuestros primeros encuentros y el consuelo de los más recientes, iba proyectándola en mi cabeza allí a pie de tren en esa estación de Austerlitz que sí me parecía una auténtica estación, justo como la había visto cuando su cuarenta cumpleaños, sólo que desde la serenidad y no desde la entusiástica fiebre mitad amorosa mitad creadora simbolizada en aquellos cuarenta abanicos para ella coloreados a mano y caligrafiados: *Thérèse,* pero Thérèse esa vez no estaba: ¡Pedró! ¡Pedró!, oí confundido a mi derecha mientras miraba a un lado y otro buscándola, y a quien encontré fue a Alice.

Thérèse estaba bien, muy bien, très bien, me contó tomando un café de pie en la barra redonda al fondo de los andenes, en el hospital para un chequeo que había dado un resultado excelente: estaba mejor que ella y que yo, y hasta que Galá, los análisis de una jovencita; no me había dicho nada, me extrañé, ¿pero por qué seguía entonces en el hospital?; por una tontería, una hernia sin importancia, y salimos y me dejó ante un pequeño hospital cercano al parque Monceau donde habíamos estado aquella tarde en la que Thérèse anduvo paseándonos a TioPedro y a mí por París al ritmo de sus recuerdos y sus caprichos, y tras la puerta de la habitación 27 estaba, en la antecámara amplia y lujosa que más parecía de hotel que de hospital, un matiz distinto en su aire, el aire de Thérèse que seguía dominando, pero ya sólo de serenidad: ¡qué susto se había llevado!, unos dolores en la espalda que había creído cualquier grave enfermedad, pero gracias a Dios era sólo una hernia. Empezaba el lunes un tratamiento de inyecciones de papa-

276

ya; ¿de papaya?; sí, un invento soviétique, me sonrió como si me estuviese sacando la lengua, y me preguntó por mi madre y por mis cosas y me habló de su hija y de las suyas y me siguió contagiando su serenidad por el resto de la mañana y en la comida que nos subieron.

Quería hablar conmigo, dijo tras mi café de verdad y el suyo de mentira, cumplir un viejo encargo que quizás debería aún esperar, pero los sustos hacían pensar y le había dado miedo de que un día u otro..., no dijo qué, por eso me había llamado, hablaba despacio, con el gesto de quien estaba haciendo algo por obligación, y no por gusto: hacía unos años, les seize ans de Galá plus deux, dieciocho, había tenido una larga conversación con Pedró en la que él le había hecho un encargo que no sabía si quería o no cumplir, pero eso era lo de menos, tenía que hacerlo, era su deber, era un impératif. De verdad que no sabía si era el mejor momento o no, pero las realidades había que afrontarlas y normalmente era mejor hacerlo antes que después, ¿no creía?, y asentí como ella esperaba y cogió el bolso a sus pies y lo posó sobre las rodillas: antes de darme algo, tenía que decirme una cosa que quería que yo supiera: Galá, paró y bebió un sorbo de agua, Galá podía ser otra Galá, la hija de Pedró. Se lo había propuesto a Pedró en el 75, pero Pedró... no había querido, sonrió perdida en el tiempo, a medio camino entre las ganas irrefrenables de llorar y la firme decisión de no hacerlo, leí en sus ojos inquietos pero fáciles de interpretar, tristes desde luego de pasado, vencidos, pensé, tan vencidos y tristes que no los incorporé a mi galería de rostros para esa exposición imposible porque nunca habría pintado a Thérèse sin un pliegue, por pequeño que fuese, de vitalidad, aunque fuese la del miedo que se le había dibujado años antes a la puerta del hotel Palace el día del entierro de TioPedro. Me lo había dicho, siguió, porque creía que yo debía saberlo, y callé: no iba a decirle que ya lo sabía por una indiscreción, mientras la veía abrir desganada el bolso, sacar un sobre pajizo y sonreírme todo su cariño antes de extendérmelo: Pardon, Pedritó, no dijo nada más, y fue la última vez que me llamó así: Pedritó. Se levantó entonces con esfuerzo, caminó rígida hasta el dormitorio y cerró la puerta mientras yo devolvía la vista al sobre y distinguía la letra de TioPedro: *Para Pedro Luna Luna,* ponía con letra algo más grande que la usual suya.

No sé por qué no abrí con miedo el sobre mullido que contenía once cuartillas numeradas arriba a la derecha y punteadas de máquina, su Olympia grande, vi por el tipo:

París, 28 de marzo de 1975
Queridísimo Pierre:
Habrá pasado previsiblemente tanto tiempo, ¡y con él tantas cosas!, cuando leas estas letras, que me siento extraño, anacrónico, casi ridículo pese a que sé que ya no estaré. He dudado mucho si escribirte o no esta carta, y al final me he decidido. Algo me abrasa por dentro y no tengo más remedio que hacerlo.
Llevo meses en un infierno que me tiene en guerra con mis entrañas a cuenta del segundo gran dilema de mi vida. Me pidió Thérèse hace unos meses que tuviéramos un hijo, pero me he negado. No he llegado ni a pensármelo, porque, si es verdad que según me lo proponía sentí la felicidad más absoluta que he conocido, me cayó a la vez el peso de mi propia his-

toria y fue mucho más determinante el plomo de mi biografía que la paja volátil de mi ilusión.

Me siento desde entonces en deuda con Thérèse, en una deuda que nunca podré pagar, pero tenía también deudas anteriores que no había pagado y que sé que tampoco pagaré, porque no ha lugar, porque sería ahora peor que no pagarlas y porque ya tendrán poco valor cuando te lleguen estas letras tan devaluadas por el tiempo.

Soy un hijo del sur que huyó de la miseria y un hijo del proletariado que huyó de la venganza, por eso tal vez siempre busqué el norte y el mundo del arte, de la creación, de una cierta desinhibición social más en consonancia con esa creencia, que me ha enseñado la vida, de la soledad del hombre en medio del universo. Nunca fui creyente, lo sabes.

Salí de Macael con doce años porque no había más remedio. Éramos los Luna la peste de quienes mandaban de nuevo en el pueblo: un cantero socialista honrado hasta la médula; un hijo mayor que un día reventó en su orgullo, sacrosanto orgullo, se volvió a aquel odiado tío Abelardo que le acababa de cruzar las piernas de un latigazo y le partió de un puñetazo nariz y un diente que entre todos repusieron en oro porque se les descontó de su paga en prorrata; un segundo hijo muerto en un bombardeo al que se enterró con todos los honores y, lo que les dolió más, con todo el cariño del pueblo a la vuelta de aquel primer hijo que había vengado de un puñetazo el atropello constante a decenas y decenas de zagales. Lo recuerdo perfectamente y puedo sólo decirte que me sentí más orgulloso de cómo todo el pueblo, todo, abrazó a mi hermano el mayor a su vuelta que apenado por estar enterrando a mi otro hermano.

Yo era un niño que había estudiado porque le llegó la República, sacrosanta República, con cuatro años, pero que ya no iba a poder estudiar. «El pueblo no es para ti, hijo mío. Tú has estudiado. Ya sabrás hacerte un buen oficio», me dijo un día mi padre, tu abuelo. Y me dio dos papeles: uno doblado en dos que era el plano de donde vivía el tío Paco, que lo había dejado mi hermano cuando el entierro de José, y otro doblado en ocho que era muy importante, me dijo. «No lo vayas a perder por nada del mundo», me pidió, y me lo guardé al fondo de un bolsillo del pantalón, por debajo del pañuelo y de las pocas monedas que me pudo dar.

La última escena que recuerdo de mi madre, tu abuela, fue en la casa, de madrugada, alargándome un tazón de leche en el que desgranaba un mendrugo de pan con la velocidad de la costumbre, cuatro hijos y siempre alguna gallina en el corral, mientras gimoteaba: «Tres varones, y ya no me queda ninguno». Y la última escena que recuerdo de mi padre, tu abuelo, fue echándome una mano al hombro a la puerta de la casa y diciéndome: «No vayas a perder la carta de tu hermano. Y no lo dejes volver por nada del mundo, por nada». En la siguiente, él caminando tras el carro con el que tío Crescencio me llevaba a Guadix, casi ni lo veía, porque era aún de noche.

Recordarás aquel verso mío que dice:

Es de apenas un día
el viaje que conduce
del miedo hasta la muerte,
supe ya de bien niño.

Pues así fue mi viaje, Pierre, un viaje desde el terror impuesto en el pueblo por los señoritos de siempre a la casa sobre las vías en la que ya no estaba el tío Paco. Me veo aún en medio de aquel patio que olía a carbonilla, delante de una casa que me parecía enorme y de una fábrica grande como una cantera, parado sin saber qué hacer hasta que alguien me preguntó: «¿Qué quieres, niño?». Y cuando dije que buscaba a mi tío Paco Luna empezaron a llamar a gritos a una Carmen que creía yo que era mi tía.

Pero no. Era la mujer joven vestida de negro que se dio la vuelta, posó algo en el lavadero y vino hacia mí secándose las manos seguida de más mujeres y de un tropel de niños. Nada me dijo y nada le dije, sólo le extendí el papel que llevaba en el fondo del bolsillo, como si hubiese sabido de pronto que era la hija del tío Paco y que el tío Paco había muerto. Y lo era y el tío Paco, tu otro abuelo, había muerto entre un cuartel de Falange y el cementerio más próximo.

Hablaba poco aquella mujer tan joven. Sólo me dijo: «Ven». Y la seguí con mi caja y mi hatillo. Subimos a la casa y había tumbada en una cama una mujer mayor que no se movía. «Es mi madre», me dijo, tu otra abuela, Pierre, tu abuela Luisa. Le había dado un ataque cuando se enteró de la muerte de tu abuelo, y así se quedó.

No dijo más, sólo que íbamos por mi hermano. ¡Cuánto lloró mi hermano cuando me vio! No lo entendí, recuerdo. Creía yo entonces aún en esa tontería de que los hombres no lloran. O, mejor dicho, lo creí hasta aquel día, porque a su mismo jefe, el señor Paco el viejo, el padre del que tú conoces, se le saltaron las lágrimas.

Era un buen hombre aquel señor Paco, como su hijo. Él fue quien habló con don Feliciano, que era el catedrático de Francés del instituto del Retiro, y en él me metieron cuando empezó el curso. Y él fue quien le dio a mi hermano el dinero para mis libros. Ese día en que por la mañana fui al instituto y por la tarde con mi hermano a comprar los libros volví a nacer, Pierre.

Encuentra uno a veces gente buena por el camino. Yo, al menos, la he encontrado siempre. Mis padres, que prefirieron no tenerme con ellos para que saliese adelante como creían que podía salir. Y mi hermano. Y esa Carmen que era la novia, mujer más bien, de mi hermano, además de prima lejana. Esa Carmen, Pierre, estuvo tres noches arreglándome un traje para que fuese a clase como había que ir. Los principios de aquellos cursos son siempre la misma imagen: Carmen sacando el dobladillo de pantalones y chaqueta porque no soy muy alto, Pierre, pero algo iba estirando, Carmen dándole vueltas al cuello de las dos camisas que tenía, Carmen probándome zapatos de su padre a ver cuáles me estaban menos grandes.

Juan y Carmen me dieron todo lo que pudieron y que nadie más podía darme, porque mi padre había muerto en el monte —que lo despeñaran o sólo resbalase no lo sé— y mi madre y mi hermana se habían ido a Argentina con el novio de Lola, que tenía familia allí. Ya sabes cómo llegó una tarde la carta del tío Crescencio.

Y también te hemos contado mil veces cómo llegó unos años después otra tarde el señor Paco, el hijo, con la cara desencajada: habían detenido a mi hermano en la misma tasca. Me dio miedo, pero enseguida tanto orgullo cuando el señor Paco le dijo a tu madre: «Nos ha dicho una cosa, Carmen, que el niño no deje de estudiar por nada del mundo».

Lo sabes, Pierre, y sabes que nunca me he esforzado tanto por nada. Sólo una cosa quería: quedar por encima de todos los demás. Estudié a reventar. Nunca me acostaba antes que ella, que había encontrado a otra buena persona en su camino, a aquel modisto gordinflón del que se reían las vecinas cuando iba a llevarle cosas. Estudiaba hasta que me caía, fui el mejor en el examen de Estado y llegué a la Universidad. Mejor dicho, Carmen me obligó a ir. Yo quería trabajar, pero ella no me dejó. Y estudié Filología Románica, rama de Francés, porque una lengua extranjera debía de parecerme que era como irme lejos y porque Francia me sonaba a libertad.

Fue entonces, en aquellos años, cuando comprendí la mecánica infernal del tiempo, cuando vi que había gente a la que hasta el tiempo se le estaba negando, como a tu madre, a la que una guerra la pilló con quince años y la convirtió de adolescente en mujer porque las guerras extreman hasta las más recónditas pasiones y ella estaba enamorada de su primo Juan el de la escuela del partido. Y la derrota, de la joven novia de su primo Juan en su mujer porque en alguien tenía que protegerse en medio de tanto desastre. Y muy poco después en viuda con sólo veinticinco años, viuda con madre impedida y un chico estudiante a su cargo, viuda a la que iba marchitando el tiempo que le llevaban negando desde que era casi una niña, año tras año sola, confusa, prisionera de la espera.

Perdóname, Pierre, porque te lo cuente y perdóname, también, porque no te lo haya contado cara a cara y antes, pero comprende lo uno y lo otro: inténtalo, al menos.

Pasaron los cursos, llevaba un gran expediente y estaba ya en cuarto cuando me encontré en una conferencia a aquel profesor don Feliciano, que habló con un amigo suyo que tenía una academia donde me encargaron mis primeras clases. Nada le dije a Carmen porque quería darle una sorpresa que se merecía. Y el pequeño adelanto me alcanzó para una botella de Marqués de Riscal que llevé con la noticia y que, sumado a la situación de tu abuela, a la soledad continuada de tu madre y a la juventud de los dos, de ella y mía, desembocó donde tenía que desembocar todo aquello.

Así vivimos dos años, hasta que una noche de lunes, cuando yo ya era ayudante en el instituto Cervantes, el de al lado de tu casa, a mi llegada de la academia, donde seguía para sacar un dinerillo extra, me extendió tu madre un telegrama. *Salgo. Llego domingo correo de Santander, Juan,* ponía, y un doble escalofrío me recorrió, en ida y vuelta, el cuerpo. Te mentiría si te dijese cuál fue antes y cuál después, el de una profunda alegría o el de una profunda tristeza.

Sólo una cosa dije: «Me voy. Tú eres de mi hermano, Carmen». Y sólo una cosa dijo tu madre: «¡Déjame preñada!». Lo demás, para qué hablar de ello, Pierre. Recuerda sólo estos versos:

ovillo de dos gatos feroces entre sudor y pelo,
rabiosos de noticias que son buenas y a la vez las peores,
porque el mundo se rige por apariencias extrañas
y por leyes más extrañas aún que no nos dejan en paz.

No me queda sino añadirte, Pierre, que me fui antes de que nacieses y que, aprovechando la muerte de tu abuela, tu madre y yo logramos convencer a mi hermano de cambiar de casa. Fue lo mejor para que el niño que iba a venir tuviese un sitio más saludable donde crecer y tu madre un lugar más tranquilo en el que no vivir siempre pensando en si alguna de aquellas omnipresentes vecinas podía sospechar algo de su gran secreto.

Fue mi vida desde entonces sólo nostalgia y un enorme cariño hacia ti, hacia Carmen y hacia mi hermano Juan que tal vez cueste comprender, pero ya te dije una vez que es muy distinta la dignidad de los pobres, que es una dignidad de subsistencia.

Poco más queda, Pierre. Que leas estas líneas cuanto más tarde, mejor, que me perdones y que sepas que te he querido más que a nada y más que a nadie.

Pedro Luna Guzmán

Me quedé fijo en la firma y reparé en que estaba llorando no sabía desde qué punto de la carta que sujetaba sin sentirla entre las manos, un llanto tranquilo, un sentimiento tan difuso como intenso de cariño y también de pena por aquellos dos hombres y por aquella mujer a los que habían quitado lo mejor de la vida, incluso su tiempo: el de ella directamente inexistente, el del uno dos veces cortado por la cárcel, el del otro encerrado en un pasado que ni siquiera podía contar, una sensación que me fue poco a poco angustiando y me hizo asomarme a la ventana hermética sobre un patio que parecía también hermético, y no me fui a tomar el aire que me faltaba porque era Thérèse quien estaba al otro lado de la puerta. Con cualquier otra persona me habría ido.

Tardé en entrar a su cuarto. Estaba leyendo. Posó el libro en la mesilla y me echó sus dos manos: Siéntate aquí, Pedró, me llamó ya así: Pedró, y cogió las mías para aplacarme, porque, curiosamente, fue verla lo que me puso nervioso y activó mi mente en medio de aquel silencio que no sé si duró un segundo eterno o una eternidad en las llamaradas que empezaron a reproducirme los muchos chispazos que desde bien chico eran presentimiento o señal, veía mientras empezaba a oír lejano a la cercana Thérèse: Pedró le había leído una vez todos sus poemas, una noche, una noche muy bella, en rue Nicolo, hacía ya mucho, cuando le estaba enseñando español, y fue comentándoselos uno a uno. Todo era nostalgia en ellos, pero nostalgia de Carmen: la nostalgia de Madrid era nostalgia de Carmen, Pedró odiaba Madrid, Pedró odiaba España, Pedró odiaba todo su pasado, Pedró sólo salvaba a Carmen, a la valiente Carmen que había sabido lo que no sabe casi nadie, lire un coup de coeur, decía, y sentía yo que no era dialogar conmigo lo que estaba haciendo Thérèse, intentar saber cómo estaba yo, entender si había asimilado y cómo aquellas once cuartillas, sino consigo misma y con TioPedro como si fuese esa tarde prolongación de aquella noche, y siguió con lo suyo y yo para mí con lo mío, si mi padre lo sabría, o lo imaginaría, o ni siquiera se le habría pasado por su cabeza fiel, si tantos años de silenciosa calma habían sido producto de su generosidad o de su ignorancia, si aquella manera de no ser habría sido sólo un ámbito de fuga, mientras le oía a ella que le dolía esa mujer con la que todos habíamos sido tan injustos, imaginaba que yo también porque los hombres somos por definición ingratos con las mujeres, que la historia, la grande destructrice, había disparado a mi madre desde todos los sitios, que había sido el suyo un dilema sin solución, como suelen los dilemas de las mujeres, y que no estaba criticando ni a

286

Juan ni a Pedró, tuvo la delicadeza de no usar el término padre, no era culpa de ellos, era culpa de la vida, pero la única verdad era que nadie se había dado cuenta de su soledad, la de ella.

Yo sí, Thérèse, yo me di cuenta hace ya mucho, intervine no sé realmente por qué;

Claro, pero decidiste olvidarlo. L'homme, el típico hombre, chistó, merveilleux, édifiant, Pedró, génial, génial, y se calló aunque supe ver en su rostro que habría podido seguir regañándome durante horas, pero lo que hizo fue agarrarme de nuevo la mano: me quería mucho y quería que supiese que podía contar con ella para todo cuanto pudiera necesitar en esta vida, porque se lo había prometido a Pedró, pero también porque yo era el mejor amigo que le quedaba, y que por favor la perdonase, que si me había tenido que dar esa carta era por su compromiso con Pedró, que siempre siempre había estado convencido de que iba a morir joven y antes que su hermano, siempre lo decía, miró al techo que yo interpreté cielo, y que, si aceptaba un consejo, ya que sabía algo que tenía derecho a saber, lo mejor que podía hacer era olvidarlo, porque le savoir est un impératif moral, mais l'oubli est un droit légal, el saber es imperativo moral pero el olvido es derecho legal, repitió en español por si acaso, un derecho a veces muy útil, même imperátif, hasta imperativo, y me apretó la mano:

Thérèse, ¿y no es posible que yo...?, no me atreví a decir lo que estaba pensando, que yo fuese el hijo del reencuentro de Juan y Carmen a la llegada de él sólo días después;

No, Pedró, las mujeres sabemos siempre eso. Eso se siente, comprendió perfectamente, y nos quedamos en un silencio a dos manos hasta que tuve que irme.

Deambulé más que paseé por aquellas calles que bajaban hacia Montparnasse desde las proximidades del Senado donde me había dejado el taxi, tocándome de vez en cuando el bolsillo de la chaqueta por comprobar que estaba ahí mi sobre con sus once cuartillas, único contacto con el mundo hasta la llegada a La Coupole, donde me había citado Alice: no me había llevado a cenar allí porque se comiese bien, sino para que me reencontrara por un rato con mi mythologie rouge, y me quedaba ya muy lejana aquella mitología roja, pero algo de mí el de carne y hueso que allí estaba sentado frente a una amiga en el café inmenso perimetrado de escenas mitológicas sí que reencontré, la capacidad de infundirme ánimos, y le dije a la salida que me apetecía irme por ahí solo, posiblemente a tomar una copa, y me preguntó si sabía dónde:

No, le dije;

Moi, oui, se echó a reír, y me llevó del brazo hasta el coche.

Atravesamos medio París casi en silencio: yo con la mano en el bolsillo, agarrando en extraña comunión el sobre, ella cuatro o cinco comentarios para ubicarme por unas zonas al paso que poco me importaban, y de pronto frenó: ¿veía el neón rosa?; sí, claro; ése era un buen sitio para que yo tomase una copa, me sonrió, y me explicó cómo irme: si no había taxi en la puerta a la salida, todo recto hacia abajo se llegaba al canal de Saint Martin, donde seguro encontraba; de acuerdo, le guiñé el ojo, y ella alcanzó del asiento de atrás su bolso, rebuscó por dentro y me extendió un llavero: ¿sabía su dirección?; claro, rue Saint Roch, 7; ¿y el piso?; el tercero; ¿y el código del portal?; no; ¡cuál iba a ser!, pues 1953, el año de su nacimiento. Nadie en la escalera se había atrevido a discutirlo, ja, ja, ja, y sentí por un lado tener que dejarla, pero necesitaba ese vértigo que implicaba el quedarme a solas con mi memoria para echarle un pulso y doblegarla, olvidarla en medio de esa vorágine que es una noche de busca, y eché a caminar los pocos metros: ¿cincuenta, cien?, no sé, nunca supe calcular distancias, que me separaban del triángulo de neón rosa que iluminaba a aquellos cuatro corrillos con los que intercambié mirada al paso, uno de moros, otro de franceses, otro de negros y el cuarto de los inevitables gorilas a la puerta, hombres de todas las razas y todos hombres, pensé, y accedí al vestíbulo que hacía a la vez de entrada, dispensador automático de bocadillos y taquilla, me advirtieron que tenía sólo veinte minutos para tomar algo, pagué cincuenta francos por el cartón de color rosa que me daba derecho a entrar y a la primera copa, empujé la definitiva *entrée* metálica de ofensivo naranja, la atravesé y me paré en el segundo de los tres peldaños de aquella discoteca sin concesiones que parecía mucho más inmensa por vacía, en medio de un aire espeso que conservaba en psicofonía el hálito de una tarde intensa de domingo y al borde de un suelo que mostraba bien visibles los restos de la marcha humana: un barrillo de sudor y condensación del que parecían emerger colillas, trocitos destellantes de cristal, envoltorios de comida basura, botellines de plástico, latas de mil colores que, sin imán encima que los hubiese podido barrer por arte de magia, no me atreví a atravesar, y volví sobre mis pasos, empujé en sentido opuesto la *sortie* metálica de ofensivo naranja, salí al vestíbulo que hacía a la vez de entrada, dispensador automático de bocadillos y taquilla, rompí en dos el cartón de color rosa que me habría dado derecho a la primera copa, tiré los trozos al suelo y salí deprisa para poder respirar el aire de la calle, en la que seguían departiendo cada uno por su lado los cuatro corrillos, el escrutador de los inevitables gorilas a la puerta, el de los franceses, el de los moros y el de los negros, que reían a carcajada en grito cuando pasé ante ellos camino del canal de Saint Martin.

(Fin de LUNA NUEVA, *o capítulo cuarto en el que Pedro Luna Luna ha repasado su definitiva presunta madurez, aquellos años que tan a merced lo tuvieron de cuanto su instinto le aconsejase conveniente y en los que logró adquirir ante la vida el uso de olvido suficiente como para poder desmontar su propio pasado.)*

Postdata

por Pedro Luna Luna

Este libro, que es la historia de una vida, tiene su propia historia, la de un año y medio en el que atravesé, como si de una existencia en miniatura se tratase, todos los posibles estados de ánimo, desde el abatimiento hasta el miedo y desde la euforia hasta la dignidad.

Todo arranca de una mañana de agosto de 2001, en ese rato diario que dedicaba a mi madre tras el desayuno, cuando Nasma se iba a su despacho contiguo a revisar los asuntos del negocio familiar, su madre doña Nahim se bajaba a la zona de la cocina y nosotros dos nos quedábamos al sol del balcón sobre el patio si era invierno y al frescor de la larga ventana al mar si verano, una hora de tranquila charla en la que yo tomaba café para ir incorporándome al nuevo día y ella se afanaba en la milagrosa costura que hacía casi al tacto porque tenía la vista ya más que cansada y las gafas le servían de bien poco.

Andaba yo a lo mismo de siempre, ir lentamente desperezando en la cabeza los nueve cuadros y el retablo de nueve pinturas desplegados en mi gabinete para su minucioso permanente retoque en busca de la perfección o, simplemente, de engañarme dándole una presunta razón de ser a mi día, cuando vi que mi madre se incorporaba con demasiada lentitud de su tela y advertí que un dolor le atravesaba el rostro, le detenía por un instante la respiración y le colocaba en el limbo la mirada. Le pregunté qué le pasaba, me respondió que nada y supe que estaba mintiendo. La semana que me di de observación no hizo sino confirmar mis sospechas y ya no me lo pudo negar: estaba enferma, muy enferma.

Me dejó aplastado su relato: meses antes de morir mi padre, concretamente en septiembre del 92, se había sentido mal, había ido por primera vez al médico desde mi parto y le habían diagnosticado un cáncer de estómago muy embrionario, pero no se operó primero por la situación de él y luego, ya en Marruecos tras mi boda, porque se encontró bien, mejor que nunca, más tranquila que nunca, y le daba miedo resucitar un fantasma que parecía haberse quedado en Madrid. Ni siquiera había sentido dolores hasta los dos o tres años de estar en Asilah, pero Nabila le empezó a dar una pócima que al principio bebía una vez al día, luego dos, más tarde tres y finalmente hasta cuatro, aunque últimamente ya ni con seis tomas aguantaba.

Por primera vez desde que había organizado mi vida en Asilah al poco de mi boda a finales de 1992 y de la casi inmediata muerte del señor Bensami, que me convirtió definitivamente en el hombre de la casa, rompí la rutina de las tres horas de pintura entre ese rato con mi madre y la comida en el salón de abajo donde había hecho trasladar

292

el eje de la vida familiar, la siesta de rigor y, tras ella, el viaje en taxi a Larache para leer dos horas, pasear un rato y, de vez en cuando, acudir al hamman al caer del día. Durante un par de semanas ni pinté, ni leí, ni acudí a mis otras vidas, ni casi dormí a cuenta de una obsesiva mezcla de preocupación, pena y mala conciencia que se me mostraba en el largo dedo acusador de Thérèse regañándome desde aquella escena del hospital tan lejana en el espacio y ya en el tiempo por ser un egoísta que siempre había ignorado a su madre.

Hasta que una tarde no pude más y me fui en busca de uno de mis tres taxistas para que me llevase a Larache a intentar ordenar en la distancia mi cabeza enmarañada. Allí, vagando por mi casa, se me impuso la imagen de Paco, el profesor de Arte sevillano con ojos de aguamarina junto al que había organizado la exposición de las sedas de Al Andalus y que tantas temporadas había pasado entre aquellas paredes aún impregnadas de él, y lo llamé. Pese a lo que me temía dada la época del año, no tardé en localizarlo, ni él por supuesto en acudir a mi llamada. A las tres y media del día siguiente ya estaba yo con mi taxista de turno recogiéndolo en el puerto de Tánger, y un par de horas después, paseando con él arriba y abajo entre el mirador ante mi casita y el cementerio de Genet que yo había asignado también en la cabeza a dos de mis grandes sombras, empezó este libro.

Mi largo monólogo fue, sobre todo, una descarga para acallar la mala conciencia, y como tal lo entendió mi amigo. «No sé cómo no lo escribes, te vendría bien. Te sacarías de dentro muchas cosas que te pesan», me aconsejó con su

293

acostumbrada sabiduría tras el largo relato que le completaba lo bastante que, en sus frecuentes visitas, ya le había contado sobre mi familia y sobre mí, y comprendí que tenía razón. El olvido no era, como había pensado durante tanto tiempo, la fuerza más poderosa sobre la tierra y en la cabeza humana.

Seguí dándole vueltas al asunto y el viernes por la noche llegó el médico de toda su confianza que, a la postre, resultó ser uno de esos amantes que Paco llevaba siempre al retortero. La excusa del doctor me permitió instalarlos en Asilah, no en Larache, donde yo recibía, e Isabelo Moratín me quitó toda esperanza: lo mejor era intentar que mi madre sufriese poco. No merecía la pena ni hacerle pruebas, sólo suministrarle la morfina que ya había llevado por si acaso, y que estuvo bajando junto a Paco dos veces al mes dado que era médico y que, con una buena propina, no le ponían problemas en la frontera.

Era un gran tipo Isabelo Moratín, y a él le debo el segundo paso de este libro. Divertido hasta la médula y muy humano, supo animar a mi madre en los últimos tres meses de su vida y, de paso, desvelarme lo que yo no sabía porque jamás me había importado saber, que, además de todo lo dicho por Thérèse, era esa mujer una persona de honda inteligencia que, simplemente, había estado siempre callada porque nadie le había pedido nunca su parecer sobre algo serio hasta que él le preguntó qué opinaba de los atentados de hacía unos días en Nueva York y Washington, de los que llevábamos rato hablando sin que ella hubiese dicho nada: «Que si los americanos no se ocuparon de que a mi padre no lo fusilara Franco o a mi marido lo encarcelaran dos veces y lo torturaran casi hasta matarlo, no me voy a preocupar yo de lo que les pase a ellos», contestó con todo el aplomo de una opinión perfectamente hecha. «Madre, que esto es muy serio», le respondí yo no sin un cierto cursi menosprecio que hube de tragarme al instante por la contundencia de su respuesta: «¿Y esos pobres que vemos a veces pasar hacia Tánger, Tetuán o Ceuta a ver si pueden atravesar el mar sin hundirse, hijo? ¿Eso no es serio, hijo mío?».

El gesto de dolor que se le había dibujado, aún más lacerante que el que le provocaba su cáncer, iba a ser el undécimo cuadro, y último, de mi colección sobre el rostro humano para una exposición con la que llevaba soñando toda mi vida y ficcionando desde mi llegada a Asilah, y me embargó hasta el punto de ni festejar el gracioso y agudo comentario de Isabelo que Paco y ella rieron con ganas: «Olé sus cojones, doña Carmen, que se ha atrevido usted a soltar lo que medio mundo piensa aunque nadie ose decir».

Y, tal vez envalentonada por el eco a su primera intervención pública, Carmen Luna decidió hablar lo que nunca había hablado, reír lo que jamás había reído y hasta descararse: «¿Es que tiene usted hijos, doctor?», le preguntó rato después al muy afectado y prosopopéyico Isabelo Moratín sin disimular su extrañeza por la alusión a un tal Isabelino de pocos años que había comparado los atentados con las películas de la tele y los puñeteros jueguecitos que le estaban comiendo el coco. Y aquel hombre de un metro noventa, delgado, la cabeza rapada, vestimenta rigurosamente clásica y siempre estridentemente encorbatado se levantó y la encaró desde su altura: «Sobrinos, doña Carmen, ¿o es que me ve usted engendrando hijos? Más bien no, salta a la vista, aunque, de todas formas, incluso si así no hubiese sido y fuera yo un sietemachos, descuide, que no los tendría sólo y exclusivamente por una cosa, no fuese a salirme niño y tuviera que darle este nombre con y por el que peno por más que diez generaciones de Isabelos Moratín lo hayan sabido llevar con dignidad y hasta orgullo, y con qué orgullo, si usted supiera».

La risa fue esa vez general y el impertérrito Isabelo Moratín se sentó, recargó de ron su vasito y la miró con toda la seriedad del mundo. «Frivolidades aparte, llevo ya tiempo pensando en que me gustaría tener uno aunque Isabelo hubiera de llamarse, pero se hace imposible. Para cuando nos dejen adoptarlos, estaré más para abuelo que para padre», se lamentó, y esa vez mi madre sólo le dedicó una leve sonrisa, porque estaba ya pensando en mí. «Otra de esas tonterías, como si importase la naturaleza de los padres para la felicidad de los hijos», comentó ajena a todo lo demás y sin pensárselo, y me abrumó lo que con esa frase logró transmitirme, un mensaje sobre mis inclinaciones vitales al tiempo que sobre mi propia filialidad.

Aquella noche no dormí, y no de preocupación, remordimiento o dolor, sino de tiempo perdido. Sentía que muy buena parte de la incomunicación padecida a diario durante años había sido tan estéril como ridícula, que muy probablemente habría bastado hablar con ella para haber tenido una vida tal vez no distinta en su esencia, pero desde luego menos atormentada. Y decidí en firme escribir el libro.

Fueron, los siguientes, dos meses de profunda amistad entre ella y yo que completaron casi medio siglo de un enorme cariño muy acrecentado por la proximidad de los últimos nueve años. Le enseñé lo que nadie había visto, los nueve cuadros avanzados, el décimo apenas esbozado y el retablo en los que trabajaba en riguroso secreto, su satisfacción postrera, y hablamos más que nunca. Sólo un as conservamos cada uno en nuestra respectiva manga. Ella, el de mi filialidad y, por extensión, sus amores con TioPedro, sin duda en respeto a la memoria de su marido. Yo, el del proyecto de escribir mi vida, que era en el fondo escribir sobre todo de la suya, para no perturbarla. Por lo demás, criticó con severidad pero maternal indulgencia mi actitud con Nasma, se rió de mí por haberles intentado ocultar lo que al menos para ella a partir de un momento que no me precisó fue evidente, mi homosexualidad, y me informó de que le había prometido a mi padre que nunca le diría a nadie, ni a mí, que sus parrafadas voz adentro eran poesías y recuerdos que él hacía y memorizaba pero no escribía.

Carmen Luna, mi madre, murió entre las cero y las siete horas del 21 de diciembre, con la llegada del invierno y en una madrugada fría y húmeda, en la cama y mientras dormía, para así aminorar el disgusto, molestar lo menos posible e incluso quitarme la obsesión por esa hora maldita del crepúsculo en que las luces se mezclan hasta anularse para dar paso a la oscuridad. Dudé sólo por un minuto qué hacer con sus restos y lo dejé todo en manos de Nasma porque no soy creyente y, dado que me molestan y hasta asquean todo ritual y todo atavismo, uno u otro me daba igual. De todas formas, era lo menos que podía hacer por aquellas dos mujeres, la abuela y la vieja Nabila habían fallecido ya, que tan bien se habían portado con ella, dejarlas que organizasen a su manera las exequias, y no me equivoqué, porque es su cultura menos tétrica ante la muerte que la nuestra, porque pocos cementerios hay en el mundo tan bellos como el de Asilah y porque dirigió perfectamente el asunto Nasma, como lo hace todo esa mujer que tanto vale y a la que, por motivos muy distintos y aún mucho más mezquinos, he minusvalorado incluso más que a mi madre.

Vinieron al entierro todos mis pocos amigos, salvo Thérèse, representada por su hija Gala, que se iba a casar en unos meses y me quería como testigo de boda, me pidió ante su novio, un tal Jean Sébastien larguirucho, de cara soñadora y largos pelos rizados que, curiosidades de la vida, dibujaba comics y quería ser pintor. Junto a ellos estuvieron Alice, final y felizmente Alice Balique née Bellome, y su marido François el diputado, Paco e Isabelo Moratín, Clara con Tomás Enríquez, Paola Pastor y Ernesto Ríos. «Sobro sólo yo, el hombre al que se ha empeñado en ponerle los cuernos toda la Internacional Socialista», me comentó Ernesto sarcástico como siempre, la noche de la llegada, cuando ya se habían acostado todos los demás. Y le hice el primer guiño: «Tú no sobras, tú me faltas».

Le conté mi decisión de escribir la vida de los Luna pero mi preocupación, casi certeza, de no llegar nunca a hacerlo, por inconstancia y sobre todo por incapacidad, y se lo propuse a él. «Así que tú de autor y yo de negro, ¿no?», me preguntó. «De negro o de blanco me da igual,

Ernesto. Sólo sé que no me gustaría que se perdiese esta historia», le respondí exactamente lo que pensaba, y mantuvimos un largo silencio que animó, rítmico, el mar. Y de pronto suspiró: «Qué verdad es que la soledad se resuelve en una vaga tristeza que se hace memoria y acaba por llamarse melancolía. ¿No crees?». No respondí y simuló una risotada: «Acepto, Luna. Unas vacaciones de ese gallinero en que se ha convertido el instituto me vendrán bien, e igual hasta encuentro por aquí a una mujer que no me tire de primeras a la cuneta». «¿De verdad?», me sorprendió tan rápida contestación, y esa vez fue él quien no respondió. Tenía cara de estar haciendo cálculos, y así fue: «Me pido una excedencia. El uno de febrero estoy aquí», me comunicó. Y me puse a hacer lo que me pidió. Dediqué los días que quedaban de diciembre y todo enero a tomar notas de mi vida y la de los míos en unas fichas que le di según llegó.

Tres días tardó en verlas, y en Casa Pepe, el restaurante de pescado antigua taberna del mar extramuros de la citadela y a la entrada de la playa larga que tanto me había gustado siempre, fijamos los grandes criterios, en una cena inolvidable que se extendió hasta aburrir al camarero que quedó de guardia, un chaval encantador llamado Said al que Ernesto renombró El Funámbulo por su envidiable sentido del equilibrio, que le permitía mantener la silla sobre las patas traseras sin otro punto de apoyo que su cabeza dormida a la pared.

Me aconsejó que redujese el argumento al de mi propia vida, lo que no veía yo del todo claro, pero supo convencerme. «Lo coherente, Luna, sería seguir el hilo de la sinfonía de tu amigo Babel a la que tanto aludes, o sea, reconstruir tu vida sobre algo tan sencillo como el esquema más clásico: infancia, adolescencia, juventud y madurez», me planteó. «¿Y quitamos mi prehistoria?», le mostré mi inquietud por perder lo que más me importaba del futuro libro. «En cuanto tal capítulo en sí misma, claro. Los ancestros o viven dentro de la obra o no son, o se explican desde dentro o ni son lo que tú pretendes, una descarga, ni lo que yo tengo que darte, literatura», me respondió.

En una semana ya habíamos reclasificado según el nuevo criterio las fichas y nos metimos de verdad en faena. Yo le contaba de nueve a una mi vida y él tomaba notas en los cuatro cuadernos de distinto color desplegados a su lado de la larga mesa de despacho. A veces me pedía que interpretase algunas escenas y las grababa en un cassette. Por las tardes, yo me enclaustraba en mi estudio a dialogar con mis cuadros o desaparecía a Larache y él se quedaba trabajando, a menudo hasta muy tarde.

Acabamos esa fase el 28 de febrero y Ernesto reclamó otra cena de pescado. «Voy a hacer de Dreyfus, o de Pepito Grillo», me advirtió nada más sentarnos. «He estado pensando mucho sobre ti, que para eso me pagas, y no acabo de comprenderte. ¿Cómo es posible que no hayas hecho nada de nada, Luna? Lo has tenido todo en tu mano y no lo has aprovechado. Podías haber dado mucho más de ti», me dijo con desesperación, y empezó en serio.

Su j'accuse hizo la cena tan eterna como la anterior, de nuevo sin más testigo que Said El Funámbulo durmiendo activamente con su envidiable sentido del equilibrio. Fue enorme la nómina de acusaciones que me dedicó: inconstante por miedoso, superficial por miedoso, fracasado por miedoso, infeliz por miedoso. Se lo contraargumenté todo, pero sin decisión alguna, apenas la insistencia en que había encadenado, una tras otra, casi todas las desgracias posibles. Y ahí me pilló: «Bueno, se te han muerto tus viejos, lo cual a nuestra edad empieza a ser inexcusable compás de vida. Cierto es que, en tu caso, la orfandad es un cincuenta por ciento mayor que las demás, pero no deja de ser igual. Y amigos se nos mueren a todos, Luna». «Tanto, no», le respondí dolido, y se encogió de hombros: «Lo que a ti te pasa, Luna, es que has querido ser todos ellos, y ahí es donde has muerto tú, tú, varias veces. Además de otra cosa, no lo olvides, que justo por eso ni has llegado a sentir realmente lo que les pasaba a ellos. En el fondo te condolías sólo por ti». Y dictó entonces sentencia: «Ay, Luna, ¡qué puñetero es conocer a las personas! No por eso se las quiere menos, pero no deja de ser jodido».

Salimos del restaurante muy bebidos, él, como en los viejísimos tiempos, recitando, y nos sentamos en una de esas lascas bajo el cantil que penetran al mar, donde estuvo alternando hasta el amanecer más versos y más silencios. En cualquiera de sus dos estados me habría abalanzado varias veces sobre él, pero no lo hice.

No volvió, sin embargo, a pasárseme por la cabeza y seguimos cada cual a lo suyo. Ernesto se encerró todo marzo y abril con el ordenador portátil que fuimos a comprar a Tánger en su único rato de asueto de todo aquel período, mañanas, tardes y noches que confundió a carro del agotamiento, de manera que dejó de atenerse al horario de la casa: dormía cuando estaba cansado y comía en función del sueño, y yo seguía vegetando entre Asilah y Larache a la espera de ese texto que me tenía ya ansioso, hasta que el uno de mayo, fiesta de los trabajadores, me emplazó a que lo invitara de nuevo cenar.

Quería saber si le autorizaba un cambio que había hecho respecto a lo acordado en el esquema. «Te dije que iba a seguir como hilo conductor la *Sinfonía de la vida* de tu amigo Babel y sus cuatro movimientos, la memoria, la pasión, la razón y el olvido, ¿recuerdas?», me preguntó. «En eso quedamos, sí», le respondí. «Pues bien, he cambiado el orden, Luna, porque tú no me has hablado exactamente sobre la memoria, sobre la pasión, sobre la razón y sobre el olvido, sino más bien de cómo has ido adquiriendo su uso, que es algo muy, pero que muy diferente, y más acorde con el gran yoísta que eres. ¿Estás de acuerdo?» No respondí, pero le dije: «Aclárate. ¿Soy un yoísta o un cobarde?». «Las dos cosas», me contestó, «pero me refería a si estás de acuerdo con el cambio», y volvió a su gesto concentrado de gafas sobre la mesa, ojos cerrados y dedos bailarines casi compulsivos. Yo tan sólo me encogí de hombros, y lo tomó como la aceptación que era: «Pues el orden del libro será memoria, razón, pasión y olvido», marcó como solía las comillas con los dedos al aire.

El 15 de mayo, ida Paola, que había venido a trabajar con Nasma unos días en los que Ernesto prefirió desaparecer y encerrarse en Larache a darle una lectura al texto, me dio la primera versión, casi trescientos folios que leí de corrido dos veces seguidas en tres días. Me pareció perfecto, o sea, que decía lo que yo quería que dijese y que reflejaba bien las maneras de hacer y hablar de todos nosotros, lo cual era para mí más que suficiente porque no paso de ser un lector medio medianamente vivido. Apenas hice una docena de precisiones y para finales de junio irrumpió en el desayuno con un buen taco de folios arrullados como un niño contra el pecho: «Ya está», dijo, y no sé cuánto duró su resoplido. Yo no pude articular palabra y, mientras Nasma le servía café, me miró a la cara: «Me debes una espalda y unas cervicales nuevas», se palmeó tras el cuello, y se quitó las gafas. «Y unos ojos. ¿Sabes que hasta he encontrado un verso perdido?», me preguntó. No entendí y me lo aclaró: «Que la cita de apertura, o frontispicio, es un verso, mejor dicho, medio verso, tan congruente y tan cierto que se perdió en el tiempo». Pensé primero que podía ser un verso de Alejandro, lo que me negó, y luego que suyo, y se echó a reír. No quiso desvelármelo y con esa idea me quedé, igual que no hubo manera de sacarle el título que proponía. «Cuando lo veas, te darás cuenta de que lo has estado tocando», me respondió, e intuí por sus miradas que a Nasma sí se lo había dicho.

Dedicamos julio y agosto a viajar por Marruecos, una idea de ella que me pareció más que procedente porque era lo menos que podía hacer por el amigo que se había negado a cobrar nada aparte el sueldo de los seis meses de excedencia que había tenido que cogerse. Lo inundamos de regalos, yo agradecido y Nasma en ese papel de esposa perfecta que sabía perfectamente representar y que yo admiraba, y el 2 de septiembre salimos, con apenas una hora de diferencia, del aeropuerto de Tánger, él con dirección a Madrid y nosotros a París a la boda de Gala. A la puerta misma del embarque le dio a Nasma un sobre. «Que no lo vea hasta que yo haya desaparecido», le pidió, y me miró enseguida a mí: «Si te gusta, lo mantienes. Y, si no, pones lo que se te ocurra». Supe que se trataba del título.

Fueron, pese a lo que temía, tres días bonitos los de Villeneuve, sobre todo gracias a que Thérèse, tan envejecida ya de aspecto, se esforzó como antaño en que no cupiese la pena en aquella mítica casa que se notaba deshabitada y a la que los novios no se decidían a trasladarse. Hablamos mucho. Estaba a gusto en la residencia de Bretaña donde se había recluido, se sentía medio en paz con el mundo y no temía la muerte venidera, me dijo sobre ella. Se me notaba mejor que nunca, seguía siendo muy mío aunque eso no tenía remedio y me mantenía bien, dijo sobre mí. Me dio, pues, Thérèse la confianza para resolver a favor la gran duda con la que había salido de Asilah, si dejarle o no la copia del libro que le llevaba en la vieja cartera negra de cuero regalo de ella junto a la que pensaba entregar al editor Navarro en Madrid.

«Thérèse, voy a darte una cosa, pero con una condición, que, te guste o no, nunca me lo digas», le pedí justo antes de salir. Y saqué la copia precintada, se la alargué y me despedí inundado de la tristeza que había bordeado en los días precedentes.

En medio de esa tristeza llegué a Madrid tras diez años de vivir fuera y seis de no haber vuelto ni de paso y lo que me encontré fue una ciudad distinta, de aire aún mucho más denso y cargada de mendigos de todas las edades, de fantasmones que parecían ir flotando entre la gente, los portales y las basuras, y que impresionaban entre tanta exteriorización de la riqueza más, mucho más, que los mendigos que yo veía a diario por Marruecos en medio de una sencilla pobreza generalizada. «¡Joder, Ernesto! Yo, Madrid no lo recordaba así», le comenté en pleno paseo para enseñarle a Nasma el centro, angustiado por aquel panorama en el que se respiraba impiedad. «Claro, hombre. ¿No ves que ya han pasao, Luna?, que ya han pasao», canturreó, y me miró a los ojos. «Madrid ha vuelto a ser la *ciudad de un millón de cadáveres*», impostó la voz como siempre hacía en sus frecuentes citas, algo así como las comillas al aire de su cadena hablada, y no llegaron a un millón los cadáveres vivientes que encontramos aquella noche en el tramo de las Cortes a la plaza de Oriente y vuelta hasta Canalejas, pero tendía a él la cifra cuando entramos al paso a aquel Ducados Café de hombres y chicas guapos que tanto me gustó.

Tardó Ernesto tres mojitos extrañamente picados como aquellos daiquiris de melocotón de Thérèse en sacar a colación el libro. Lo había releído y le gustaba, me comentó a bote pronto. Creía que era una buena historia y que él, modestia aparte, había hecho un buen trabajo de adecuación de la oralidad a la escritura, que se había divertido con el armazón lunar del libro y que el tratamiento de sí mismo como perro faldero, guiñapo, cornudo, hasta impotente al que no se le levantaba ni con música de flauta había sido un auténtico ejercicio de masoquismo y antiépica. Lo felicité por todo y por el título, del que nada nos habíamos dicho, y callé porque no estaba yo para hablar de cuanto no fuese el camarero alto y rebosante de consciente juventud que nos había tocado en suerte, algo que jamás habría hecho delante de Nasma.

Fui a visitar a Navarro por la mañana, a su casa de la calle de Ferraz. Nos pusimos al tanto de nuestras vidas, recordamos viejos tiempos y me preguntó qué me llevaba por allí. Se quedó con la boca abierta cuando le respondí que la historia de mi familia en unas memorias. «Creí que lo sabía todo de mi amigo Pedro Luna y resulta que me encuentro con unas memorias cuya existencia desconocía», me dijo extrañado. Le aclaré entonces que no eran suyas, sino mías. «Son realmente unas memorias muy sinceras y muy crudas, pero no sé... Son una descarga, un homenaje, algo que no le puedo precisar, Navarro», no supe explicarme bien, lo que contribuyó a que él no acabase de darles crédito. «¿Y las tienes ya escritas?», me preguntó. «Sí, claro», le contesté, y sólo entonces me creyó. «Es que anda últimamente tan a la moda eso de tener una idea, llevarla con medio folio, pedir el anticipo y tardar luego a mes por folio..., y eso si no te engañan directamente y resulta que te lo han copiado de las más variopintas obras que corren por los cinco continentes. Así que mándamelas, mándamelas en cuanto llegues a Marruecos», intentó arreglarlo. «Mañana se las hago llegar. En el hotel tengo su copia», le respondí mientras me daba cuenta de que debería habérselas llevado. «Pero, hombre, ¿cómo no las has traído hoy? Ya tendría yo lectura para esta noche», se lamentó. Le había picado, y mucho, la curiosidad.

El día siguiente comimos con Tomás, Clara y Paola, paseamos durante toda la tarde y me seguí disociando de mi ciudad la que ya tenía catedral pasmosamente fea pero no templo de los suicidios, nos contó Ernesto por la noche, porque habían tapiado el viaducto para evitar lo que se podía hacer en mil sitios que mi amigo, ocurrente y locuaz, estuvo nombrando como si llevase la lista aprendida. «De aquí hay que irse, Luna, qué sabio estuviste», concluyó. «Listo, pero cobarde, como dijiste en Asilah. Lo suyo habría sido irse después de cumplir nuestro programa iconoclasta de la ciudad, ¿recuerdas?», le respondí, y pensé que, en el fondo, no me había quedado más utopía que la de esperar que un día alguien derribase, como habíamos propuesto para aquellas justas poéticas, la catedral que afeaba ya definitivamente aquel paraje tan abierto un día bien llamado Las Vistillas, la Dirección General de Seguridad, el Valle de los Caídos al que nunca iré y ese absurdo monumento a Calvo Sotelo de la Plaza de Castilla. Sonreí a mi idea y fui a comentársela, pero Ernesto seguía a lo suyo: «El día menos pensado me encontráis ante vuestra puerta con una maleta o un hatillo, no lo sé bien, y me pongo una mesilla por cualquier zoco para escribir cartas de pésame y de amor. ¿A diez dirhams serían muy caras? ¿O mejor a cinco las de pésame y a diez las de amor, que anda uno siempre más predispuesto a la generosidad en el amor que en la muerte? ¿O quizás sea al revés? Igual con una muerte al lado somos más desprendidos ya que nos acabamos de desprender de alguien querido». Y después, con varias copas que llevaba ya encima, volvió a su disección de esa ciudad que me había reservado algún disgusto más para convencerme definitivamente de que ya no era la mía.

El primero fue el de ir al Barrio, a mi corrala de Luis Peidró, aún milagrosamente en pie pero rodeada de ruinas. La fábrica de aceite era ya sólo un esqueleto a la espera de ser derribado, y los cuatro talleres los restos de unos muros segados a ras de tierra. No quedaba ni rastro del cobertizo y apenas se advertía entre los cascotes algún trozo de losa del antiguo suelo del lavadero. En medio del patio unos cuantos muy buenos coches decían a las claras a qué se dedicaban los vecinos que había, a lo que sin duda debía de dedicarse el joven alto, fuerte, achulapado y desde luego deseable que me abordó. «¿Busca usted a alguien?», me preguntó. «No, quería sólo ver. Es que nací aquí, ¿sabe?», le contesté, y me fui aunque me dijese que quedaba una vieja que igual era de mis tiempos, pero me dio pereza pensar que la mujer pudiera acordarse de mí y de los míos y tuviese que explicarle en unos minutos tanta vida, lo que equivalía a tanta desgracia. Eso sí, antes de subir al taxi que estaba esperándome en la esquina con Seco que doblaba mi pobre amigo Vidal a velocidad temeraria, me giré. El atractivo chulapón me estaba observando desde el portón y recordé la idea de Babel. Más que una ópera con ballet y aire de zarzuela, lo que ya inspiraba mi barrio era una película de casquería a la moda, pensé.

Y el segundo fue no ver la churrería de Embajadores, porque simplemente habían tirado el edificio y levantado una mole en lugar de aquel cafetín de una planta, lo que ya me hizo desistir de un paseo que pensaba seguir con mi casa de siempre, que estaba a una manzana, y el Madrid de *La busca* al que me llevó TioPedro, por lo que ni bajé del coche, sólo le pedí al taxista que me llevase al Palace.

Y pude haber tenido un tercer disgusto que no fue tal porque debía yo aún de conservar un ápice de lucidez interior en mi cabeza, que decidió olvidar lo que por casualidad vieron mis ojos a la llegada anticipada al hotel y mientras pagaba la carrera, de forma que evité empezar a hacerme tantas preguntas evidentes sobre los últimos meses y me limité a subir a la habitación, esperar a que Nasma acabara de arreglarse, coger las maletas y salir hacia Barajas con la excusa, cierta por otra parte, de que era más seguro comer allí, porque Madrid es a veces traicionera en sus atascos, sobre todo si había que dar la vuelta que dimos para dejarle a Navarro el manuscrito en su portal.

Cuando llegamos a Asilah tenía un telegrama que alimentó de ilusión mi espera de la llamada de Navarro. *Je serai avec toi à tout jamais* (Siempre estaré contigo), me había escrito Thérèse rompiendo el silencio que le pedí, y su apoyo me dio el espaldarazo definitivo. En aquel preciso momento supe que, con o sin Navarro, nada iba a impedirme sacar un libro que mío era en bruto y que lo había hecho definitivamente y completamente mío lectura tras lectura. Dos veces por semana lo había leído desde su entrega, me lo sabía casi de memoria y me habría sido ya imposible ponerle el más mínimo matiz de recuerdo. Se había hecho, simplemente, mi memoria.

El editor me telefoneó un mes después. «Pedro, he tardado en llamarte porque me parece tan fuerte todo... que he querido releerlo con calma», me explicó. «Navarro», le respondí, «lo sé que es fuerte, pero para mí es simplemente lo que he vivido y lo que por dentro estoy viviendo en mi cabeza, y me gustaría contarlo». «Pues adelante, así que... a ver cuándo te pasas por aquí, firmamos los papeles, veo qué puedo darte de anticipo y lo saco inmediatamente», me dijo. Yo le aclaré entonces que no había escrito el libro para ganar dinero y que, por lo tanto, no quería cobrar ni un anticipo ni nada, él insistió en que eran mis derechos de autor y yo me mantuve firme: «Pues... se los da a una ONG o a quien quiera. Los de Payasos sin Fronteras me caen bien, que ésos deben de ser laicos todos». Aun así teníamos que vernos, porque hasta para ceder los derechos tenía que firmar expresamente, y ese contrato era especialmente importante, que el libro era... como para que lo demandase el heredero de esos Luna y le sacase la hijuela, bromeó. Luego le dije que yo estaba exiliado de Madrid y que o me lo mandaba por correo o nos veíamos en Sevilla, que allí no me molestaba ir y la teníamos a medio camino.

Nos vimos en un café casi enfrente de la embocadura a la Giralda. «¿Estás seguro?», me dio la última oportunidad para echarme atrás. «Segurísimo. Es lo menos que puedo hacer por el mundo, no sé si para escarnio mío o como manual de buena supervivencia para cualquier mediocre que luche de manera mediocre contra la mediocridad en medio de una sociedad mediocre a fin de salir de su mediocridad, la de él, que soy yo, y la de ella, la sociedad, eso dice un amigo que es esta novela que llamamos vida», le respondí con la fuerza de la profunda convicción que tenía en el libro, y me echó el brazo al hombro. «No digas tonterías, ¡mediocre tú!», me sonrió, y noté una llamarada de calor en la cara, pero supe callar a tiempo.

Empezó entonces Juan Felipe Navarro a hablar ajeno al tiempo, recreándose en una amistad que proyectaba en mí la buena relación que mantuvo con mi tío. «¿Te has dado cuenta de que vamos a firmar el contrato de este libro en un café llamado Café de Indias de la antigua calle de Génova de la ciudad de Guzmán de Alfarache, y de los rufianes de Lope de Rueda, y de Rinconete y Cortadillo, y del patio de Monipodio? Buena idea, pero que muy buena. Y, además, ¿sabes lo que venía pensando? Que Sevilla es la ciudad de la picaresca, sí, pero también de las óperas. Sólo Venecia inspiró más, que yo sepa», explicó, y no acabé yo de comprender. Pensé que hablaba por hablar, pero no. Acababa de entrar en materia. «¿Quiero decir, qué le ponemos, Pedro, novela o memorias?», me preguntó, y se encogió de hombros. Me dejó helado la pregunta, y no encontré más salida que responder: «Lo que usted vea», y a la espera quedé de su opinión, porque yo ni siquiera me había planteado tal dilema. «El libro es como el agua de claro, y en ese sentido es de memorias, aunque nadie se lo va a creer, y en ese sentido es una novela. Así que decide a quién le das la razón, a ti o a la gente», me urgió. «Pues a quien más convenga», le respondí. Y no lo dudó: «Pues será novela».

De los papeles ni me enteré ni me quise enterar, y firmamos el doble juego de un contrato que no leí. Luego sellamos el acuerdo con una buena comida en el restaurante de la esquina de los jardines de Murillo que tanto me gusta, llegamos jardines adelante hasta el barrio de Santa Cruz, lo atravesamos para alcanzar la Giralda y nos despedimos en el mismo Café de Indias de la antigua calle de Génova de la ciudad de Mateo Alemán en el que nos habíamos citado.

Por lo demás, recibí hace escasamente tres días las pruebas del libro y la propuesta de portada, una recreación chillona del dibujo de un hombre, un niño y un perro falsamente atribuido a Pedro Luna Luna, que me abrumó apenas verla. No podía permitir que ese dibujo falso que era una de mis mentiras abriese el libro, pensé, y me vino a la mente la fotografía que me tomó aquella periodista rubia en Londres junto a un amante y ante la tumba de Marx. Ésa era justo la portada. Ése sí era el resumen de mi vida de ideas enterradas y de amores enterrados. Sonreí entonces a la decisión, me levanté y fui a la estantería que llenaba el paredón a la izquierda. No me costó encontrar la ampliación porque son las fotografías de mi vida lo único que siempre he tenido ordenado.

Y con ella volví a esta enorme mesa hexagonal de primorosa marquetería heredada, como todo, de una historia sin sentido, la coloqué sobre la recreación de mi dibujo ese que no era mi dibujo y constaté que no me había equivocado en la decisión. La retiré entonces, saqué del bolsillo de la camisa mi pluma plateada y personalizada regalo de Paco el de los ojos de aguamarina por unas navidades (*Pedro Luna Luna* pone en el capuchón; *Malduque de la Luna* en el vástago), taché con dos barras cruzadas mi nombre y escribí: *Ernesto Ríos*. Tampoco me podía permitir esa mentira, y además pensé que así le daba a mi amigo el empujón que tal vez necesitara para desdecirse de aquella estúpida fidelidad a la absurda promesa de no volver a escribir.

Después me levanté, di los tres pasos hasta la ventana alargada sobre el Atlántico aún iluminado porque el mar a poniente prolonga los atardeceres y asentí a la decisión. Al fin y al cabo, al editor le daría igual una mentira más que menos y yo quedaba medianamente bien ante un amigo y bien del todo ante mí, que salía por una vez airoso y digno de mi ya viejo pulso con el arte.

Asilah, 28 de febrero de 2003

Postdata a la postdata

No acabó, sin embargo, aquel 28 de febrero la historia de este libro. Semanas después recibí por correo un paquete, sin más remite que *Ernesto Ríos* y con matasellos de Santander, que contenía un tarjetón.

Querido Luna,

me ha llamado de tu parte nuestro común amigo Navarro y me ha contado la modificación que has decidido sobre la autoría del libro. Me parece bien. Comparto que sólo la creación tiene rango de seriedad en esta puta vida y, en lo personal, te agradezco tus buenos deseos. Sin embargo, he de pedirte un favor. Si quieres que sea yo el firmante, lo cual es hasta justo porque escribir es saber llevar a papel lo visto, oído y pensado, deja que sea yo quien elija mi propia firma, que ya la tengo, como verás por los libros que te adjunto.

Estoy bien. He prorrogado mi excedencia porque, mira por dónde, los meses dedicados en cuerpo y alma a hacer de ti me metieron el gusanillo de apartarme de esta manzana po-

315

drida llena de gusanos que es hoy más que nunca la enseñan-za. Te lo dije en Madrid, lo recordarás: ya han pasao, pero te anuncio otra cosa: poco les va a durar tal y como está la gen-te. ¡Qué manifestaciones por todas partes, Luna! Hasta yo he ido. Has faltado sólo tú, y espero que no faltes el día en que haya que ir a votar, aunque para ello tengas que saltarte tu personal destierro. Como ves, yo también me he saltado una personal promesa (algún día te contaré los porqués).

Espero que estés bien, y que esté bien Nasma. Vale mucho esa mujer que tienes, amigo Luna. Está visto que eres hombre de suerte. Dale muchos recuerdos y recibe tú un abrazo de tu amigo,

Ernesto Ríos

P. D. Que me manden las pruebas. Ya las corrijo yo.

Volví a leer la carta y rasgué el papel con tanta pluma de una librería llamada *Estudio*. Había tres libros que, evi-dentemente, eran suyos, y debo decir que no me sorpren-dió, lo mismo que tampoco me sorprendió que los hubie-se editado *La Isleta,* o sea, Navarro, tal vez porque había dado todo tantas vueltas que todos habíamos acabado en-marañados los unos con los otros.

Y en cuanto al pseudónimo, *Miguel Naveros,* quise re-cordar el nombre del compañero de primero con pelo lar-go y gafas que iba siempre con una chica de cara muy be-lla, nos había aplaudido en una de aquellas extravagancias de la época de la guarida y había muerto en un accidente, pero no estaba seguro. De todas formas, qué más daba, y

me apresté a salir. Hacía buena mañana y a esa hora de bu-
llicios es una delicia deambular por el zoco al sol en prudente búsqueda de cualquier cuerpo o en caprichoso rastreo del más inútil de los objetos.

Pedro Luna Luna
Asilah, 28 de marzo de 2003

Con mi agradecimiento a F. R. G., sin cuya conversación nunca habría nacido este libro. Y con mi agradecimiento, igualmente, a J. L. M. y a J. C. M., porque sin ellos habría sido distinto.